百部红色经典

杨司令的少先队

郭墟 著

北京联合出版公司
Beijing United Publishing Co.,Ltd.

图书在版编目（CIP）数据

杨司令的少先队 / 郭墟著. -- 北京：北京联合出
版公司, 2021.7（2023.11重印）
（百部红色经典）
ISBN 978-7-5596-5098-6

Ⅰ.①杨… Ⅱ.①郭… Ⅲ.①小说集—中国—当代
Ⅳ.①I247

中国版本图书馆CIP数据核字(2021)第030930号

杨司令的少先队

作　　者：郭　墟
出 品 人：赵红仕
责任编辑：管　文
封面设计：王　鑫

北京联合出版公司出版
（北京市西城区德外大街83号楼9层 100088）
北京新华先锋出版科技有限公司发行
大厂回族自治县德诚印务有限公司印刷　新华书店经销
字数254千字　787毫米×1092毫米　1/16　16印张
2021年7月第1版　2023年11月第3次印刷
ISBN 978-7-5596-5098-6
定价：49.00元

出版前言

为庆祝中国共产党成立100周年，全面展现中国共产党成立以来中华民族辉煌的发展历程、取得的伟大成就和宝贵经验，集中体现中华民族的文化创造力和生命力，北京联合出版公司策划了"百部红色经典"系列丛书，希望以文学的形式唱响礼赞新中国、奋斗新时代的昂扬旋律。

本套丛书收录了近一百年来，描绘我国人民在中国共产党的领导下艰苦奋斗、开拓创新、改革开放的壮美画卷，充分展现我国社会全方位变革、反映社会现实和人民主体地位、弘扬社会主义核心价值观、讴歌中华民族伟大复兴中国梦的100部文学经典力作。

本套丛书汇集了知侠、梁晓声、老舍、李心田、李广田、王愿坚、马烽、赵树理、孙犁、冯志、杨朔、刘白羽、浩然、李劼人、高云览、邱勋、靳以、韩少功、周梅森、石钟山等近百位具有代表性的中国现当代著名作家。入选作品中,有国民革命时期探索革命道路的《革命的信仰》《中国向何处去》,有描写抗日战争的《铁道游击队》《敌后武工队》《风云初记》《苦菜花》,有描绘解放战争历史画卷的《红嫂》《走向胜利》《新儿女英雄续传》,有展现新中国建设历程的《三里湾》《沸腾的群山》《激情燃烧的岁月》,有寻找和重建民族文化自信的《四面八方》,也有改革开放后反映中国社会现状、探索中国道路的《中国制造》,同时还收录了展现革命英雄人物光辉事迹的《刘胡兰传》《焦裕禄》《雷锋日记》等。

本套丛书讲述了丰富多样的中国故事,塑造了一大批深入人心的中国形象,奏响了昂扬奋进的中国旋律。这些经历了时间检验的文学作品,在艺术表现形式、文学叙述方式和创作技巧等方面都具有开拓性和创造性,作品的质量、品位、风格、内涵等方面都具有很高的水准,都是有筋骨、有道德、有温度的优秀作品,很多作家的作品都曾荣获"五个一工程奖""茅盾文学奖""鲁迅文学奖""国家图书奖"等奖项。

为将该套丛书打造成为集思想性、艺术性、时代性为一体,展现新时代文学艺术发展新风貌的精品图书,北京联合出版公司成立了由出版界、文学艺术界的资深专家和学者组成的编辑委员会。他们从文学作品的历史价值、文学价值、学术价值、现实意义等维度对作品进行了深入细致的研读和筛选，吸收并借鉴了广大读者的意见与建议，对入选作品进行深入细致的分析与综合评定，努力将"百部红色经典"系列丛书打造成为政治性、思想性和艺术性和谐统一的优秀读物，向伟大的中国共产党成立100周年这一光荣的日子献礼！

/ 目 录 /

杨司令的少先队 　　//001

接关系 　　//045

挖人参 　　//075

张开翅膀飞呀 　　//133

杨司令的少先队 [1]

抗日联军 [2] 里面孩子可真不少。这些孩子，要按当年长白山里老辈人的叫法呢，就是"杨司令的小嘎 [3]"！

他们平常总待在林子里，可是不定什么时候，就像一群将下河的小鸭子，唧唧嘎嘎拥进村子里，尖着嗓子唱起《抗日十二个月》来。每逢这个时候，屯里人都跑到门口来，眼泪汪汪地盯住这群背着"马盖子 [4]"的小抗联，忍不住地说：

"咱们中国亡不了国！"

---

[1] 本书收录的作品均为郭墟的代表作。其作品在字词使用和语言表达等方面均具有鲜明的时代特色。此次出版，根据作者早期版本进行编校，文字尽量保留原貌，编者基本不做更动。

[2] 抗日联军：中国共产党领导下的抗日武装部队。成立之初编制成七个军，后来发展到十一个军和一个独立旅。

[3] 杨司令：东北抗日联军第一军军长杨靖宇将军。
小嘎：小嘎就是小孩的意思；属于北满的方言，类似于"小鬼"的意思。

[4] 马盖子：日本造三八式马枪。

大胡子叔叔

抗联一路军[1]有个队长,名字叫张子和。一九三二年,在磐石[2]时,他就和杨司令在一起。那时候他扛着一棵老洋炮参加了磐石暴动,以后就和李红光的弟兄们在一块活动。

一九三五年,金日成司令和杨司令"会合[3]"以后,他就领着一百八十个弟兄在松树泊一带活动,远近几百里地没有不知道"老张"的。

松树泊,当地的人们都管它叫迷魂阵。这里没有江也没有湖,原来是一座方圆一百来里的老松林子。这里不是高山险岭,可也不是平川地,而是一个漫冈连着一个漫冈,一棵老红松挨着一棵老红松。大白天,林子里也是阴森森的;多年的老青苔从树桠垂到树根,远看好像一座又高又细的绿塔。

在松树泊里走路可不能靠着太阳认识方向,因为这里成年累月进不来阳光。你也不能靠着小河沟里的流水看出东西南北,因为一道小河沟说不定在你脚底下绕上几圈。任你走上几天,也离不开原地几十里,所以人们都管它叫迷魂阵。

张队长的弟兄们拿松树泊当"家"。有时候出去打鬼子一个"冷不防",然后再绕回来。鬼子明知道这里常有抗联出入,可是总找不着便宜。这座老松林子好像一个大老虎嘴:鬼子进去的多就丢的多;进去的少算便宜,可以少丢几个。说不清鬼子兵在这里扔下了多少脑袋瓜。

张队长和他的兄弟们在这里并不是孤零零地单干,他们总和杨司令联系着。杨司令一有"令",就派老交通员李福赶来;弟兄们一看老李福进林子,就知道杨司令来"令"了。

---

[1] 抗联一路军:根据中共中央的指示,抗日联军在一九三六年分编成三路。第一路军由杨靖宇将军领导。

[2] 磐石:县名。在吉林省南部。一九三二年春天,磐石县哈马河子一带的中国农民和朝鲜农民,在李红光(共产党员,朝鲜人)的领导下,发动抗日武装起义,成立了磐石游击队。这支游击队渐渐壮大,到一九三四年就编成抗日联军第一军。

[3] 会合:一九三五年九月,东北抗日联军第一军和第二军在濛江(现在改名为靖宇县)东北岔举行了有名的大会师,决定了重要方针。

张队长是快四十的人了；细高个儿，嘴巴上一圈络腮胡子，有点水蛇腰。他成天系着一条黑腰带子，走起路来使劲地往高处抬着两条又粗又壮的长腿，上身左右摇晃。

他在队里有两样特出的地方：一样是五冬六夏老在头顶上扣着一顶圆毡帽；再一样就是每逢回松树泊以后，屁股后头老领着一个小黑姑娘。

黑姑娘名叫黑姑，新弟兄都以为她是张队长的亲闺女；其实黑姑是朝鲜孩子，张队长是道道地地的山东人。这事老弟兄全知道。原来黑姑是二连长崔日永留下的孩子。

崔日永是金日成司令部下的弟兄，"会合"以后就到张队长这个队里领二连。那时候黑姑才九岁。一九三七年秋天，崔连长在青沟子牺牲了，黑姑留在松树泊里不知道这个消息。弟兄们看这孩子太小，也就都不提这件事。

崔日永临死的时候，就把黑姑托付给张队长了。张队长呢，和崔连长一块在枪子底下钻了好几年，当然没有二话可说。打那以后，张连长就把黑姑从二连要过来，叫她在队上和小嘎们住在一处。

黑姑从小就时常和中国孩子在一块玩，再加上二连里一多半是中国弟兄，所以一来二去就把中国话全学会了。黑姑管弟兄们叫叔叔，可是一百八十多个叔叔实在不好分别；没法，就在叔叔上面加个外号。弟兄们当黑姑的面一提张队长，就说："大胡子叔叔！"

弟兄们全喜欢黑姑这个机灵劲；每逢她一过来，大家就你一句我一句地逗着她说：

"黑姑，大胡子叔叔来了吗？"

黑姑眨巴着大眼睛，一边嘻嘻地笑，一边说：

"嗯！叔叔来看你们了！"

紧跟着就是张队长的圆毡帽，在树空当间，左一晃右一晃；帽子底下是一圈络腮胡子。

黑姑

黑姑本来叫海古，中国弟兄叫别了就叫黑姑。说实在的，按相貌和外表来说，叫黑姑还真恰当。别的孩子在林子里住长了，脸色都有些苍白，唯有她长得黝黑。她的个儿不高，四方大脸，两只大眼睛又圆又黑，再加上漆黑的短头发，你说说，大伙怎么能不叫她黑姑呢？

假如你头一次和她见面，不管是她说话的口音或是一举一动，你都会觉得她是中国孩子。可是你若仔细一看，她那对稍微有点高出来的颧骨，还有那短粗的身量，这时候你就会认出来：她原来是个朝鲜孩子。

黑姑很小的时候妈妈就死了，从记事的那天起，她就和爸爸在延边给地主"耪青[1]"。崔连长活着的时候常对大家说：

"黑姑是端人家饭碗长大的！"

黑姑离开爸爸的事常有。以前在家的时候，爸爸黑天白日地在地里看水坝，那座黑洞洞的小草房里光剩下她一个人。她白天吞几口凉苞米渣子，天一黑就钻进那床破棉花套里，一直到太阳出来再钻出来。好容易盼到爸爸回家了，爷俩就煮一顿热饭在一个桌上吃。黑姑每逢这个时候，就含着眼泪看着爸爸的脸，可是任什么也不说。……

崔连长牺牲以后，弟兄们都不说，她也没在意，反正知道爸爸上杨司令那儿接任务去了。一晃过了一年多，日子一长，黑姑就有点疑心。她问过张队长好几次，可是每逢她一问起这件事，大胡子叔叔就把队里的孩子全叫来，不是唱《抗日十二个月》，就是教给大家耍把戏。

有一天，张队长领着队里的小嘎们上二连。到了那里以后，大家就都凑到弟兄们旁边，听他们聊天。黑姑也凑到人堆旁边，听几个弟兄谈种稻子的事。她爱听种地的事，对种稻子的事更爱听……她一边听一边往前凑，挤到人当间以后，就慢慢地坐在一个弟兄的破獾子皮上面。

"打完鬼子一定种水地！弄上一头高丽牛！……"

一个三十多岁的弟兄一面擦枪栓一面说话，别人也跟着说起种稻子的经验来了。黑姑一听有人要弄一头高丽牛，急忙问道：

"叔叔！打完鬼子你要弄一头高丽牤子吗？……"

---

[1] 耪青：地主剥削农民的一种方式，分"里耪"和"外耪"。"里耪"是由地主出地和种子，由农民出劳动力耕种，收的粮食和地主平分（有时地主分一半以上）。"外耪"则是农民另外偿还地主种子等。

"弄一头！……领你种水地。会吗，黑姑？"

"会！我从小就和爸爸在地里干活，我都能认出来稻稗子呢！……"

二连的弟兄一看见黑姑就想起牺牲的崔连长来。这个连里不论是中国弟兄还是朝鲜弟兄，和崔连长处得都很好。一听到他牺牲的消息，年轻的小伙子们都哭得眼圈通红，连饭都吃不下去了。……大家的心里虽然常常想这件事，可是当着黑姑的面谁也不提。这回黑姑一提和爸爸下地的事，把大家的心事就勾起来了。一个年轻的弟兄没留神，一边摸着黑姑的短头发，一边问她说：

"黑姑！想不想爸爸？……"

黑姑不讲话了，也不笑了。隔了一会才轻轻地摇了摇头说：

"不想！"

往常，黑姑只有等队长喊她才离开人堆，这回她没等喊她就悄悄地走开了。

傍晚，张队长领着孩子们回到队部，预备吃晚上这顿干粮。马架子[1]里漆黑，在里边行动还得深深地弯着腰，不然头就要碰在横梁上。张队长点着一棵松树明子，放在一个木头墩儿后边。明子冒着黑烟，发出一股昏暗的亮光。林子里一丝风也不透；马架子里又湿又闷。张队长拿起饼子想到外面去吃；一抬头，看见门口站着一个人，虽然光很暗，可是一看那个短粗的身量就知道是黑姑。张队长弯着腰，对着黑姑说：

"黑姑！吃干粮没有？"

"正吃呢！"

黑姑一面答着话一面往里钻，慢慢地凑到木头墩儿旁边，坐下来。她手里拿着半块饼子，吞吞吐吐地说：

"叔叔！……"

黑姑的声音有点发颤；张队长借着亮光一看，这孩子的嘴唇在哆嗦。

"黑姑！什么事？说吧！"

"叔叔！……爸爸呢？……"

---

[1] 马架子：用树枝和野草搭起的简陋的窝棚。人们只能坐在里面或者躺在里面。从正面看，只见贴在地面上的一个三角形。

张队长这回可难住了，他顺手放下苞米饼子，又慢慢地摘下头上的毡帽。

"说呢还是不说呢？"

张队长一想，崔连长牺牲快到二年了，临死的时候也说过，一定得叫黑姑知道，因为她也是抗联的人……

这回张队长到底全说了，不然也对不起崔日永啊！……末了，张队长说：

"黑姑！你是杨司令的少先队员……爸爸临死的时候说了，他这口冤气要靠你出啊！"

黑姑的两只大眼睛里滚下两颗亮晶晶的泪珠；半块饼子落在脚底下。

这天晚上爷俩谁也没吃饭，黑姑拉着大胡子叔叔的手，围着马架子转来转去。林子里静悄悄地没有声息，只能从上面树梢的响声里，知道林子外面又吹过一阵风。林子里面的"小咬[1]"还没睡觉，有时叮在这爷俩的脸上；有时又叮在他们的手上。但是他俩谁也没有心思去拍打；他们不吱声不吭气地绕来绕去。

黑姑一面走一面想：

"我从小就没有妈妈，就是爸爸一个亲人！……日本鬼子害得我们丢掉了家，又杀了我爸爸！……我就这么一个亲人！……我要替爸爸报仇！……"

杨司令的少先队员

张队长这里一共有十二个小嘎，正好，全是少先队员。这十二个孩子里，有四个女孩子，其余的全是男孩子。女孩子全是朝鲜人，岁数比男孩子大一些。顶大的叫金奉淑，是和黑姑一块来的。她的妈妈是金日成司令的机枪手，一九三五年冬天，在延吉（鬼子叫间岛）牺牲了。那时候金奉淑才九岁。

金奉淑的妈妈在延吉的时候，和黑姑的爸爸崔日永在一个排里。当时这

---

[1] 小咬：比蚊子小的蚊虫，叮在皮肤上又疼又痒，能使皮肤红肿甚至溃烂。

两个孩子就总在一处，连参加少先队都是在一九三五年春天的同一天里。金奉淑自从妈妈牺牲以后，始终没离开崔日永左右。"会合"以后，她也跟着到张队长这里来了。

她是个安安详详的瘦姑娘，说话的时候总是悄声悄气的。谁若是一看她，她就红着脸低下头。大家常说：

"这个香姑娘不像个扛枪杆儿的！"

八个男孩子里，有三个人是从延吉老头沟矿上来的，都是中国孩子。大家管他们叫"城里人"，因为在矿上总算是见过大市面的。

这三个男孩子里，顶小的名叫锁子，比黑姑还小两岁呢！这孩子岁数小，人长得又瘦，平常很少说话，一天到晚不离金奉淑身边。队里的孩子们都欢喜他，都把他当做小弟弟看待。孩子们不出去便罢，只要有人出去，顶少也得带回一把松子给他嗑。

别看锁子人小，心里可懂事；时时刻刻不忘记自己是少先队员。有时候他看见别人做工作又快当又利索，自己心里就着急，恨自己为什么还不快点长大；长大了干什么不行啊？

其余的那五个男孩子，全是从安图县大甸子来的，里面有三个朝鲜孩子和两个中国孩子。这几个孩子的岁数都和黑姑差不离，只有赵万俭比别人大一些。

赵万俭外号叫赵胖儿，是个中国孩子，比金奉淑小一岁。提起赵胖儿来话可长啦！他一天到晚没闲着的时候：不是打松鸦就是采松子；连晚上睡觉的时候还连说带讲地直嘟囔。

虽然赵胖儿爱淘气，大家可都喜欢和他在一处，因为他到处都有个"大哥"的样儿。比如说，哪个人的枪栓有些发滞，他就把眉毛往一块一皱，拖长了声音说：

"哎呀！……韩志明！……枪栓得擦了！你看看，你看看……"

就这样，他一面来回拉大栓，一面掏出擦枪布，坐在一边就擦起来；直到擦干净拉倒。张队长气他的顽皮劲，可也真喜欢他这个憨实劲。

少先队长是金奉淑，一九三七年冬天选上的。别看金奉淑像个香姑娘，遇着事不慌不忙地总有个准主意。虽然她一天说不上几句话，可是大伙一离开她就像丢点东西似的。

这十二个少先队员住着两个马架子，正好和张队长的马架子面对面。夏天，张队长一有工夫，就坐在自己的马架子门口，晃着头看大家学习，有时候也扯东扯西。等什么时候张队长在毡帽上一扣上桦树皮做的酱斗篷帽，孩子们就知道一定要到连里去了，于是赶忙从马架子里钻出来预备出发。张队长戴好桦树皮帽子以后，总是先说一句：

"走啊！小伙子们！"

松树泊也是孩子们的"家"；从一九三六年到一九三八年，他们在林子里好像在自己家的院子里一样，出来进去地把松树泊摸了个烂熟。他们管出林子叫"出门"，管回林子叫"回家"。他们丢了亲人，在队伍里又找到了亲人！他们毁了家，在杨司令这里又找到了家！

日子长了，孩子们离不开张队长，张队长也离不开身旁这十二个孩子了！不管什么时候，张队长只要看上一眼，就知道哪个孩子不在。他一看有孩子不在，就急忙问少先队长：

"金奉淑！朴玉珠呢？"

"上炊事班打饭去了！"

"啊！……"

这时候张队长就像从肩头上卸下一块大石头，长长地喘口气，然后"啊"一声。张队长喜欢这些孩子是真的，但是他可不像老妈妈似的对他们放纵不管。

他给队里这十二个孩子全换上一色的"马盖子"，没事就教给大家打"靶"，有时候也教给大家拆枪栓。

张队长常和这十二个少先队员说：

"孩子！杨司令的少先队员总得和住家的小嘎两样啊！"

上了一课

冬天住在林子里可有"好日子"过，树顶上是雪，树底下也是雪，雪把马架子埋上了，也把山里的小动物的食粮埋上了。松枝上面跳跃着灰鼠，它的大尾巴带下来一片片的雪饼。……唉，讲灰鼠干么呢，只有打猎的才理这个小家伙呢！孩子们根本不去看它；他们关心的是好吃的——松鸦！

不管下多大雪，松鸦也饿不着，相反的，它倒肥胖起来了。往年孩子们打松鸦本来费不了多少事，可是在一九三八年这年冬天可就有了"难题"了！

打松鸦得用干粮往下引逗，没有干粮可就别想吃松鸦。这年冬天和往年不同，每个人的干粮都有数，用了打松鸦自己就得饿着肚子。孩子们干打转想不出好招儿来。

有一天，孩子们围着一棵老松树，仰着脸讲起来：

"你看，那个傻松鸦多肥！"

"哎，眼看它把一个大松子吞下去了！"

"哪来的事！"

"不信？……你看，又吞下去一个！"

"这家伙多肥！"

"肥也干瞪眼！……"

大家都不吱声了，可是眼光总不肯从树枝上收回来。

黑姑一直没讲话，她在旁边站着，冷丁地一眨巴大眼睛，急忙走到赵胖儿身旁，对着他的耳朵说了几句话。赵胖儿一拍巴掌说："对！"然后转身就走，一直奔炊事班。

炊事班在东面，离队部的马架子不远。赵胖儿到了炊事班，找着赵班长说：

"赵班长！咱们的黑姑病了，给一份干粮吧！……"

"啊？病了吃干粮干么？……做点苞米渣子粥吧！"

赵胖儿忙着说：

"不！不要粥……她想吃干粮！"

"得有你们队长的话！……"

"金奉淑不在队部，上一连了！"

赵班长给了他一个窝头，还告诉他说：

"黑姑不吃就拿回来，再想法给她做稀饭吃！"

"行！她管保能吃！"

赵胖儿拿着窝头往回跑；这一天里少先队的小伙子们可真是美极了。

傍晚，金奉淑才从一连回来。黑姑给她留了半个烧熟的松鸦，等她吃干粮的时候才拿出来。金奉淑一看有松鸦，心里就有点奇怪，她问黑姑说：

"哪儿弄来的干粮打松鸦？"

黑姑光嗯嗯没答出来。赵胖儿在一边说：

"锁子剩的！……还没用了呢！"

金奉淑知道锁子饭量小，没再多问就吃起干粮来。第二天晌午，队上没事，大伙一商量，就溜到一个漫冈后边，用头一天剩下的半个窝头打起松鸦来。

碰巧，这天炊事班赵班长上一连，回来的时候路过这个漫冈。离老远就听见队里的小嘎们唧哇乱叫，不一会儿又没声了。他慢慢地走上冈顶，从一个树空探出脑袋一看，只见有几个小嘎在一个树空里站了半个圆圈，手里举着树枝和梢条，像上操似的一动不动，瞪着眼盯住面前一块没有雪的地方；那块没有雪的地皮上撒了一层烧焦了的干粮渣。不一会儿，从树枝上慢慢地飞下来一只松鸦，傻忽忽地用嘴啄着地上的干粮渣；它把站在旁边不动的人还当是什么老树桩子呢。这时候孩子们一齐动手，一甩手里的树条子，立刻打住了这只傻松鸦。跟着树后面跳出一群孩子，唧唧哇哇地把松鸦拿了回去。

赵班长一看就全明白了，因为他小时候也没少干这个把戏。往回走的时候正好路过张队长的马架子，他一直走到张队长面前，把这件事原原本本地都告诉了他。

下晌，孩子们回来了，一个个嘴巴上漆黑，原来是吃烧松鸦弄黑的。他们刚想往自己的马架子里钻，忽然背后有人说：

"回来了？"

孩子们抬头一看，原来是张队长站在马架子门口，他和往常一样，头上扣着那顶圆毡帽，迈着大步走来走去：

"趁着现在还没到吃饭的时候，咱们上一课吧！"

孩子们喜欢和大胡子叔叔说话。他们转过身来走到张队长的马架子前边，仰着脸听张队长"上课"。张队长站在那里，用眼睛看了大伙一眼，然后说：

"谁知道，少先队员的头一条纪律是什么？"

"听命令！"这是赵胖儿说的。他不论什么时候都是打头炮先答腔。这是老规矩了。

"第二条呢？"

"爱民！"是瘦锁子的细嗓门。

张队长站着没动，脸上显得那么郑重：

"对，是爱民！……那么大家想想，用乡亲们送来的干粮打松鸦算犯了哪一条呢？"

孩子们知道"事"犯了；他们像一群小牛，紧紧地往一处挤，没有一个人能答出话来。黑姑偷偷地看了金奉淑一眼；金奉淑的眼睛里滚动着泪珠，红着脸，低着头。当然了，赵胖儿和其余那些黑嘴巴的小伙子们也都低下了头；有的看着地皮，有的看着自己的脚尖。

张队长没再发问，他知道孩子们都是好样的，他也知道孩子们这时候的心思。他停了一会说：

"孩子们！在往年，一个窝头本来不算什么，当老辈的还要领着你们玩呢！……可是现在不行啊！……鬼子杀了咱们亲人，毁了咱们的家……大家想想，一个窝头里有多少老百姓的血啊？……"

孩子们不再低头了。他们抬起头来，互相看看，又看看站在面前的张队长，一个个的眼睛里涌出汪汪的泪水。

他们想起死去的亲人，想起温暖的家。……

站在前面的一个孩子抽抽咽咽地问张队长说：

"队长！……咱们什么时候出去揍鬼子？"

爸爸躺着的地方

一九三九年，鬼子凑合了七八十万大头兵，想要用刺刀把百姓和抗联分开。你看吧，鬼子走过的地方，光剩下烧塌了的烂草房，烧焦了的老牛槽，熏黑了的空碾盘，还有烤枯了的李子树。鬼子在枯树干上贴着标语，上写："日满一德一心，共同建设王道乐土之大满洲帝国"。

这时候可就到了抗联弟兄们的艰苦年月了！

松树泊南面，是鬼子并的"大屯[1]"，里面驻着三百多鬼子和四百多"满洲队[2]"。北面，是黄松屯，里面也驻了一中队鬼子，还有一营"警察队"。东西两面呢，也都有鬼子新"建"的小屯，里面驻着不少"警察狗子"。

可是百姓和抗联的弟兄分开了吗？没有！鬼子光奇怪抗联越打越多，可不知道抗联就是在老百姓里生的芽长的根啊！

这年的一夏一秋，张队长领着弟兄们，从林子里走到岭冈上，从青纱帐里冲进村子里。他们把缴来敌人的"给养"，填进自己半饱的肚子里；他们从死鬼子身上摘下子弹盒，装满自己的空子弹袋。……

孩子们瘦了，也黑了！但是他们的精神劲可不减！他们紧紧地跟在弟兄们身后；谁也不肯掉队，谁也不愿做孬种。有时候他们故意跑到村子边上的山冈上，对着村子唱起抗日的歌儿来，吓得"警察官"马上关上卡子门，跳进隐身壕里不敢露头。……屯里人含着眼泪，听他们尖着嗓子唱《抗日十二个月》；眼巴巴地瞧着山冈，看着他们的瘦肩膀上晃荡着"马盖子"。

一进冬天，老白山叫大雪埋上了。鬼子趁着青纱帐放倒的工夫，围着松树泊修了一条汽车路，他们坐在大汽车上围着林子打转，一心想用饥饿把弟兄们逼出来。

松树泊里真寂静，老北风在头顶上吼叫，可是吹不着林子里的弟兄。马架子深深地埋在大雪里，没有勤务的弟兄背靠着背坐在马架子里，静静地听着树林吼叫，听着树顶上掉下来的雪饼砸在马架子顶上的响声。

张队长的马架子里坐着炊事班的赵班长，他搓着手说：

"……苞米还够四天吃的！……"

"冻蘑呢？"张队长问。

---

[1] 大屯：日寇为了隔断抗日联军和群众的联系，实行最毒辣的所谓"归屯并村"的办法，即烧掉小的村子，强迫居民集中居住在大村子里，这种大村子叫"大屯"。

[2] 满洲队：伪满政府的军队。

“冻蘑还能吃三天……”

“从今天开始吃冻蘑！苞米留着给生病的弟兄吃！”

“还有什么任务？”

“没什么了！……叫赵胖儿来！”

赵班长走到孩子们的马架子前边的时候，告诉赵胖儿说张队长叫他。赵胖儿去了半天才笑嘻嘻地回来。他进了马架子什么话也没说，急忙忙把自己的马盖子拿过来，拆下大栓就擦起来，然后又把子弹袋拿过来，重新把带子系了一遍。黑姑心里有点明白了，可没说出来。她凑到赵胖儿旁边，一面帮着他系带子，一面悄悄地问：

“赵胖儿……有行动？对不？……”

“嗯……不知道！……若有，下晚队长还不告诉吗？……”

黑姑没再问，走到一边也擦起枪来。赵胖儿一看黑姑擦枪，笑了：

“你擦枪干吗？”

“万一要用着呢！”

“用着？”

“嗯！……”

赵胖儿要笑出来，可是一想不对，又忙着用手一摸嘴，使劲憋了回去。他用眼睛一看周围的人，除了黑姑看着他以外，别人都没理会。他这才放下心；因为差一点泄露了秘密。

天黑了，林子里黑得伸手不见掌，连对面坐着的人的模样都看不出来。黑姑抱着枪坐在马架子门口，直着眼盯住张队长的马架子。这时候忽然从张队长的马架子里出来一个人，一直走到少先队这两个马架前边，站下来：

“金奉淑！”

“有！”金奉淑一听是张队长的声音，急忙答应一声走过去。

“你领着孩子们到一连去，听二排长的指挥，不要随便乱跑，白天好好隐蔽……我们不过两天就回来！”

“还有什么任务吗？”

“叫赵万俭来，我带赵胖儿出去！”

赵胖儿摸着黑，背好“马盖子”，急忙往外走。若不是在晚上，大家准能看见他笑得是多么得意。

风声更大了，从枝头上落下碎雪片，大家知道林子外面正在下着大雪呢。张队长在前，赵胖儿紧跟在身后，绕过队部的马架子，一直朝二连住的地方走去。二连离张队长的马架子不远，顺着冈梁走过一排密密的细松林子就到了。等张队长走到的时候，一连除了留下的三十个人以外，其余的六十个人也到了。张队长把一连长朴振善和二连长周子义找过来，在一棵大树后面小声说着话：

"侦察的人怎么说的？"

"情况确实！青沟屯光驻一连'警察队'……"

"好！现在就出发，天亮赶到青沟岭，晚上进屯！"

"是！"

队伍出发了，弟兄们排着单行，一只手摸着身旁的老树，一只手抓着前面那个人的背袋子，嘴里不住地喊着：

"跟上！"

队伍一直往东走去，正是往青沟屯去的方向。

林子里的雪太厚了，弟兄们的下半截身子挂满了一层雪饼子；身上的汗浸透了开花棉袄。林子里这五十里路足足走了一夜。天蒙蒙亮的时候，队伍来到林子边上了。张队长回头喊了一句：

"快走！"

一阵北风卷着大雪，嚎叫着打在弟兄们的脸上，大家忍不住地哆嗦了一下。一出林子就是一条白亮亮的汽车路，一看地面上那层平软的积雪，就知道鬼子还没过来呢。弟兄们躬着腰一个接着一个地跑过去。路那面是一道一人来深的壕沟。弟兄们爬过这道壕沟，就钻进山脚下面的柞树棵子里；往上去就是青沟岭。

从青沟岭到青沟屯还有五十多里山路，一直走的话用不到天黑就可以走到，可是大白天在雪地里行动不是一件容易事，若是叫敌人发现了的话，只要顺着弟兄们踩的脚印，用不了多少时候就会追上来。所以弟兄们非得顺着岭冈往前绕不可。

岭冈上的雪不算厚，可是一路上堆了不少大雪岭子，深的没到腰部。队伍排成单行，一点点地往前移动。正好，这天的大雪从早到晚也没停，弟兄们走过的地方，一会工夫就叫大雪把脚印盖得看不清楚了，因此鬼子始终没跟着脚印追上来。此外呢，天一下雪，可就把鬼子的眼睛遮住了，他们看不着岭冈上这一百五十多人行动；他们万没想到抗联会在冬天出来扎一刀。

一天一夜，张队长的弟兄们一粒粮食也没下肚，虽然每个人的背袋子里都有一把煮过的苞米粒，可是这把苞米粒早就冻得实了心，变成冰球了。他们谁也不讲话，好像谁也想不出话讲。他们躬着腰，使劲在雪里拔着腿，紧紧地跟住前面那个人。最前面是张队长带队，他始终没回头说过话，也没回头看过谁。他知道：弟兄们会跟上来，后面的人会跟上来。

傍晚的时候，弟兄们来到青沟屯西面的八里岭。为什么这道山冈叫八里岭呢？因为它正好离屯八里路。岭冈上面长着一排一人多高的柞树棵子，上面盖着一层积雪，白天离远一看，就好像一排白色的墙头。弟兄们顺着这排棵子蹲下来，一面休息一面等着侦察回来。

张队长把脑袋从棵子里伸出来，仔细地看着岭冈下面的青沟屯。这时已经是点灯时候，屯子里闪耀着几点微弱的灯光。雪不再下了，但是天却阴得挺黑，没有月亮也没有星。

张队长正在看着山脚，忽然在他的左面有人钻过来，爬到跟前以后，就停下不动了。他以为这一定是赵胖儿，因为别人不能在这个时候乱钻。左面这个人停了一会，又往跟前凑了几步，和张队长一样，也慢慢地蹲下来。然后对着张队长低声说：

"叔叔！这就是青沟屯吗？"

"啊？……黑姑？谁叫你来的，啊？"

"嗯……我跟队后边来的！"

"我问你，谁叫你来的？……你是不是少先队员？"

"你不是说……爸爸……是在这里牺牲的吗？……"

黑姑的声音颤抖着，慢慢地抽咽起来。她没等队长再发问，又重复说着：

"……不是……爸爸……在这里……牺牲的吗？我……"

老奶奶不怕鬼子吗？

青沟屯原来有七十来户人家，零散地住在山洼里。鬼子连烧带砍，并屯以后，只剩下四十来户了。过去张队长靠着这些乡亲们的帮助，在这一带没少收拾鬼子，这里的老老少少没有不知道老张的！

并屯以后，鬼子派到屯里一连"警察"，正好平均一户三个。这些警察和大屯的鬼子通着电话，他们成天把着电话缩在屯子里。张队长知道警察狗子的能耐不大，可是也不能大意，因为一不小心就会叫他们和大屯的鬼子联上气。

张队长领着两个侦察员走在前面，悄悄地向屯子东门走去。黑姑不明白为什么大家都奔一个门走去，但是她知道张队长准有高明的办法，因为大胡子叔叔打鬼子可不是一天半天了。

东门前面是一片空地，上面留着挺高的苞米楂 [1]，一踩上就噼啪直响。弟兄们躬着腰，顺着垄沟往前走。离卡子门不远，前面的人忽然趴在雪地上，后面的人也跟着趴了下来。这时候，在正面的大道上，大摇大摆地走过去两个人，当他俩离卡子门只剩几十步远的时候，站岗的"警察"才看出来，立刻大叫一声：

"谁？站下！"

"大屯来的百姓！"

两个人一面答着话，一面仍旧不住脚地往前走。从卡子门前的隐身壕里跳出两个"警察"，刺刀对准这两人的胸口，大嚷大叫地说：

"举起手来！……把'旅行证'拿出来！"

"老总！这么远一点还用'旅行证'吗？……都是……"

"放你娘的屁！……半夜三更的……你俩是抗联的探子吧？……"

"警察官"一面骂祖宗，一面搜这两人的腰。这时候从旁边一块空地里

---

[1] 苞米楂：苞米收割后留在地面上的残茎。

悄悄地爬过去五个弟兄，到了围墙根以后，排成单行往前溜，慢慢凑到"警察"身后，冷丁跳过去，枪口支在"警察官"的背上：

"伙计别动！叫一声就要你的命！"

对面这两个弟兄顺顺当当地接过两支大枪，留在门前的隐身壕里。

张队长领着弟兄们悄悄地进了东门，隐在路北一排小草房后面。这时候屯里的人还没睡觉呢，小草房里都闪着昏暗的灯光。路南就是警察狗子们住着的两排房，前排五间后排五间。屋子里灯光挺亮，发出唏哩哗啦的响声，夹杂着一阵一阵的叫嚷：

"压好注！……开门了！……"

"压好……开！……"

正好在这个时候门开了，抗联像从天上掉下来似的，一个大胡子拎着匣子枪冲进来，后面跟着好几十个端着大枪的抗联弟兄。"警察官"们吓得有的往桌子底下钻，有的用被子把脑袋蒙住，屁股撅在外面。紧跟着后排房传来一声枪响，嚎叫了一阵就没声了。

弟兄们把前排房里的六十多个"警察"也送到后排房里，一点数，只跑了五个"游动哨"。大家把警察狗子的大枪抱到前排房，打成捆，把手榴弹挂在自己身上；连黑姑也挂了三个"雷极八半"的手榴弹呢！

赵胖儿正在前排房里收拾缴来的大枪，一抬头看见墙上有一架电话，他一声没吱，举起手里的枪，狠狠地就是一枪托，嘴里嘟嘟囔囔地说：

"警察狗子！……再叫你们给鬼子报信吧！"

屯里人一听见枪响，就知道准是杨司令的弟兄们回来了。后来听见警察狗们一嚎叫，大伙可就全跑了出来；这才知道是老张领着弟兄们回来了。

"杨司令的弟兄回来喽！"

屯里的老老少少把张队长围上了，一个白胡子老爷子淌着眼泪说：

"老张！兄弟们饿着了吧？"

一群老奶奶把赵胖儿和黑姑围上了，她们问杨司令身体好不好，问小嘎们给养够不够。当然了，也问自己的儿子在队上怎么样；虽然这两个孩子说不清她们的儿子在哪个队上。

妇女们把这两个孩子拉到路北挨着卡子门的一间屋里，立刻拿出热干粮来。

黑姑抱着一个滚热的窝头烘着手，慢慢地两只冻得通红的手才回暖过来，痒痒起来了。她就一面吃着窝头，一面在腿上擦手背。老奶奶们的问题可太多了，她们还问给自己的儿子捎去的小布衫见到没有。两个孩子一面答着话，一面吞着热干粮。黑姑还没吃完头一个窝头，忽然一个弟兄探进头来说：

"赵胖儿！预备出发！……"

黑姑赶忙把手里还没吃完的一块窝头塞进嘴里，跟在赵胖儿后面想往外走。这时候走进来一个老奶奶，端着一个黑瓦盆，里面盛的是焦黄的黄面饼子。这个老奶奶一看孩子要走，一句话没说，忙着把盆里的饼子分给赵胖儿和黑姑，正好是一个人八个。老奶奶看着他俩把黄面饼子放进背袋子里，脸上显着挺高兴。她坐在灶头旁边的风箱上，把黑瓦盆压在腿上。

黑姑凑到老奶奶跟前想说几句话，但是她的嗓子里好像有什么东西哽着，鼻子里有些发酸。她仰起脸来看着老奶奶的脸，好半天才说出来：

"老奶奶！你给咱们'给养'，不会受鬼子的害吗？"

老奶奶抓着盆沿的手有点发抖，眼睛里淌下泪来。她一回身把盆放在身后的灶台上，用手擦干脸上的眼泪，可是眼泪又淌下来了。她就这样淌着眼泪说：

"小嘎！我还能再活一个六十二吗？……要命拿去！……反正有咱们没鬼子，有鬼子没咱们！"

黑姑听了这话，激动地看了老奶奶一眼，自己的眼圈儿也红了。她轻轻地点了点头说：

"对！咱们跟鬼子要拼到底！"

黑姑敢留下吗？

队伍刚要出发，张队长回头叫了一声：

"黑姑！"

"有！"黑姑低声答应着，慢慢地走过去。她知道自己犯了规，始终不敢和大胡子叔叔说话。她走到张队长旁边，低着头，不吱声不吭气地和张队长一块往前迈着步。

"黑姑！你敢不敢留在屯子里？"

黑姑一怔，但立刻回答：

"敢！"接着问："叔叔！……不……队长！什么任务？"

"好，本打算叫赵胖儿办这件事，群众意见说万一出了事你比赵胖儿好掩护。那就把这件事交给你吧。"

张队长低声地告诉她一些话，把任务交代清楚。黑姑点了点头，然后张队长就命令出发。黑姑赶紧走到赵胖儿跟前，把身上的"马盖子"和手榴弹交给他，又想起背袋子里还有八个黄面饼子；她把饼子也交给了赵胖儿，说：

"给你背着……回去分给大伙吃！……"

张队长领着弟兄们走了！大家的嘴里还在嚼着窝头，怀里的干粮还在冒着温和气。他们走到卡子门口的时候，听见后面有人说：

"兄弟们！……只要咱们没叫鬼子砍了头，管保有你们的食粮！……兄弟们！快些回来呀！"

弟兄们出了东门，可是没往东面的八里岭去。他们绕了一个圈，转回头来奔西面岭冈走去，这正是奔大屯去的方向。

张队长准知道鬼子会顺着脚印跟上来，所以他叫二连的弟兄背着从"警察队"缴来的给养和弹药走在前面，自己领着一连的六十个弟兄在后面掩护，一直朝西面走去。

屯子里鸦雀无声，只有一只野狗在嚎叫。屯子里漆黑，卡子门大开着，隐身壕里空空洞洞的一个人也没有。这时候屯里的"警察官"还都蹲在房里没敢出来呢。

黑姑顺着路北的草房往前走。她用手轻轻地摸索着，心里数着：一个房门……两个房门……三个……一直到第四个房门。这是一间孤零零的小草房，看不出是几间。黑姑回头一看，四外没人，悄悄地走到窗户根下，用手敲了几下，又敲了几下。可是屋里一点动静也没有。隔了一会，房门一响，有人低声问：

"半夜三更有什么事？"

黑姑凑到跟前小声说：

"这里是陈福廷老爷子的住处吗？"

"是，快进来，我们等你半天啦！"

黑姑偏着身子挤进去。这个人把门插上，又用棒子顶好。屋子里原来有一块松树明子冒着烟，上面半扣着一个瓦盆，外面一点也看不出亮光。她进屋以后才看出方才给她开门的人是个老爷爷，影影绰绰地看见他下颚上有胡子，可是看不清是黑的还是白的。炕沿上坐着一个老奶奶。黑姑一下子就看出来了，原来是给她黄面饼子的那个老奶奶。

老奶奶一看黑姑进来就怔住了，她压低了声音说：

"小嘎！你怎么溜出来啦？……这可对不起杨司令和老张啊！……"

没等黑姑答话，老爷子接过去说：

"这是老张的小嘎……临走时说好了！"

这老俩口子一商量，就把黑姑塞进门后一口黑漆溜光的小柜里。柜底板裂了好几道大缝子，里边放了一捆烂布块，发出一股霉气味。

老陈爷子把头伸进小柜里，低声对黑姑说：

"在里边别动！……想睡就睡，鬼子来了我告诉你！"

黑姑听见头顶上叮叮当当地响了几声，以后就静下去了。她半躺在破布捆上，轻轻地喘着气，耳朵贴在板缝上听着。不知道过了多少时候，她觉得有点头晕。她使劲把眼睛睁大，可是过一会又有些昏迷。最后，她用手使劲扒着眼皮，慢慢地她就扒着眼睛睡着了。

两天两宿没睡觉了。她一迷糊就睡熟了。……正睡着，忽然听见有机枪响。黑姑惊醒过来，连忙翻了个身，用手去摸自己的"马盖子"。可是马盖子没摸着，头碰在柜盖上。这才知道是老爷子在挪柜上的瓶罐，弄得叮当响。

老陈爷子把小柜盖掀开，探进头来说："小嘎！八里岭下来鬼子了！……"

黑姑想往外跳，老爷子一摆手说：

"别动！……一会就有人来告诉鬼子的实数！……"

黑姑在柜里仔细听着窗外的动静，她想从路上的脚步声辨别出来的是"满军"还是鬼子。正听着，忽然房门嗯隆响了一声，跟着有人嚷叫：

"老陈爷子，太君来搜查，有没有抗联的探子？"

就听老陈爷子说：

"老总！你们在这屯里住了不少日子，还不知道咱们老俩口子是什么样人？……"

"你们插门闭户的干么？"

"老总！咱们老俩口子过这个黑日子可不是一天半天喽！……老总你们还能不知道吗？……"这是老奶奶的声音。

一个鬼子大声地哇啦几句，跟着房门一响，再就没动静了。大道上的脚步声更多了，忽然传来鬼子兵的报数声音。正在这个时候，房门一响，悄悄地走进来一个人，低声和老陈爷子说：

"……五十多鬼子！……七十多'满军'……"

"……什么家伙？"

"一共三挺歪把子[1]！……"

这个人刚刚出去，老陈爷子急忙把小柜打开，告诉黑姑说：

"趁着鬼子站队，快走！……"

"老爷爷！鬼子的实数？……"

"别记错了！五十多鬼子，七十多'满军'，三挺歪把子！……别记错了！……走！"

老爷子拉着黑姑奔后门。刚要开门，后面老奶奶赶上来说：

"小嘎！拿着干粮！"

黑姑摸着黑接过来两个饼子，急忙揣进怀里。

这爷俩出了后门一直往西溜，钻进一个老牛圈里蹲下来。这个牛圈离围墙根只有五十多步远，使劲跑几步就到了。这爷俩刚要往外钻，忽然跑过来一伙人，原来是"满军"的一伙"游动哨"从后街跑回来。他们急忙趴下来，压在冻硬了的牛粪上。这伙"满军"跑到牛圈跟前停下来，立刻射过一道手电筒的亮光，正好射在一头老黄牛的长角上。它慢慢地扭过头去。这道亮光慢慢地往下落，眼看要照在老爷子的脚后跟上，忽然一晃不见了。……

老爷子一听脚步声去远，拉着黑姑往前溜，到围墙根下面又蹲下来。黑

---

[1]　歪把子：日本造的三八式轻机枪。

姑站起来想摸墙头，可是自己的身量太矮，怎么使劲也够不着。老爷子蹲在地上一拍黑姑说：

"踩着我的肩膀头上去！……快点！……"

黑姑没多想，立刻蹬着陈福廷老爷爷的肩头上了墙。她先用两只手攀住墙头，再把身子滑下去，可是两只脚又够不着地。她一松手，就落在壕沟的雪窟里，噗通响了一声。立刻从西门岗哨那里射过来一道亮光，在她的头顶上面晃来晃去。她把胸脯紧紧地压在雪上，右手抓住藏在裤腰里的"腿叉子[1]"。这时候她可真急了，连自己都能听见自己的心跳声。她想：

"若叫鬼子抓住可糟了！……张队长还在等着听信呢！"

她紧紧地抓住"腿叉子"，静静地听着西门的动静。可是西门什么动静也没有。不一会，手电筒的亮光也收了回去。黑姑慢慢地抬起头来，四外一看，一团漆黑。她用手拨着前面的雪，急忙爬上沟沿。顾不得领子里的雪饼子，就顺着一块有苞米楂的空地一直往西走。走过这块苞米地，前面是一片平坦的空地，黑姑弄不清这是稗楂地还是豆楂地。她越走越快，后来就撒腿跑起来了。

她在屯子里一共藏了不过两个钟头，可是她觉得好像过了好几个月。往常在山里，在大雪天，虽然穿着开花棉袄，成年累月打不上火堆，几个月没有粮食下肚……在那时候，就是用手摸摸山上的老红松，吞几口地上的雪，心里也觉得温暖、舒服！可是在屯子里，这两个多钟头好像有什么东西挤得她没法喘气！……

她一面跑一面想：怪不得老奶奶说——

"咱们过的是黑日子啊！"

奇怪的火堆

黑姑顺着方才队伍走过的方向，一直朝西面的山脚跑去。一路上，她记不清自己摔了几交，跑到山脚下矮林子前面的时候，汗水把棉袄都浸透了。

---

[1] 腿叉子：一种锋利的短刀。

她站在矮林子前面，朝四外一听，静悄悄的什么声音也没有。她急忙钻进矮林子里，噘着小嘴，对着上坡吹起又尖又细的呼哨来。隔了一会，上面不远的地方，噼啪地响了几声，跟着也响起呼哨声。这呼哨声和黑姑的一般样，若不是在冬天，真会叫人寻思是蟋蟀叫呢。

黑姑一下子就听出来了，这是少先队小伙伴们的暗号。她顺着声音往上爬，上面的响声也越来越近。等上面的响声到跟前的时候，黑姑忙着闪在一边，用手摸索着身后的棵子，一声不响地蹲下来。黑姑一停下，上面的声音也停下来。过了一会，忽然有人低低地叫了一声：

"海古！"

黑姑站起来就往前钻，树梢抽在脸上，但是她一点也没觉出疼来。她急忙忙钻到这个人跟前，一把抓住这个人的手，好容易才说出话来：

"赵胖儿！……是你来了！"

赵胖儿也紧紧地抓住黑姑的手，两人都不知道说什么好。本来一共分开不过几个钟头，可是这对抗联的孩子们说来是多么长的时间哪！黑姑心里又高兴又有点难过，她想：离屯几里路就到家了，可是……赵胖儿想：黑姑活着回来了，少先队还是完完全全的！……若不是在晚上，一定会看到这两个小伙伴的眼睛里都在滚动着晶亮的泪珠呢！最后，还是赵胖儿先说：

"走吧，黑姑！张队长等着呢！"

两人紧紧地拉着手，一直爬到山后面一座桦树林子里，在一棵老桦树后面找着了张队长；他正在盯着山头上的"哨"呢。张队长一看黑姑回来了，急忙从雪窝里站起来，走到黑姑前面说：

"黑姑，报告吧！"

黑姑一五一十地作了报告，连在柜里睡觉的事也细说了一遍。张队长听完以后，回头叫了一声：

"王班长！"

"有！"

"预备好！"

"是！"

王班长在大雪里拔着腿，急忙往山头上爬去。黑姑有点不明白。她正在瞧着山头，忽然从山头上发出一点火光，这火光一点点地大起来，照出几个黑色的人影乱晃。张队长等山头上的弟兄下来以后，压低了声音发出命令：

"出发！"

黑姑和赵胖儿紧挨着张队长身后，走在弟兄们的前面。张队长顺着山坡一直往南走，绕过一个山腰以后，又绕向西面走去。黑姑走着走着回头一看，大队没跟上来。她真糊涂了，忙着转过身去一看，身后只有十几个弟兄排成的单行。

"哎，这是怎么一回事？"黑姑偷偷地问赵胖儿。

"叫鬼子逛灯。"

"大队呢？"

"背着给养早走了！"

这回黑姑可明白了！两人摸着黑，你瞅瞅我，我瞅瞅你，捂着嘴嘻嘻地笑起来。好像这条"计策"就是他俩出的一样。张队长回过头来，好像生气似的说：

"行军的时候笑什么？"

单说青沟屯里这伙鬼子，本来是从大屯出来顺着脚印从青沟岭追上来的。他们进了屯以后才明白，抗联背着给养早走了。鬼子满以为自己进屯子没人知道，连饭也没顾得吃，顺着脚印追下去。他们刚刚从屯东绕到西面，一抬头，看见在前面不过八里路远的一个山头上，闪烁着一股篝火的亮光。鬼子乐了，他们叫"满军"绕到山后，自己从正面压过去。他们急忙忙爬上山腰，瞪着眼看着山头上的火堆，转来转去不敢径直往上冲。足足过了一点多钟，鬼子和"满军"在山头上见面了，可是除了一堆通红的残火以外，连一个人影也没有！鬼子想再找抗联的脚印，可是脚印叫他们自己踏乱了。

鬼子正在对着残火发愣，在南面远远的一座山头上又慢慢地升起了火光。这回可不是一处了，离远看好像十来处。鬼子扔下这个山头，滑下山腰一直往南追过去。……

张队长领着弟兄绕了一个大圈子以后，就不再点火堆，一直往西面松树泊的方向走去。这一夜他们只走了四十来里路，天一放亮，他们就钻进一个山腰上面的小松林子里。

这个山头上面没有树林也没有蒿塘，雪地里露出来几处颓坍的破墙角，周围长满了细长的梢条。一看就知道是一片撂荒地。

弟兄们把雪踩了一个窝，抱着大枪蹲在里面，外面光露出一个脑袋。黑姑和赵胖儿两人紧靠着张队长踩了两个"窝儿"，两人对着面啃着冻干粮。干粮本来是揣在怀里的，吃的时候一看，一半硬一半软：贴肉那半没冻实，贴衣服那半冻的好像一块硬骨头棒子。只好啃完一半再放进怀里贴肉的地方。

张队长好像在想什么，他一会瞅瞅山头，一会又瞅瞅黑姑。黑姑一看张队长看着自己，急忙低下头，又想起自己犯了"规"。张队长也从怀里掏出饼子来，啃了几口又放进去。他慢慢把身子转过来，看着黑姑的脸说：

"黑姑，你知道这是什么地方吗？"

"我不知道！"

"这里也叫青沟子！"

"这也叫青沟子？"

"嗯！……这个山头叫十家岭……你爸爸就是在这个山头上牺牲的！"

黑姑想要仔细看看这个十家岭，但是她这时候什么也看不清，什么也看不出来了！她的眼睛叫泪水遮住了；她又想起瘦瘦的爸爸来。她想在二连那时候，爸爸每逢回林子，先把她抱起来，一面用一只大手摸自己的头顶，一面问：

"海古！淡白（烟）伊邵（有）？"

"伊邵（有）！"

立刻她就从怀里掏出一把烟叶，这是她专给爸爸和弟兄们收集的。当然了，这"烟"有时候是茄子叶，有时候是蒲公英的干叶，假如是砸碎的黄烟茎，那就算是顶好的犒劳了！……

黑姑擦干眼泪，把这座小松林子详详细细地看了一遍，又跟着站"哨"的弟兄爬到山头上去。她想在这座山上找出爸爸打仗的记号。她猜摸着：爸爸也许就在那个墙角里射击过鬼子……不……也许就在那棵小歪脖松底下，你看，那棵小松树根上不是有一块没有皮了吗？不用说，那一定是爸爸在那打枪磨的喽！

太阳落下去了，鬼子把人追丢了。弟兄们又啃了一次干粮，预备走这一夜山路。北风带着烟雪，打得小松树直嚎叫。下了山，走到山脚的时候，黑姑又回头看了几次，这座十家岭就慢慢地隐没在黑夜里了。黑姑心里重复着说：

"这叫十家岭！"

天蒙蒙亮的时候，张队长领着弟兄们走进了松树泊。老红松发出一股油脂味，大家好像在黑屋子里憋了几天忽然见着太阳一样，心里叫油脂味冲得真清凉。这好像劳动了一天的农民，回到家里一进屋，马上闻着一股火炕上发出的土腥味，心里又舒服又安宁。

越往前走林子里越发亮起来，风在头顶上叫着，树头上的雪块簌簌地落下来。林子里多安静啊！黑姑忘了十家岭，忘了自己犯了"规"。她仰起脖子，尖着嗓子唱起来：

> 一月里来……一月……一
>
> 弯弯的月儿……上正……西
>
> ……
>
> 谁不愿意……种田……地
>
> 谁愿意母……子……两分离
>
> ……
>
> 都是那小……鬼……不讲理
>
> 杀人放火……把……人来欺
>
> ……

歌声在树空里绕来绕去，有时冲回来，跟着又冲过去。弟兄们谁也不讲话了，他们都静悄悄地走着，入神地听着；眼睛里放出胜利的光彩。

最大的处罚

背"给养"的弟兄比张队长早到"家"三个多钟头，大家都不去休息，眼巴巴地等着队长回来。

张队长一到"家"，少先队的小伙子们就把马架子挤满了。还没等张队长坐下来，他们急忙把烤好的干粮递过去，非叫队长趁热吃下去不可。黑姑低着头站在人群后面，有时偷偷地看张队长一眼，然后又低下头去。留在家里的这十个孩子也知道黑姑站在后面，但是大家都没看她，只有锁子仰起脸来用眼睛溜了她几下。

这天的晌午，张队长把少先队的十二个孩子全找了来，叫他们围着自己坐了半个圈。他们预备开一个顶顶重要的会议呢！张队长等大家坐好安静下去之后，慢慢地说：

"抗联的队伍为什么要有规矩？"

"有规矩大伙才能心齐！"

"个人干个人的能打得了鬼子吗？"

"打不了！"

张队长用眼睛盯住低着头的黑姑说：

"黑姑不听命令，跟着队伍上青沟子。大伙说，这对吗？"

"不对！"

"不对！"

"当然不对！"

十一个孩子的脑袋全转了过来，小眼睛里闪着光，一直射在黑姑的脸上。黑姑觉得这二十几道眼光像二十几把锥子，一下子扎在自己的心里，她羞愧地把头埋在胸前。张队长停了一会，看大家都不吱声，这才接着说：

"给爸爸报仇，这是应该的事。可是单人独马能打得了鬼子吗？能报得了仇吗？……要给自己的爸爸报仇，还要给千千万万人的爸爸报仇呢！……要报仇就得靠着大家心齐，就得靠着听命令守规矩！"

黑姑的脸有些发白，她嘴唇抖动着，眼睛里滚下几颗大泪珠来。别的孩子的眼睛也湿了。他们看着张队长的脸，好像他的脸上可以给他们解答一切难题。

张队长最后说：

"黑姑在青沟屯侦察成功，应该受奖！……可是随便行动应该受罚！"

黑姑受罚了！从这天起，她两天不能够和大家在一处工作，她得自己一个人在队部里蹲两天。

开完了会，张队长领着十一个孩子走了。黑姑慢慢地走回自己的马架子。这回可真剩下她一个人喽！

黑姑从一九三六年到松树泊以后，很少一个人单独待过。她喜欢和大家在一处，日子一长，她就更觉得离不开大家了！她和大家在一处的时候，觉得浑身有劲，好像一切事都安排得很好，自己一点不用担心。有时给养断了，队上几天吃不上"饭"，可是只要是和大家在一处，她就什么也不想，总觉得心里有"底儿"。假如只剩下她一个人，她就觉得好像丢了什么东西似的失去主意，甚至连气都喘不上来。一直看见人们回来了，她才从心里卸下一块大石头，嚷叫着跑过去，把什么心事全忘掉了。

黑姑坐在马架子门口，眼看大家走远，不一会，就叫老树干挡住不见了。头顶上的风声挺大，可是她总觉得周围太静了，静得连喘气都费劲。她躺下去，觉得不自在；坐起来，还是觉得不自在；就走到马架子门口。抬头一看，门上面的横木上挂着一个小铁锅，她把小锅摘下来，坐在门口擦起来。

她擦一会抬起头来看看前面，盼望天快点黑；天一黑伙伴们就回来了。

留下她一个人在家，这是多么大的处罚啊！黑姑心里想：

"剩下孤零零的一个人，比打一顿还厉害！"

她又想起方才开会的情形，想起伙伴们的眼睛，想起大胡子叔叔的话。她长叹了一口气，自言自语地说：

"以后再也不随便行动了！"

在"院子"里

松树泊像一根硬刺，深深地扎在鬼子的心口窝上。这座黑森森的老松林子，吓得鬼子们黑夜白天不得安宁。他们明知道：只要青纱帐起，林子里的抗联就会像山崖上的泉水一样冲出来。

鬼子趁着冬天，想要把弟兄们从林子里压出来。

大屯的敌人凑合了一百五十多鬼子兵和五百多个"满军"，排着纵队，从南往北插进林子里来。鬼子不敢在晚上进攻，他们在天刚一放亮的时候进了林子。最前面，是二百多个"满军"打头，最后面又是三百来个"满军"压后阵；鬼子在当间慢慢往前蹭，和前后两伙"满军"隔有三里多路。鬼子想得满好，他们以为只要一看见抗联的影，前后一呼应就变成一个大钳子。"满军"在前面捧着"指南针"，鬼子在后面一边走一边在树上砍记号，为的是不迷失方向。

豺狼进"院子"了！

鬼子刚一进林子，张队长就知道信了。他命令弟兄们把"给养"藏好，两个连分开来，在东西两面隐蔽着。少先队这十二个小嘎和张队长在一块，跟着二连躲在西面。

鬼子走到晌午，已经来到林子当间了。可是他们别说看见抗联，就是连抗联的马架子也没见着。鬼子怕天黑，他们在一个漫冈上站下了。前面的"满军"下了冈，后面的"满军"还没上来。鬼子们想往回走，忽然两边响起了枪声，鬼子看不见人在什么地方，可是子弹像雨点似的射过来，打得鬼子嚎叫着乱窜。

鬼子一叫，前面那伙"满军"就挤成一团，捧着"指南针"一直往北跑去；后面那伙"满军"转过头去顺着鬼子砍的记号一溜烟跑了回去。

还没等鬼子明白过来，没等他们在树空里掉过三八盖子，弟兄们发出一阵震耳的杀声，从两面冲出来。鬼子的哇哇声和弟兄们的"杀"声混成一片，只听见林子里嗡嗡直响，听不出哪个声音是哪个人发出来的。

少先队的孩子们紧跟在张队长身后，抢着马盖子冲出来。他们同弟兄们一样，也尖着嗓子使劲喊杀，但是他们却听不见自己的喊声，好像这嗓子不是他们的嗓子，这声音也不是他们自己的声音。

张队长跑在弟兄们的前面，一直冲到鬼子跟前。正好从对面上来一个短腿的小鬼子，哇哇地往上冲。张队长一甩匣子枪，小鬼子一个筋斗摔在雪里，再也不动了。这个小鬼子刚倒下，接着又跳上来一个拿刺刀的鬼子，一把抓住张队长的腰带子，想要把张队长摔倒。张队长来不及打枪，他抢起匣子枪，啪的一声打在这鬼子的脸上。这个鬼子啊啊几声，捂着脸弯下腰去。这时候从张队长身后跳上几个孩子来，领头的正是赵胖儿。孩子们把鬼子按倒，骑在鬼子身上打起来。鬼子像疯狗一样乱抓乱蹦，把赵胖儿的脸都抓破了。锁子一看鬼子要翻过身来，他急忙跳到跟前，用嘴咬住鬼子的小手指头。鬼子的手在他的嘴上乱抓，把锁子的嘴都抓破了。但是锁子始终没松嘴，直到赵胖儿捡起一个机枪子弹盒砸在鬼子的脑袋上以后，锁子才站起来，往鬼子身上狠狠地吐了几口唾沫。他感觉心里直发呕，又吐了一口唾沫说：

"死鬼子，真肮脏！"

张队长又往前跑去，刚从一棵树后绕过来，冷丁地从后面跳上来一个拿马刀的鬼子，一声没吱，举起手里的马刀就往下劈。正在这个时候，从旁面一棵树后，叭的一声响了一枪，这鬼子扔下马刀，捂着大腿坐在雪地上。张队长回过身来，刚刚举起手里的匣子枪，忽然从枪响的那棵树后面跳出一个黑姑娘，抢起"马盖子"，狠狠地砸在这鬼子的头顶上。张队长大声说：

"黑姑，交手的时候别动大枪，小心自己的弟兄！"

"那……那……若是不用大枪，不是把你砍了吗？"

活着的鬼子都跑了！留下七十多个死尸，送来六十多支大枪，另外还有一挺崭新的"歪把子"。

豺狼打跑了，孩子们把张队长围上，绕来绕去地仔细看他的全身。孩子们一看队长平安无事，都放心了。锁子仰着脖子对张队长说：

"队长！鬼子以后再也不敢进'院子'了吧？"

张队长没吱声，他用手摸着锁子的头顶，隔了一会才说：

"小伙子们！艰苦的日子在后面呢！"

围困

鬼子吃了亏，以后再也没进来。但是他们在外面却增加了兵力。鬼子集中了一个团，另外有两整团"满军"。他们把松树泊团团围住，一心想把弟兄们饿出来。

半个月过去了，已经来到腊月天了。弟兄们从青沟屯缴来的给养只剩下半袋苞米棒，另外就是连里自己收集的冻蘑。炊事班的赵班长唉声叹气地坐在灶台旁边，低着头不愿意出去见弟兄，好像"给养"是他自己吃光了似的。

张队长下令，剩下的一点苞米棒子给病号吃，连里的冻蘑一天减少到一顿；这样才能够支持五天。

正在这个时候，少先队的锁子病了。

他一大早就晃晃荡荡地走出马架子，靠着一棵老"站杆[1]"坐在马架子旁边。赵胖儿正在往一个小铁锅底下填干枝，金奉淑和黑姑两人用树枝在锅里搅和着。不一会，从锅里冒出一团白气，冻蘑发出一股冲鼻子的土腥味。锁子想站起来走，可是他脚一滑又坐下了，跟着就低下头吐起来。他什么也没吐出来，因为肚子里本来就没有可以吐出来的东西；他只吐出一摊黄水，把地皮上的硬雪壳染黄了一块。金奉淑忙着跑过去，拉着他的胳膊把他搀起来，慢慢地把他扶到马架子里。她出来的时候回过头去轻声说。

"你别出来，闻着蘑菇味又该吐了！……就给你煮苞米，躺着别动！"

赵胖儿从炊事班给锁子领回来两个白色的苞米棒子，递给黑姑一个，另一个送到马架子里收起来。黑姑用赵胖儿的刺刀，顺着一排排苞米粒割了一道道小口儿，然后把苞米粒搓下来。

金奉淑用雪把小锅刷了一遍，然后装满了干净雪，把小锅放在干枝上烧起来。等锅里的雪一化完，她就再添一捧雪。赵胖儿看锅里的水差不离了，就叫黑姑把苞米粒放进去。他一面烧着火一面对大伙说：

"你们吃冻蘑吧。要不，一会就冻实心儿了！"

金奉淑在秋天用桦树皮做了一个小碗，她就用这个小碗给赵胖儿端去一碗冻蘑。赵胖儿一只手挑着锅底下的干枝，一只手抓起一块蘑菇塞进嘴里，他立刻觉得冲进来一股辣丝丝的土腥味。他没敢多嚼，急忙咽下去。他再也不想吃第二口了。

苞米煮到时候了，黑姑把小锅端到锁子跟前，想叫他趁热吃下去。锁子软软地坐着没动，他慢慢地仰起脸来看着黑姑，笑了，接着有气无力地说：

"我不要……我不饿！"

"两天没吃东西怎么行？趁热吃几口！"

黑姑把锅上的麻袋片揭开，露出一堆煮过的苞米粒。这些苞米粒，正好

---

[1] 站杆：林子里枯死的老树。

从刀割的小口儿上翻开，好像一堆白色的苞米花儿。要不用刀割啊，苞米粒里连点水气也不容易进去呀（说起来这还是跟老弟兄学来的办法呢）！

锁子嚼了几口半熟的苞米粒，昏昏沉沉地睡过去了。

情况越来越严重了！大屯出来五百多鬼子领着八百多"满军"，从南往北移动；黄松屯出来四百多鬼子领着一整团"满军"从北往南移动。他们想：不是把抗联挤在林子当间，就是把抗联挤出来。

"杨司令怎么还不来令呢？"

弟兄们都把脸对着东面，就等杨司令来命令。

一天过去了。鬼子在林子边上移动着，可是没进来。这一天里弟兄们水米没搭牙。他们只感觉口渴，隔一会就有人抓起雪来往嘴里塞。

炊事班里又升起火来了，他们正在煮着最后的一点苞米粒。灶坑里吐出来的火光很小，有时候慢慢地露出头来，跟着很快地就缩回去，好像它也知道鬼子要进林子似的。

孩子们站在张队长身后，他们伸长了脖子，眼巴巴地往东面树空里瞧。忽然吹过一阵风声，他们就使劲睁大了眼睛；等风声过去以后，他们就慢慢地把身子往回缩一缩，又恢复原来的老样子。

头顶上的风声大了，外面又落起雪来。但是大家谁也没理会，谁也不去拍打头顶上和肩头上的雪花。

赵胖儿拿起小铁锅想去打饭，他刚刚把小铁锅从横木上拿下来，忽然从炊事班那里传过来说话的声音。这声音挺特别，不大利索，又有点嘶哑。这声音只是重复着一句话：

"辛苦喽！兄弟们……辛苦喽！"

赵胖儿扔下小铁锅就往东跑，别的孩子们也跟着赵胖儿跑过去。不一会，孩子们拉着一个细高个儿的老爷子走来。这老爷子显着挺高兴，一边走一边对孩子们说：

"辛苦喽！小嘎！"

老李福来了！杨司令来命令了！

老李福从什么时候开始给杨司令当交通员呢？有人说一九三五年"会合"的时候就在杨司令那里见过他；可是又有的老弟兄说，李红光在磐石的时候就有老李福；这可真是老交通员了。

别看老李福老的牙一个也没有了，可真能办大事；不管什么样的卡子，他都能拿着小棍儿走过去。弟兄们一看老李福带来"令"，就准知道没错！

老李福一直走到张队长的马架子里，正好两个连长也在。张队长把自己的木头墩儿让给老李福。老李福用手按着膝盖，好容易才坐下来。他把那根"老鸹眼"的小棍夹在腿当间，用手把胡子上的霜擦了一下才说：

"老张啊，杨司令说了，坐着不动是等死，走出去是活路！……杨司令叫你们化——整——为——零！"

锁子还笑呢！

弟兄们连夜就要离开这个"家"。大家嚼了一回煮过的苞米粒；这是三天来的第一顿"饭"。

张队长召开了一个紧急会议，决定把弟兄们分成五个队。自己领一队，两个连长各领一队，其余两队由两个排长领着。

又要化整为零，又不能叫鬼子分割开。张队长和两个连长一讨论，为了保存力量，决定五个队分散着向西面的黄松岭一带移动。

出发的时候已经是半夜了，各个队排着单行，像一把张开的扇子面，分散着向西面走去。留在最后出发的是张队长这一队人——三十个弟兄和十二个少先队员。头顶上的老北风呼呼直叫，隔一会就有大块的雪饼落下来，砸在地面的雪壳上，发出噗噗的响声。一队队的弟兄们按着自己的路线出发了，没有人多说话，也听不清在雪里的践踏声。只是在风声过去的时候，有时听到有人轻声地喊一句：

"跟上！"

孩子们排成单行，站在张队长的前面。他们开头还能听见前面已经出发的弟兄们的吆唤声，过了一会，这些低低的吆唤声就叫头顶上的风声压下去了。"队长，咱们走吗？"是金奉淑问的。

"再等一会！"

张队长站在原地方没动，他脸朝着弟兄们走去的方向，摸着黑把腰带子里的匣子枪往下插了插。等前面什么声音都听不见的时候，他才压低了声音说：

"出发！……金奉淑，你们走在弟兄们的当间！"

林子里的雪真厚，幸亏前面有十几个弟兄开着道，孩子们用手拨着雪才能迈开步。金奉淑走在少先队员的前面，右手抓着前面那个弟兄的背袋子，左手拉着锁子的手腕；她借着前面那个人的劲，拉着锁子往前走。锁子身后是黑姑，她背着锁子的枪和背袋子，两只手推着锁子的后背，不然她就要撞在锁子的背上了。张队长隔一会就回过头来对着小嘎们说：

"走啊，小伙子们！"

孩子们的头上冒出冰凉的汗珠，开花棉袄凉冰冰的贴在身上。走着走着，锁子有点往回挣，胳膊有些往下垂。黑姑在后面都能听见他呼哧呼哧的喘息声。黑姑的头上一个劲地往下流虚汗，等流到鬓角上的时候，汗珠就慢慢地变成了许多溜圆的冰珠。

正走着，锁子一下子跪下来，幸亏金奉淑没撒手，紧跟着就把他拉起来。黑姑又走上来推着他。锁子的胳膊抖起来，他的腿软得好像没有骨头，没有等从雪里把腿拔出来，差一点又跪下去。他想说话，可是嗓子里像冒了烟，胸脯里像着了火。他很想喝口水，就是一滴水也行。可是林子里哪来的水呢？……他用闲着的左手抓了一把雪塞在嘴里，这回心里可清凉多了！他一连吞了好几口雪，然后对着前面说：

"金奉淑！……"

金奉淑一面拉着他往前走，一面答应说：

"干吗，锁子？"

"……"锁子想说："不能喘口气再走吗？……"但是他没说：说什么呢，前边有金奉淑拉着，后边有黑姑推着，不都是一个样的少先队员吗？……一说话，张队长又该叫弟兄们背着自己了，不干！……不都是一个样的少先队员吗？……锁子隔了一会才慢慢地说：

"没什么……走吧！……"

锁子使劲喘着气，摇晃着上身，慢慢地使劲往高处抬着两条小腿。过了一会，他的腿又软了，嘴又干了，心里又冒起火来。可是他到底没说话，他又抓起一把雪塞在嘴里，心里又清凉些了！

天蒙蒙亮了，虽然太阳还没冒红，可是林子边上已经有些发白了。弟兄们趴在林子边的树后面往前看，想要找出往前走的道路。前面是一条新修好的汽车路，过了汽车路是一道不高的山冈，上面长满了一人多高的小棵子。这道山冈上面有一条岭道，原来是通往大屯和黄松屯的岔路口。路上有一个火堆一闪一闪地吐着火舌，有时爆起一阵小火花；一定是白杉松桦子在燃烧。每逢火光一闪，就照出几个活动的黑影：原来是鬼子的"哨"。

张队长一看，天眼看要亮了，一分钟也不能拖延了！他领着弟兄往南爬，大约爬到离火光有二里多路的地方，张队长领着弟兄排成单行，躬着腰跑过汽车路，钻进棵子，然后一直往山冈上爬过去。正在这个时候，岔路口上的火光忽然灭了，跟着有一挺重机枪咕咕地响起来，子弹嗥叫着从弟兄们的头顶上飞过去，有时扎在棵子上，发出长长的哗哗声。张队长回过头来大声说：

"快走！"

弟兄们上了山冈以后，顺着冈顶往南走，始终没钻出棵子来。枪声跟了一会，以后就静下去了。

"太阳钻嘴儿，冻死小鬼儿！"

林子外面可是两个天下喽！老北风卷着大雪，吹透了孩子们的开花棉袄，像锥子似的扎在他们的脸上；冷风吹透了胸脯，心都颤抖了。衣服里的汗水像冰一样凉。每逢吹过一阵北风，孩子们嘴里就灌进一股冷气。他们的袖子里塞满了雪，开头还能烘化一点，等过了这道山冈，袖子里的雪和浸在棉花里的汗水凝到一块，结成一层薄冰，两个袖子冻得硬邦邦地没法打弯。孩子们觉不出自己的胳膊还在袖子里呢！他们的腿上挂了一层厚厚的雪饼，好像铅灌的那样沉。走着走着，他们觉得两条腿有些不听使唤，虽然他们还在往前迈着步，但是连自己也弄不清到底这一步迈出多远。孩子们的心都觉得发硬！

下了这道山冈，是一片梢条棵子，堆起来的积雪足有好几尺厚。弟兄们一个人拉着一个孩子，怕他们掉在雪窟里没法往外爬。孩子们紧紧地抓住叔叔们的手，生怕掉了队。他们的上半身挂满了白霜，隔一会就得使劲睁一下眼睛，因为眼睫毛冻得粘住了。

太阳冒红了，对面人的模样也能看出来了。这时候张队长变成一个白胡子老头了，他的帽子上是白霜，大胡子上也是白霜，下颚底下的胡子上还搭拉着几颗溜圆的小冰珠。他走着，正扭回头来想说：

"小伙子们，走啊！"

可是忽然吹过一阵大风雪，把他的话压住了。锁子离张队长不远，他掀动着嘴唇对张队长想说什么，可是他的嘴唇冻得闭不上了，光从嗓子里啊啊了几声，以后就听不清了。

过了梢条棵子，就是一片冻封了的"卡头[1]"甸子[2]，上面盖着大雪，好像一座座的小白山头。这里没有林子也没有蒿塘，老北风呼叫着滚过来滚过去，雪打在脸上像大粒砂那么有劲。弟兄们都弯下腰，把头深深地埋在胸坎前边。"卡头"上面溜滑，一不小心就把人滑个筋斗。有几个孩子手上流下血来，血滴在雪地上。滴了几滴以后，伤口就冻得凝住了。

黑姑紧跟在锁子后面，身上扛的枪已经叫另一个弟兄抢过去背了。在岭冈上的时候；锁子还回过头来看过她几次，等到了甸子以后，他就再也没回过头。锁子的胳膊在一个弟兄的胳肢窝底下挟着；他硬邦邦地晃着身子，紧靠在弟兄的身边。他一面走一面往下坠，黑姑在后面看着他好像费很大的劲往上抬胳膊；他想不叫自己的胳膊坠下来。当然了，他没说出一句败气话。等走到一个大"卡头"前面，锁子抽出胳膊，站下了。黑姑忙着说：

"锁子，别站下，拉住叔叔的手！"

锁子好像没听着，一声没吱，对着"卡头"慢慢地举起手来。他把胳膊弯弯地抬着，嘴里喃喃地说：

"金奉淑！……烤烤火……再走吧……"

他想坐下，可是两条腿又硬又直，支着他坐不下来。他显得挺着急，歪歪斜斜地倒在雪里，嘴里还在喃喃着说：

"烤……烤……火，不算……犯规吧？……金奉……"

黑姑急忙跑过去，她从前面把锁子抱起来，金奉淑从后面抱住他，其余

---

[1] 卡头：生在泥塘里的野草。每一簇草的根部都结得很密，圆圆地露出水面。夏天的时候，人们可以踩在上面走过泥塘。

[2] 甸子：没有开垦的荒地。

的孩子们又紧紧地抱住这三个人。弟兄们在外面站了一个圆圈给孩子们遮风。十一个孩子紧紧地拥住锁子，他们想用自己身上的一点暖和气把这个小伙伴烘过来。

又是一阵老北风卷着雪花落在孩子们的头上，落在瘦锁子的脸上。可是落在锁子脸上的雪花并没化掉。

锁子在这十一个孩子当间，慢慢地凉了，僵硬了！他的嘴没闭上，还像往常那样，露出轻轻的笑意。

金奉淑呢？

傍下晌，弟兄们爬上一个像锯齿似的山头。站在山头上往前看，是一连几座同样的山峰，两面是一眼望不到头的漫冈，好像两堵墙似的把这几座山头夹在当间。

弟兄们有的人把背袋子里的冻蘑放在怀里烘，有的人简直放进嘴里烘，他们预备吃这一天的一顿"干粮"。山坡上的积雪叫太阳照得闪光，但是每逢吹起一阵烟雪的时候，雪地上的闪光就不见了。弟兄们一面吞着冻蘑，一面滑下这个陡峭的山坡。他们下到山脚下之后，本来应该往右拐向北面的山冈上去，但是张队长忽然站住了。他把头上的帽子往后脑勺上推了一下，对着北面的山冈察看着。孩子们都站在他身后，也跟着张队长的眼光往北看着。开头什么也没看见，只有白亮亮的雪壳闪闪发光。但是仔细一看，原来在冈顶上有不少灰点移动。这些灰点有时大起来，把全身露出来，有时又小下去，隐没在山冈那面。难道是自己的弟兄吗？大家看得真真切切，自己的弟兄绝不会有那么多，拉得那么长。大家正看着，忽然有一个弟兄说：

"队长，南面冈上有队伍！"

大家一看，原来在南面的山冈上也有许多灰点移动。弟兄们把大枪从肩头上摘下来抓在手里，盯着队长的脸。张队长把匣子枪往下插了插，把头上的帽子又扯回来，回头说：

"往前走啊！"

弟兄们拉着孩子们爬上第二个山头，这时候后面山头上已经有鬼子露头了。

在白天行动可不是一件容易事。弟兄们拉着孩子滑下这个山坡以后，后面的鬼子已经顺着大家踩的雪沟快快当当地追上来。鬼子到山头上一看抗联滑到山脚了，急忙架起掷弹筒和机枪，轰轰地打过来。子弹呼啸着，有时从弟兄们的头顶上飞过去，有时扎在身旁的雪地里，发出噗噗的响声。掷弹筒打过来的小炮弹把雪片带起老高，在身后爆炸开。

金奉淑走在最后，在她右面二十多步远是朝鲜孩子少先队员韩志明。他紧紧地拉着一个弟兄的手，肩膀上的"马盖子"左右直晃荡，使劲在雪里拔着腿。他们正走着，忽然在头顶上发出一阵铮铮的响声，不知道是哪个弟兄喊了一句：

"趴下！"

金奉淑刚刚趴在雪上，就听得轰隆一声响，一颗小炮弹在身旁炸开，弹片带着风声，嘤嘤地从头顶上掠过去。她急忙站起来，向右边一看，韩志明不见了。她等身旁的烟雪飘过去以后，才看见在她右边不远的地方躺着两人，正是少先队员韩志明和方才那个弟兄。她看不出这两人伤在哪处，两人紧挨在一起，并排躺在血浸的雪地上；那个弟兄的右手还在紧紧地抓着韩志明的左手。他们身旁那块被血浸红的雪地上，还在轻轻地冒着白气。……

弟兄们肚子里只有头天晚上吞下去的几口苞米粒，还有方才在道上吞下的几块冻蘑。他们现在一点也不觉得饿，只觉得心里像火烧的一样；口渴得要命！他们一边往山头上爬，一边吞雪团，渐渐地脚步慢下来了。后面的鬼子不再打枪了，他们顺着弟兄们的脚印，紧紧地追上来。

山头上枪一响，两面山冈上的鬼子也渐渐地往当间挤过来。就在第三座山头上，鬼子拦住了弟兄们的去路。这时候太阳已经偏西，过一会就要下山了。这个山头上面是一片稀稀疏疏的桦树林子，半山腰只有几堆细长的梢条，山脚下面是一片密密的矮林子。

后面的鬼子一看太阳要下山了，急忙忙凑合了七十多人，一直往山头上冲。这时候弟兄们已经钻进山头上的矮林子了。十个孩子紧挨着张队长，脸朝着冲上来的鬼子，眼睛盯着枪上的准星。他们看见鬼子在山脚下跳来跳去，一会躬着腰往上跑几步，一会又趴下，然后又跳起来跑几步。不大一会，鬼子已经跑到山腰上的空地里了。一个弟兄举起枪要打，张队长一摆手说：

"等一会，别忙！……一定叫它枪响见物！"

鬼子离得更近了，忽然站起来一个拿指挥刀的，一面晃着手里的指挥刀，一面大声嚎叫了几句。山腰上的鬼子跳起来就往上冲，嘴里哇哇地嚎叫着。离桦树林子只有几十步远的时候，林子里枪响了，前面的鬼子躺下十来个；后面的鬼子一打站，这时候弟兄们打出一排手榴弹，正好在鬼子当间开了花。鬼子兵乱了，后面的鬼子有的趴下来，有的往下退，当间的鬼子狼哭鬼叫地躺在雪里，只剩前面的二十多鬼子冲到跟前来。张队长一甩匣子枪，头一个跳出来，后面跟着一阵喊：

"杀！"

"杀！"

孩子们紧跟在弟兄们的身后，抱着"马盖子"冲下来。他们好像不是几天没吃饭，好像并没在雪地里爬了一天一宿。他们什么都没工夫想，只有一件事：对准面前跳上来的鬼子打下去，扎过去！有的孩子把枪托抡断了，他就使劲把手里这半截枪往鬼子头上砸过去。有的孩子倒下了，嘴里还在尖着嗓子喊：

"杀！……杀呀！……"

鬼子被打退了，喊声渐渐弱下去。

没等弟兄们擦净脸上的血迹，看清自己身上哪儿受了伤，山腰又冲上一伙鬼子。弟兄们看看同志们被血染红的尸体，忿怒的眼睛里充满了通红的血丝。他们迎着鬼子冲下去，跟鬼子面对面地厮杀着。他们把自己的大枪打断了，忙着捡起死鬼子的大枪。有人和鬼子在雪里扭着打滚。

鬼子往上冲了三次，三次都被揍回去了。山腰上，雪里，留下了四十多个鬼子的死尸，活着的鬼子拖着受伤的跑下山脚去了。

这时候，张队长这队人只剩下十五个弟兄和六个少先队员。弟兄们谁也没去擦擦自己脸上的血污，谁也没去看看自己身上的刀伤。他们不吱声地把同志的尸体抬上来，放在林子深处。六个孩子围着同志们的尸体，你看我看你地发愣：

"金奉淑呢？"

少先队长金奉淑不见了：活着的同志里也没有，牺牲的同志里也没有。孩子们一看，转身就往下走。他们冒着山脚下胡乱扫过来的子弹，爬到山腰去找她。

这时候太阳落下去了，血浸的雪地变成黑色，从死鬼子身上发出一股呕人的腥味。

黑姑爬到下坡没找着，又往上爬。她一边爬一边小声吆唤：

"金奉淑！你挂彩了吗？……你答应一声！"

"……你答应一声！"

山坡上除了子弹呼叫之外，没有一个人答腔。黑姑又往上爬，她看见在一撮梢条后面有两个人躺着。她不知道为什么心里这么着急，她好像知道那里一定有金奉淑在。她不由地加快了速度，爬到跟前一看，呆住了！

紧挨着梢条跟前躺着的正是金奉淑，旁边是一个细长的死鬼子。金奉淑的右手还在抓着"腿叉子"的把儿；那把"腿叉子"正好扎在鬼子的太阳穴上。虽然太阳落了，但是还能看出金奉淑的脸：她还是那么白净，还是那么安详；只是两道细长的眉毛皱在一处，嘴角上流下一道血。

黑姑不相信金奉淑会死去；难道在一块战斗了五、六年的小伙伴会死在鬼子手里吗？她不应该死！……但是金奉淑的身体的确不动了，呼吸停止了！在金奉淑的心口窝上也插着一把鬼子的短刺刀。

弟兄们把金奉淑的尸体抬上山头，跟同志们的尸体放在一处。张队长看看躺在地下的金奉淑，又看看站在身旁的六个孩子，慢慢地说：

"金奉淑死得光荣！……朝鲜人民忘不了你，中国人民也忘不了你！"

向前走！

天黑下来了，这是个没有月亮的夜晚。鬼子把这座山团团围住，一心等着天亮。山脚下枪声停了，不时有鬼子的信号弹升上半空。

张队长摸着黑向旁边招唤一声：

"赵万俭！"

"有！"

"你受伤了吗？"

"嗯……不要紧！迎面骨上擦掉一小块皮……"

"你把孩子们领出去……"

"你呢？"

"我领着弟兄给你们冲出一条道！"

"我不去，我是队部的人，我得和队长在一块……"

"咱们不能等着鬼子天亮抓活的，冲出去是一条活路！……你把孩子们领到黄松岭，和朴连长会合！"

"不，我不能把你扔下！"

"什么？少先队员头一条是什么？……"

张队长领着十五个弟兄六个少先队员，在同志们的尸体上埋了一层雪，然后悄悄地朝北坡走下去。

黑姑走在张队长身后，手里抓着"马盖子"。她正走着，忽然想起丢了什么东西。到底丢了什么呢？朝四外一看，才知道金奉淑没跟上来。……不是刚才还在她身上埋雪吗？为什么老觉得她在旁边呢？……她往前走着，又往下想：

参加少先队那天多有意思啊！（那时候爸爸还活着呢！）那天金奉淑背上了枪，可是自己没摸着枪，还气得一顿没吃饭呢！……还有，在松树泊打松鸦那回，她光说自己不对，一点也没埋怨大伙！

黑姑想着想着又觉得金奉淑在自己旁边走着呢。朝四外一看，又想起来金奉淑留在山头上的林子里面了，不是刚才还在她身上埋雪吗？……

山脚下的矮林子边上，隔一会就升起一颗惨黄色的信号弹，有时在半悬空熄灭，有时候落在山坡上树茅子的暗影里。

弟兄们一点点地走到山腰，对面山脚下冷丁地扫过来一梭子机枪，子弹带着通红的小尾巴，唧唧地从头顶上飞过去。弟兄们立刻趴下来，从腰上摘下没有打完的手榴弹。鬼子打了一梭子就没动静了，跟着又是几颗黄色的信号弹升到半空里，慢慢地画了一道大弯，一点点地熄灭了。

弟兄们爬起来又往前走，渐渐地离矮林子近了。只要冲进这片矮林子就能钻到北面的山冈上，就算冲出了鬼子的重围。孩子们的心跳起来，他们都能看出这片矮林子的黑影了，他们觉得只要快跑几步就会钻进去。这个时候，从对面像刮风似的扫过来一阵机枪，随着就是步枪的响声和鬼子的嚎叫声。张队长回头吆唤一声：

"黑姑！"

"有！"

"快点跟着赵胖儿！跟上来！"

弟兄们在前面摆了一个半圆圈，先打出一排手榴弹，然后借着下坡的冲劲冲下去。

"杀！"

"杀呀！"

在黑暗里，看不出对面有多少鬼子，只听见人们的喘息声和在雪里的践踏声。张队长的匣子枪响了，一个鬼子像一只老公鸡似的哇哇嚎叫起来。

黑姑往前走着，看见对面摇动着一个粗大的黑影，哇哇乱叫。黑姑抡起手里的"马盖子"就狠狠地打下去，她也没看清这下子打在鬼子的什么地方，只见这鬼子倒在脚底下啊啊直叫。黑姑仔细一听，原来还有一个人和鬼子滚在一块儿。她想往前跑，忽然一个很熟悉的声音嚷着说：

"黑姑！……你……领着……大伙……冲出去！……快！……进棵子……快！……"

黑姑这才听出来，原来是赵胖儿和鬼子滚在一处了！她能扔下同志先走吗，她连想都没想，回头大声地叫着：

"跟上来！……进棵子！"

"跟上来！快……"

从黑姑旁边跑过去几个小黑影，一个……两个……三个……四个。黑姑一看少先队的人全跑过去了，又对着前面的雪地上叫唤起来：

"赵胖儿！"

"赵……"

没等她叫完第二声，忽然从旁边跳过来一个鬼子，嚎叫声好像荒山脚上的野狼。黑姑觉得左眼重重地撞在什么东西上，立刻耳朵里嗡嗡地叫起来。

她倒下了，头插在雪里。不知道过了多少时候，她觉得身上一阵冰冷，她的耳朵里除了嗡嗡声以外，又听见嘶哑的"杀"声了。但是这杀声少了，小了。她用胳膊肘支着地，手里抓着那棵"马盖子"，一点点地往前爬着，爬着。她爬进矮林子以后，就扶着棵子站起来，一直向北面的山冈走去。

折断的棵子根像尖刀似的穿透她的薄皮靰鞡，扎到她的脚掌上。树梢像鞭子似的抽在她的脸上，但是她一点也不知道疼，她的心里像火烧一样的灼热，嘴里是血的咸味。她慢慢地向北冈走去。

四外像墨染的一样黑，老北风呼啸着带着雪粒从冈顶滚到山洼里，打得山腰上的树条子呜呜直叫。在这个漆黑的夜里，在风雪里，有五个孩子慢慢地爬上北面的山冈上。他们的衣服叫树枝挂得成了烂布条，他们的脸上是一道道冻凝的血浆。

他们静静地站在冈顶上的桦树林子里，听着下面的杀声。虽然下面的"杀"声停了，但是他们的耳朵里还一阵阵地响着"杀"声。为什么呢，因为喊"杀"的是自己人哪！

一个孩子轻声地问着当间的小伙伴说：

"黑姑，咱们朝哪去？"

黑姑正在算计着：粗嗓子喊"杀"的是大胡子叔叔，尖嗓子喊"杀"的是赵胖儿，还有……但是身后的杀声的确听不见了。旁边那个孩子又问：

"黑姑，咱们朝哪去？"

"朝前去！"

黑姑的脸上是血浆，血浆外面是眼泪，血和泪混到一块了。她咬着牙离开老桦树，扶着手里的枪。

在这个漆黑的夜里，在风雪里，五个孩子顺着山冈，一直往前——往西面走去！

难道这就算完了吗？

一九四〇年的春天到了。山上的树梢儿发绿了、发软了，地上的紫铃儿晃晃荡荡地伸出头来。松树泊还是那么老绿，但是却很肃静。

屯里的乡亲们拖着种地的家什，慢慢地走上山来。他们呆呆地站在山冈上，凝视着松树泊，看着远远的西边。

"杨司令的弟兄为什么还不回来呢？"

春天很快地过去了，山洼里的青纱帐又起来了。青沟屯好像睡着了似的，没有一点声音。人们坐在窗台上，远远地盯着四外的山冈。

"难道这就算完了吗？完不了！杨司令的弟兄一定会回来的！"

有一天，将到晌午，忽然在西面山冈上有唱歌的声音。这歌声挺尖，也挺熟！

　　　　　一月里来……一月……一

　　　　　弯弯的月儿……上……正西

　　　　　谁不愿意……种……田地

　　　　　谁愿意母……子……两分离

　　　　　都是那小鬼……不讲理

　　　　　杀人放火……把人欺

　　　　　……

　　　　　叫声爹娘……别心急

　　　　　我不杀小鬼……不回去

歌声有时大有时小，有时飘进林子里，有时被风送进屯子里来。青沟屯里的人把窗户全打开，静静地听着。屯里的警察狗子急忙关了卡子门，跳进隐身壕里不敢露头。

第二天，屯里人早早地就下了地，睁着眼睛看着山冈。傍晌，从林子里走出一队人，后面跟着五个小嘎，里面有一个背"马盖子"的黑姑娘。大家看出来了：

"杨司令的弟兄回来了！"

"老张的小嘎回来了！"

一九五一年三月二十八日写于渤海边上

接关系

队伍走了

细鳞河[1] 像一只发怒的老虎，呜呜地吼叫着，吐着一片片的泡沫。浪头不时地拍击着岸边的岩石，溅起无数白色的水珠。

已经是春天了，但是河岸的背阴地方，还挂着锯齿形的冰块。锯齿的尖端，很慢很慢地滴着水。有的锯齿变钝了，有的变成半圆形了，有的干脆连同整块冰落下河去，掉在河底的岩石上，变成许多细小的块块，又被浪头搅碎，溶解在河水里面了。

河东岸，是高山筑成的屏障。山坡上长满了山杏和山李树。在没有大树的地方，灌木和葛藤纠结着，把山坡盖得密密的。山梁上，是一片原生林子：赤松威风凛凛地昂头向着青天；白沙松在春风中摇摆着自己的匀称的身段；青苔像老汉的胡须一样，挂在老树的肩上，更增加了老林子的森严。

山杏开花了。从远处望去，山坡上一片片的粉红色，就像飘在灌木丛上

[1] 细鳞河：河名。位于东北地区的东北部。一九四三年前后，抗日联军的一部分部队，曾在这一带进行整编。

的阵阵轻烟。山杏花发散出一股湿润的清香的气味。

山杏花下，抗联的战士们，静静地躺在小草上，用鼻子哼着歌。哼着，哼着，后来就唱起来，歌声越来越大了。歌声撞在山梁上的老树上，嗡嗡地叫着，在树顶上散开了，又直窜上去和头顶上的白云碰头了。白云悠悠地像帆船一样在飘着，它把歌声载走了！

……火烤胸前暖，
风吹背后寒！……

……五尺男儿汉，
催马去征战！……

……赶走日本鬼，
百姓得平安！……

歌声把十四岁的小冲锋队员谢二锁惊醒了。

他作了一个多长的好梦啊！好像日本鬼还没来呢，妈妈右胳膊挎着小团筐，左手提着他，在田地里飞着，看见黄瓜就落下来摘黄瓜，看见窝瓜就落下来摘窝瓜，看见地边上有"地里环[1]"就落下来挖"地里环"。忽然，一只母牛驮着一只小花牛，也跟在他们身后飞起来。小谢拖住妈妈的手，要妈妈回头看：

"小花牛回来了！日本鬼没杀它！"

"你说什么，二锁？"妈妈继续往前飞，好像不懂儿子说的话。

"日本鬼拖走的小花牛回来了！"

"哪来的日本鬼？"

"妈妈，你忘了吗？日本鬼进屯子，往屋里扔手榴弹……"小谢忽然想

---

[1] 地里环：一种野生的蔬菜，有的农民也把它移植到菜园里。它的根部呈白色，很像一个小螺丝，又好像一些小环子叠在一起，因此孩子们叫它"地里环"。在北方的"小菜"里很常见。

起来了，妈妈不是叫鬼子给炸死了吗？怎么现在还跟自己在一块儿飞着呢？

"妈妈，你没死吗？你可别死！我现在参加抗联了，你也来，咱们在山里盖房子，种地，养牛，把小花牛也抱来！……"

"二锁！你听听，谁唱？"

"可不是吗！"小谢四面八方瞧了一回，没见什么人，却见母牛和小花牛张着大嘴在笑。"啊哈！是小花牛唱啊！喂，大点声唱，我的小花牛！你不知道吗，我的妈妈要听，你唱吧，放开嗓子，别害臊！"

小谢感到额头上有一片软软的东西在蠕动，这东西又软又温暖，和妈妈的手一模一样！

"妈妈，你没死吗？你可别死啊！"

"小谢！作梦了？"

小谢睁开了眼睛。从山杏花的空隙透进来的阳光把他眼睛弄得花花绿绿的，杏花的香味熏得他头有点发昏。他又闭上眼睛，从眼角里挤出两颗很大的泪珠。

站在小谢旁边的王团长，用手捋着下颌上又黑又粗的胡须，厚嘴唇紧闭着，竭力抑制着自己的感情，右嘴角却不由地抽搐起来。

"小谢，伤口疼吗？换膏药了没有？"

"不疼！"小谢轻轻地回答着。停了停，忽然张开大而有神的眼睛直瞧着团长。

"团长，听说要把我扔下？"

"小傻子！把立功的战友扔下，不是我这号人干的事！"他把手放在小谢的额头上，喃喃地说，"党不允许！党不允许！"

"可是我不能走啊！右腿的伤还没好，伤口还流血……"

"是啊，小谢，我就是为了这个来的。我想和你谈谈，就像一个党员对一个少先队员那样，谈谈心里话！"

"说吧，团长！"

团长疼爱地拧拧小谢的小耳朵，亲切但又坚决地说：

"听我说，小谢，你得留下！"

"干吗？……把我扔下？……我不干！爬也爬出去！……单把我留下，

我不干！"

"你能走吗？"

"不能！"

"你实在不愿意，就叫同志们抬着你吧……"

"抬我？"

"要不怎么办呢？……只有在梦里才能飞啊！"

小谢把头轻轻地转了一转，用脸压着团长的手。

"留下……我一个人，多孤单啊！"

"你怕吗？"

"怕？不。我不是小孩子了。但是，我宁愿和同志们在一块，冻死，饿死，打死……死也死在一块儿啊！"他的眼泪顺着腮帮子流到团长的手上。他咬着自己的舌尖，不叫自己哭出声音来。

但是，他很快又安静下来了。好像为刚才的哭遮羞，他努力笑了笑，轻轻地说："团长，人家说啊，人死了有魂灵，想谁就去看谁，关上门也能走进去。……我呢，我就老跟着队伍，多早晚把鬼子打跑了，再回去找妈妈，总在一块，总在……"

团长把小谢的脸转过来朝着自己，眼对眼望着他说：

"孩子！人家说啊，怕死的人才说死！干吗跟我瞪眼？你是个好小子，不光我说，弟兄们也都这么说！你这回想错了。干吗剩你一个人？是两个人！把老张留下，叫他侍候你。难道离开几百里、几千里就算孤单吗？只要我们不忘记你，你不忘记我们，等你伤养好了，不是又在一起了吗？"

"……"

"现在是春天，杏花开了。还得几个月啊？"

"三个月！"

"就这么办吧，小谢，三个月以后，我派人来接你。到时候我要给你一枝三八盖子[1]作礼物。谁知道，三个月以后也许你长得比三八盖子更高了？！……"

---

[1] 三八盖子：日本造的三八式步枪。因为它的大栓上面有一个铁盖子，因此人们叫它"三八盖子"。

王团长紧紧握着小谢的手,把自己的脸放在他的手上,用又粗又硬的胡须擦着他的手,又低低地和小谢说了几句话,告诉他接关系的暗号。小谢叹了口气。

"怎么了?又不高兴了?"

"团长!"小谢把上半截身子抬起来,高声说,"君子一言,快马一鞭!三个月后见吧!"

团长笑笑说:"说得多干脆啊!简直是个大人了!"转过身来又叫:"老张!"

"有!"

"给养准备了没有?"

"准备妥了!小米半斗,冻蘑菇一筐。"

"多大筐,说明白点!"

"这么大的筐,"老张用一只手把一个直径不足一尺的小筐送到团长面前,"还有,洋火三十根。"

"三个月三十根洋火,够吗?"

"团长!说真话,够是不够啊,可是我有法想。这山上出火石,打火镰也能对付!大部队要紧啊!"

王团长的眉头舒展开了。他把小筐翻过来看一看,掉过去看一看,忽然哈哈大笑起来:

"老张啊,老张!你这是从哪搞来的,是娘们的针线簸箩啊!你老婆的吧?……"

"哪里?"老张闹了个大红脸,两只脚互相磨擦着,哼哧哼哧地说,"路过二道沟的时候从家拿出来的,是装鸡子的!"

弟兄们把老张围上了。

"老张啊,临走你老婆没给你身上甩鼻涕吗?"

"你脚上这双鞋是谁做的?"

"团长,团长!"老张又是急又是羞,对着团长抱怨起来,"你这一开头不要紧,大伙快把我活拔毛了!"

"哈哈哈……"王团长露出一口白光光的牙齿,两只手拍着大腿,笑得眼泪都出来了。他这一笑不大要紧，把弟兄们也招笑了。山坡上一片笑声，战士们的脸上蒙上了一层春天的气息，笑得气都喘不过来，笑得脸比山杏花还要红。

晌午的时候，队伍走了。排着单行，蹚过细鳞河，爬上了西岸，渐渐地被岸上的树林子掩没了。

"再见吧，小谢！"

"再见吧，老张！"

"……一路平安！"

留在老林子里

太阳落山的时候，老张背着小谢，已经爬进山顶上的大林子了。

老张名江，是一团团部的炊事员，年纪已经四十二岁了，只有一只胳膊。从一九三三年参加革命到一九四三年，十年了。他当过交通员，当过侦察员，当过"大夫"，当过班长，当过炊事员，没有一种工作他不满意，没有一种工作他不出色地完成任务。别看他才一只胳膊，可是他能用树根刻出笑着的、哭着的、站着的、坐着的……小木头人。有一回，他还刻过一套"抗联血战日本鬼"的小木头人，刻的日本军官像真的一样，还有两撇八字胡。后来在保安屯战斗中丢了，他还为这有好几天不高兴哩。

这回团长叫他留下侍候小谢，他也满意。他和小谢是老乡，住在一条沟里，和小谢的爸爸也见过面。自从小谢参加部队以后，常在团部进进出出的，两人也很熟，又加小谢是冲锋队员，老张更敬重这孩子三分了。

"行啊！留下就留下！可总有点舍不得和大伙分开，惯了，人熟为宝啊！……"

"小谢也是宝啊！"

"那我明白！这孩子不错，有出息！"

"咱们说定了，老张，我信着你了，到时候你得带回活孩子送给我！"

"错不了！就是我死了也得把小谢给团长送回去，别看我不是共产党员，这个理我明白！"

"受的伤呢？"

"有办法。我有膏药，专治红伤。"

风把老赤松吹得嗡嗡响着，刚刚和大部队分手半天，老张和小谢两个人像失去亲人似的，感到山林空虚得吓人。小谢两眼出神地望着西天的红霞，从沉思中抬起头来，问：

"张叔，你说队伍走得挺远吗？"

"不！不远！"老张说着，扭头看看躺在身旁的苍白的瘦弱的孩子，心里一阵发酸。他想，小谢比自己的女儿大两岁。若是日本鬼不来呢，女儿该念四年书了吧？小谢也许骑在牛背上唱着小调呢。现在，一个穿着破麻袋坐在妈妈身旁吃着灰菜[1]，一个背着拖到膝盖的子弹袋跟日本鬼拼命……想着想着，老张眼角上的皱纹更深了。他想找点好话安慰一下小谢，但是他又知道小谢已经不是小娃娃，那些哄孩子话对他是没用的。

"小谢，古语说得好，有缘千里来相会，无缘对面不相逢啊！他们说这叫迷信，我看不然。你要惦记一件事，什么时候也忘不了。你要不想它，一眨巴眼就忘了。有缘是不是就是想它？"

"不是！有缘哪，就是两人相中了……"

"对眼啦！"

"哎！"

"哈哈哈！"老张笑得半截胳膊在空袖子里直跳，"你比我明白！你说咱们和队伍是不是对眼了？"

"鬼子一来我就看中咱们抗联了，可他们嫌我小，不要我，不然我能早参加两年多，不也是老战士了？"

"干吗盼老啊？看我，头发都发白了！"

"张叔，我要像你那么大岁数多好啊，什么事都见过，什么事都明白，什么也难不倒！……"停了一停，又说："张叔，你说东三省的人都知道咱们吗？"

---

[1] 灰菜：一种野生的蒿子。它的叶子，朝上一面是绿色，朝下一面稍微有一点灰白色。煮熟了之后，很像菠菜。这种野菜通常都是用来喂猪或喂鸭的，但在荒年时，人们也只好吃它了。

"东三省？全中国都知道！你想想，咱们打了多少仗，收拾了多少鬼子？真是震动全球了！……谁知道啊，等我死那天，儿孙后代说不定要给我立个碑，上写：抗联警备旅一团张江……这个之位！"

"我呢，张叔？"

"你？你那个时候也许当上团长了，谢二锁谢团长！"

忽然，小谢鼻孔掀动了几下，对老张说：

"奇怪！张叔，哪来的焦臭味？"

"等等！"老张这时候也闻到焦臭味了。"让我去瞧瞧！"

张江绕过几棵老树，从一丛灌木中往山下张望，只见在山脚下有许多暗绿色的小点子在移动，刺刀在夕阳下一闪一闪地发着寒光。山坡上的马架子冒着浓烟，从山杏花上面飘过来一阵阵的焦臭味。

原来，鬼子来搜山啦。鬼子们没有碰到抗联的部队，见到他们留的马架子，就把它烧了。

"鬼子啊！鬼子，可惜你来晚了一步啦！哈哈！"老张用一只独手使劲地拍了一下光秃的头顶，高兴地说着，就回到小谢身边来。

一铜罐子粥

在东岸山岭上的原生林的深处，老张在四个紧挨着的大树中间，挖了一个坑，用树枝支起了一个新的马架子，外面贴了一层从远处起回来的草皮子。为了像个过日子样，他还从林子外面带进两棵挺"神气"的野芍药苗。可惜的是，因为林子里阳光太少，不出三天的工夫，芍药苗就枯萎了。

"你啊，小芍药！刚给你搬完家，你就哭鼻子了。早知道你这么熊，何苦招你？！……"

"张叔，你说谁？"小谢在马架子里答腔了。

"醒了，小谢？"

"我没睡！"

"好啊，我背你出来透透气。"

"张叔，咱们离外面这么近，保险吗？"

"保险！鬼子万也想不到在大部队驻过的地方会留下两个人来。再说，三个月来人接关系，这么大个林子，方圆七、八十里，咱们乱转转，叫来的人怎么找咱们。"

"是啊，他们若是找不到可怎么办？"

"找得到的！我当过交通员，知道这个情。别说是住在地面上的两个大活人，就是入了土的两支枪，也得给挖出来。要不，还算什么交通啊？"

张江把小谢背出来，放在门口一个用干草垫起的"床"上：

"躺着别动，我给你熬点粥喝。"

"嗯！"

他们是有一个铜罐子，打水的时候就是水罐，淘米的时候就是瓢，煮饭的时候就是锅，等吃饭的时候就变成碗了。

"我听人说，在城里的饭馆有一种砂锅，吃的时候就连锅端上去，在锅里吃！"

"能有多大呢？"

"谁知道，没见过。我想小不了，不然还能叫锅？"

"要是喝醉了，一下子掉进锅里，可就完蛋了！"

"哧哧哧……"

老张江一屁股坐在地下，抖动着半截胳膊，笑得脖子都红了。

"小谢啊，你可真能逗啊！……"

"嘿嘿嘿，哎哟！……"

"别笑了，别笑了！你的伤刚封口，一笑又该破了！忍住了，别笑了！哧哧哧……"

好像铜罐子也高兴了，咝咝咝地叫起来，水蒸气把盖子吹得跳上跳下噗噗直响，顺着蒸气喷出来一阵阵的米香。

"张叔，给我一碗米汤，嘴里发干。"

"好吧，小谢，稍等等，一会就给你吃铜锅，比砂锅还高贵！"

"张叔，做了几个人的份？"

"就是一个伤号啊，能做几个人的份？"

小谢听说只做一份，马上说：

"今天我也不吃饭了。我想蘑菇吃！"

"好啦，好啦！我年纪大，不是我倚老卖老啊，我差不多赶上你爸爸的岁数了，那有当长辈的跟小辈的争嘴呀？我也不瞒你，咱们这点给养够一人吃一个月的。你受伤了，要吃点米补养补养。伤好了，有的是苦等你去吃呢！我呢，就像一棵老'站杆'似的，别看肚子里空，十年二十年也倒不了！——啊！粥好了，趁热多喝几口！"老张江一边说着，一边用一把青草垫着滚热的铜罐子，猫着腰往小谢躺着的"床"前走。

饭香使小谢的精神振奋起来。他感到这天比那天都好，刚才睡了一个好觉，醒过来浑身都充满了力量：手指里面、脚趾里面、胳膊、腿都有了劲，就像没负伤那个时候一样。他只想一下子跳起来，往高蹦，越高越好，再不然就像山狸子一样，两手抱着，两脚蹬着，往树上爬。爬到树梢，坐在一个软枝上，摇啊摇，用手作一个喇叭筒，对着天空喊，对着山谷喊，然后再唱一支歌，再用松塔打地下的弟兄……

真的，小谢多么想着起来啊，那怕坐一会！他想坐起来往远处瞧瞧，瞧瞧草原有多宽，茅道[1]有多长，大林子有多深，老树有多高，太阳有多亮，山水有多急……

小谢用胳膊肘支着草"床"，用尽了全身的力量，往上抬起身子，再抬一点，再抬一点……他手指抖擞起来了，心跳得像打皮鼓；眼前有多少颗小金星啊！……哎哟，！不行喽，没劲啦，躺下吧！

忽然，小谢听到头顶上"噗啦"一声，一只红肚的叼木冠子[2]从松枝里飞出来，头朝下落在马架子旁边一棵站杆上，小眼睛瞪得溜溜圆的。冬冬冬！叼几下，又抬头瞅几眼；冬冬冬！又叼几下……

"叼木冠子，你忙？……你的小崽（小鸟）好吗？"

"冬冬冬！"叼木冠子答话了。

小谢眼睛瞧着叼木冠子，身子一点点往上抬。终于他端端正正的坐起来了。

---

[1] 茅道：在农村中，特别是在山区，经常发现在野草和树林中的小道，这种小道多是被当地人或是猎人踩出来的。这样的道路，一般都叫做茅道。

[2] 叼木冠子：啄木鸟。

"啊，我好了，能坐起来了！张叔！张叔！"

可是张叔没答话。

小谢用手抹去额头上的汗珠，回头找他的张叔。只见张江两手捧着铜罐子，坐在草地上，像在想心事，又像睡着了，脸色像纸样的白，在鼻子尖上，挂着不少小汗珠。

"张叔！张叔！你怎么了？"

"啊？"张江睁开了眼睛，楞住了。"我怎么了？好像睡了一小觉，梦见吃饭了。"

"张叔，你是病了？"

"没有的事！孩子，别怕！人到岁数以后，都有点老病要犯。我呢，就是有这么个病，干着活就睡觉，一睡着就梦见吃犒劳：鸡呀、鸭呀、牛肉、大饼、葱花……"

"不对！"小谢的眼睛湿了，"你是说谎！张叔，你说实话，几天没吃饭了？说啊！"

"孩子！"老张江把铜罐子放在草"床"上面，用手拍拍小谢的肩头，乐了。"你别急，你吃着，我慢慢跟你说。"

张江好像想起来多么好笑的事，一面拍拍肚子，一面笑着说：

"这个地方也得练！我头两天一天吃两顿蘑菇；过两天，一天一顿；现在呢，两天一顿，可也活得挺结实！你知道啥，蘑菇里可有油水啦！干吗看着我，吃啊，你吃你的！"

"我不吃！"小谢把脸埋在草里，呜呜地哭起来。"一个人'撑'死，一个人饿死，我不干！我是冲锋队员，又不是小狗！呜呜呜……我不吃！"

"好小子！有良心！共产党有眼珠，没白疼你！"老张江用一只手抚摸着小谢蓬乱的头发，低声地说。"你的任务是活着回去，我的任务是把你弄活。你别哭了！现在熬到头了，你看，拾起头来！对喽，把眼泪擦干，仔细看看，青草长多高了？野菜都长出来了，张叔这回要吃犒劳了，到时候你还得眼馋啦！"

小谢吃了粥，把头枕在老张江的大腿上睡着了，眼角上还停着两颗亮晶晶的泪珠。

三个月的最后一天

在林子里过日子可慢啊！老松树开花了，紧跟着就生出了许多柔嫩的针叶。树头把天都遮没了。偶尔从几处小空隙射进来的阳光，就像几根丝绒线，斜斜地绷在半空中。有时又好像一根根老长的金针，插进树林里来。马架子上面的草皮子也活了，绿草把湿土盖住了。就在那几棵枯死了的野芍药旁边，一棵野百合，从野草中直挺挺地伸出了脖子，摇动着小而茁壮的花蕾，显得很得意。

老张江的棉袄只剩下一只袖子了，因为另一只袖子里的棉絮都一点点地拉下来作火绒了。老张江不在乎这个：反正是一只胳膊，有一只袖子不就够了吗？！

小谢拄着一根松木棍子，围着灶坑轻轻地走着，走几步摇摇头，再伸伸右腿，然后再走，直到额头上冒出汗了，他才肯坐下来。

三个月快完了。这几天比三个月还难熬。团长他们会想起谢二锁吗？他们不会忘记林子里还有两个人吗？他们此刻正在走路，还是正在打仗？他们会想起来三个月后到这个大林子里来接关系？……

小谢忽然想起了什么，急忙走进马架子里去。他用手去摸摸靠右边门框的那根柱子。那柱子上，每过一天，小谢就刻上一道刀痕：一道、两道、三道……十五道、十六道……二十道……二十九……六十……九十……

"我的天哪，还有一天了！我们到底活过来了，就要和大伙见面了！团长、队长、弟兄……快过吧！日子为什么一天一天过，一连过两天多好，一下子就回队伍多好啊！……火烤胸前暖……"

"风吹背后寒……"老张江在马架子外面接着唱起来。

……五尺男儿汉，

催马去征战！……

……赶走日本鬼，

百姓得平安！……

一老一小，并着肩，坐在草"床"上面，摇着上身，低声唱着。林子里嗡嗡地响着，像为这两个人伴奏；叼木冠子飞快地叼着老站杆："冬冬冬……"像为这两个人打拍子；铜罐子盖被蒸气吹得"噗噗噗"直响，像为这两个人拍巴掌。

"还有一天了，张叔！活过来了，活得挺结实！张叔，我看灰菜里也有油水！"

"有油水！中国人在中国地上，吃什么都活得了！……中国是块宝地啊！……"

"有时候我也想过，要是把咱们忘了，找不着呢？"

"我不这么想！"老张江一面从灶坑里往外撤火，一面自言自语地说，"抗联没有把弟兄扔下不管的！你呀，年轻啊，还得磨练。多早晚练到扔几个'个[1]'摔不碎才算到火候！"

"你说我怕什么？"

"你吗，什么也不怕，胆量是够的，就是遇事沉不住气。外表上看起来挺神气，可是心里边总是不托底。别生气，小谢，我比你大几岁，经得多了，看得多了！头一条得相信人，相信同志，这样你就是一个人住在狼洞里也不觉着孤单。不相信人，不相信同志，住在万人当间也是光杆一个！你大了就会明白的！"

小谢没答腔，躺在草"床"上，从树隙往上看天：天空一会白，一会又蓝了，树梢飒飒叫起来，天空又变黑了。

"要下雨了！"

"下吧！大点下！庄稼人多盼下雨啊！六月了，该铲二遍地了！"

老张江仰躺在草地上，一只手枕在脑后，天空凝固了，不动了，一片乌黑。

轰……隆！

***

[1] 扔几个'个'：东北一部分地方说的土话，就是把人扔起来，叫他在半空中转一个圈儿，又落下来。

闪电像几股金红色的钢叉，唰的一下子窜进林子里，好像感到不对劲了，走错路了，眨眼工夫又抽了回去，林子里又暗了。雨点打在松树上，被层层叠叠的松针挡住了，不马上落下来，滚在一起，越积越大。它压弯了针叶，蠕动着，飞快地落下来，"叭"的一声，砸在地面的枯叶子上。林子里叫起来了，开头还听得出零零落落的"叭"，"叭"……到末了就听一片"哗哗"声，像山水冲击岩石一样。躺在林子里，就像躺在急流里的一只快船上。

雨点打在老张江的脸上，顺着眼角的皱纹流到耳朵旁边。空气湿漉漉的，还有点燥热。

"张叔，进马架子吧！"

"你先进去！你身体弱，别着了凉！"

老张江没动，躺着的姿势也没变，任凭雨点打着脸。随着林子的声响，他的思想跑到老远老远的地方去了！

……十年了！说不清走了多少路，经历了多少危险。许多老同志牺牲了，许多新同志又补充上来了。面孔经常变换着，但是革命队伍却不断在壮大着。……十年了，张江从来也没照过镜子，只有在小溪里洗脸的时候，才能模糊地看见自己的面孔。十年！一下子听起来真感到奇怪：这样快吗？我现在和十年前没什么两样啊，只是手上的血管更突出了，更爱咳嗽了。有人告诉他："老张，你头上有白发了。""这有什么希罕！"他回答说："我不到二十岁就有白头发。我是少白头！"有时候，老张江的确还暗自高兴：多亏我参加了部队，和弟兄们在一起过日子，不然我也得弯腰驼背，也得哼哼唧唧地躺在炕上起不来了吧？可是我呢，和小伙子有什么两样？我用一只胳膊就能抱起马驹子！

但是，尽管老张江尽量想些愉快的事情，心里却总觉着有一点什么东西梗着。头些日子里，他无论如何也不叫这种情绪把自己制服住，尽量多作事，多睡觉，多说话。现在呢，三个月眼看就过去了，为什么不敢想呢，要想，要说出来：归队！和弟兄们在一起，那怕是上刀山，也乐意。……三个月了，队伍早就过牡丹江了吧？过了牡丹江，就要和陈翰章[1]的队伍会合

---

[1] 陈翰章：中共正式党员，抗联师长。经常在敦化一带活动，颇受当地人民的爱戴。

了。这一下打鬼子可就得劲啦，就像用丝网捉野鸭似的，一下子都扣住了，多痛快哪！

"小谢！你会凫水吗？"老张江突然问。

"啊？"小谢一下子给问楞了，"会啊！"

"能游多远？"

"在牡丹江的江盆子里游过。那是夏天，举着衣服能游一个来回！"

"什么时候学会的？游一个来回？"

"妈告诉我说，我六岁那年就跑到江心的石头底下摸螃蟹。到底什么时候学会的，我也不知道！"

"那时候你们住在哪？"

"住牡丹江边，爹和人家拉大网，鬼子来了才进沟里的。搬进沟里那年，爹就叫鬼子捉走了，尸首都没见着！……"

"想这些干什么？别难过！……现在咱们不是正在收拾鬼子吗？"

轰……隆！

雷声在林子上面滚了一次，嗡嗡声半天才从耳朵里溜出去。

雨越下越大了。

多难熬的一个晚上啊！小谢不时地翻着身，把身底下的干草弄得唰唰直响。老张江猫着腰，圈着腿，枕着胳膊，一会咳一声，一会往黑暗里吐点口水。但是两个人谁也不想说话，他们都想沉住气。最后，到底是小谢年青，没耐过老张江。小谢轻轻地抬起头来，看了一眼老张江，然后就用胳膊肘支着地，轻轻地往外爬。他刚刚把上半身伸出马架子，老张江开腔了。

"回来！好好睡一觉，说不定明天就得赶路呢！"

"张叔，你没睡？我热，喘不上气，身上也痒……"

"那是身体发肿的缘故，吃灰菜都得肿。不要紧！出林子就好了：见点阳光，吃点粮，几天就消了。"

"快点吧，越快越好！太闷人了！"

"少说这种话！在什么地方就得说什么话！干吗闷得慌，我看挺不错的！"

"张叔，你想在林子里养老了？！"

"你说这话我一点也不生气！回来，好好睡一觉！"

小谢又缩了回来，一赌气又睡下了。

雨停了，天晴了，林子里安静极了。老张江和小谢两个人急忙忙吃了一顿"饭"，把铜罐在林子里的小溪里洗净了，又用草擦干了，放在小筐里面，好像这是最后一次用它了。

小谢围着马架子，轻轻地走着，不时地抬起头，听听远处的什么声音。老张江仍然在摘着野菜，他把菜根子放在一边，把菜叶放在另一边，又把菜叶上的泥点，用手指甲慢慢地刮下来，好像这菜不用洗了，只要用手指甲刮干净就行了。菜摘完了，他就把菜叶子放在小筐里面的铜罐里，然后就用心地摆弄起菜根来了。他用菜根摆个四方形，又摆个圆形，又摆个月牙、星星、菱角、王字……最后，再也摆不出新花样了，他用手一把抓住菜根，使劲一扔，扔到一边去了。回身又从棉袄里拿出桦树皮做的皮包来，从包里拿出那把从一个日本上士手里夺过来的小刀，在裤腿上擦了几下，专心地刻起一根留下来的大菜根来。他想把这菜根雕成一个人像，先刻眉毛：在一个凸出的楞上，刻了许多细小的沟。左眉毛还刻得顺手，刻右眉毛的时候，刀尖一拐，半道眉毛落在草"床"上，怎么的也找不着了。

"唉！"

老张江长长地叹了一口气，把刀放下来，抬头看看正在走过来的小谢。小谢的头发像扣在头上的一个乌盆，使他那没有血色的脸，显得更白了。由于脸上有点浮肿，看上去还觉得他好像比往日肥胖了一些。他的眉毛特别粗，眼皮有些发黑，离远看，眼睛显得更大、更有神了。知道的人说他是个抗联的冲锋队员，不知道的也许会认为他是个白胖的小姑娘哩。特别是这个时候，他更像一个姑娘。

"把鬼子打跑，能活着，我该把女儿给他作媳妇！女儿是个好姑娘，大了，像她妈，做活快，说话慢。……人就该这样，多做少说。这样好！"老张江目不转睛地看着小谢。

"盯着我干什么，张叔？"

"小谢，把鬼子打跑了你上哪？"

"上哪？回沟里呗！看看我妈的坟，还有我爹的！"

"对！沟里是个好地方，春天下种，秋天就得粮食。山地土头好，像小灰堆似的，一踩大老深。自萝卜长得像小缸！……人参、狍子、山驴子、鹿胎……，你说要什么吧，应有尽有！"

家乡总是可爱的，不爱家乡的人那叫没良心。想起家乡，话就多了，时间过得也就快了。

但是，他们谁也不说那件事，天天盼望的那件事：来接关系那件事。

太阳落了，林子里暗下去了。忽然，从林子里传来一阵震动人心的声音：

"冬、冬、冬……"

什么响？这不是敲站杆的声音是什么？！

"张叔，响了！"

"静静！"

"冬冬冬……"

声音离得多近哪！他们不由地抬头一看。明白了！原来是那只叼木冠子正在忙碌呢。它好像知道有人在看它，停止了劳动，楞了一会，张开翅膀，钻到林子深处去了。

"没来！张叔。"

"为什么非得白天来不可？应该晚上来接关系！"

站杆晌了

但是，一夜过去了，还是没来！

小谢忍不住了，说：

"又没来，张叔！"

"这么大个林子，一天就找得着吗？……"

"那好，咱们就烂在林子里吧！"

"干吗烂在林子里？活人还能叫尿憋死了？我有个主意：咱们两头去接关系——他找咱们，咱们也找他，早晚碰头！你说呢？"

"咱们就动身吧！"

"记住，走过的道要留记号，免得迷了路。不要留得大了。"

"知道！张叔，我往北去。晚上见吧！"

"我往南，晚上会齐！"

从此，他们每天早晨出去，晚上回来。

但是，十天过去了，还是没来！

天热得厉害，林子里的"小咬"和瞎虻[1]多起来了，在林子外边还能找到干牛粪烧点烟赶赶。可是在林子里，哪来的牛粪？脸上和手上都被叮红了。瞎虻叮过的地方就像锥子扎了一样，伤口由红变黑，不时地往外流黄水。浮肿的身体里好像涨满了水，只要碰破一个地方，就没完没了地往外流。

这一阵子，小谢就像一把生了锈的锁，整天紧闭着嘴，很少吭气。老张江却仍旧笑嘻嘻的，一边甩着手，把被瞎虻叮破的地方流出来的黄水甩掉了，一面安慰小谢说：

"不要紧！见点阳光就好了。太阳一晒就干了。"

小谢心里难过，不是为了瞎虻叮，而是为了团长还不派人来接关系。这时候，他再也忍耐不住了。

"人家把我们给忘了！"

"忘了！你为什么会这样想？决不会的！"老张江瞪着眼睛，盯着小谢，又惊奇又很生气地说。

小谢哈腰拔起一段树根，两腿叉开，大胳膊扬起，用尽了力量往远处抛去。树根在很近的地方撞在树上。"冬！"的一声，树根碎了，光留下一阵"嗡嗡"声。

"这是干吗？"

"练习打手榴弹。"小谢皱着眉头，坐下来了。

"是啊，得练，打鬼子用得着。"

"练吧，在林子里打鬼子吧！十天了，过了十天了！"

"你记得可真准哪！"

"我干吗不记着，团长临走说得明明白白：三个月接关系，可是现在过

---

[1] 瞎虻：牛虻，比苍蝇略大一些，细长、呈灰色。它们最喜欢叮牲畜，吮吸牲畜的血，有时也叮人。

了十天了！”

天黑了，第十天快要完了。小铜罐又响起来了："噗噗噗……"老张江
笑着对小谢说：

"里边放两片肉，加些葱花、大料、豆腐，该有多好吃啊！再来两块大
饼子！……来，小谢，多吃点！"

"我不吃，不饿！"

"嫌腥？"

"不是！不饿！"

"一定得吃，咱们两人都得吃！谁知道啊，也许今天晚上就得走
路呢？！"

"不吃！"

"吃！"

忽然，林子里传出了动人心魄的声音：

"冬冬冬……"

这回可真是站杆响了。多大的声音哪，把林子都震得嗡嗡直叫。老张江和
小谢都激动起来了。这回该不是叼木冠子捣乱吧。他们抬起头来看看，可是林
子里太黑了，什么也看不见。敲站杆的声音越来越大了，而且也越来越近了。

"张叔，这回可来了！"

小谢蹦地跳了起来，一把抓住老张江的空袖筒子，想把他拉起来。可是
老张江一动也没动，轻轻地嘘了一声。

"别吵！收拾东西！"

"这些破烂还要吗？"

"要！咱们得搬家！"

"往哪搬？"

"到处为家！"

"张叔，乐傻了吗，你说什么？"

"我看你可乐傻了！你仔细听听，他是敲几下？"

"三下！应该是两下。"

"敲几回？"

"一回！应该敲三回！"

"小谢，这还不算！你想想，你去一个生地方接关系，能像唱大戏似的大吵大闹的吗？你听听，敲得像打雷似的，像个接关系样子？"

"不大像！你说……"

"现在什么也别说，走！"

两个人悄悄地往深处走去，在一处深草中趴下了。

敲站杆的声音不停地响着，一会东，一会西，一会停，一会又响起来，一会急，一会慢，好像一只落在陷阱里的饿狼，四下里撞，直到筋疲力尽了，它才老实了。过了半夜，响声停了，林子里寂寞得吓人，好像空气凝成块了，又好像扣在一口大锅里，喘气都困难。

林子里发出一阵灰白色，天亮了。老张江和小谢两个人慢慢从草丛里探出头来，往敲站杆那个方向看了一会，除了挡住视线的大树以外，什么也看不见。

"小谢，你在这等一会，我去看看。"

"我也去吧，两个人还有个照应！"

"好吧！你在我后边，顶少离三十步，别近了！听见动静就往回走，还在这个地方会齐！"

"明白了！"

老张江和小谢一前一后，猫着腰，从一棵树绕到一棵树，向着敲站杆那个方向走去。枯叶子有好处也有坏处，已经腐烂的地方，走起来一点声音也没有，可是有的地方就像踩着了一堆碎玻璃，唏里哗拉地响个不停，声音传出老远。

"注意脚下！"老张江停下来，等小谢走近的时候，低声对他说。

敲站杆的地方快到了。他们不约而同地趴在地下，用胳膊肘支地，贴在地面上，爬向前去。

忽然，老张江停下了，小谢也跟着停了下来。他等着老张江的动静，可是老张江好像冻住了似的，抬着头，盯着地面不动了。小谢紧跟着爬到老张江的身旁，也顺着老张江的目光看去。

在草上，赤条条地放着一个干粮袋，正是抗联队员常用的那种粮袋。粮袋是鼓鼓的，不知道为什么，好像没加小心，在草地上还撒出了一小把黄澄澄的小米。

天哪，这么大的小米粒啊！多少日子没吃饭了，看见这个干粮袋，多叫人心软哪！十年了，老张（对小谢来说，也有四年了）哪天不背着它，哪天不像希罕宝贝似的看着它。当有的同志饿得昏倒了的时候，多少只手举着干粮袋递过去，愿意把最后几十粒米凑起来给他做饭吃。和部队离开才三个多月，可是好像离开了三年！不，时间是没法计算的！现在呢，这个缝了多少补丁的干粮袋，就像一只活物，在眼前跳动着。

"也许是我疑心太大了吧？"老张江直盯着干粮袋，心中暗想，"也可能是……有这么一位交通员，粗心大意，忘记了敲三遍。再加上他因为要找着同志的心太切，所以拼命地在林子里敲起来。当没人答话的时候，他就把一袋小米留下，叫同志先吃饱，然后再来。……多黄的小米啊，多大的粒啊，只有延边才会有这种小米！那么队伍是经过延边了？能绕那么远的路？也许会的，为什么就不能绕路呢？……"

老张江心里在打仗，脑子里像走马灯似的，飞快地转着，一会说是，一会又说不是。

"不是！"他说出声来了。"干粮袋是旧的，可是没有洞，小米从哪出来的呢？为什么干粮袋口扎得挺结实，地上却有小米？是想'打家雀 [1]'吗？……只要我们拿走这袋小米，鬼子就马上会来树林子……"

"张叔，你看这！"

"什么？"

老张江从沉思中醒过来了。他看见小谢手里拿着一个红色的空糖盒，上面有几个日本字："グリュ"。

"哪来的？"

"就在这个草窝里找着的！"

不错，在一棵站杆后面，有一个被脚踩出的草窝，又好像有人在上面坐过。老张江急忙凑到前面来，用手轻轻地把躺在地面上的野草扶起来，在湿

---

[1] 打家雀：家雀就是麻雀。农村的孩子们打家雀多用一根木棍支起一个筛子，筛子下面放一些粮食，当家雀进去吃粮食时，就扯动拴在木棍上的绳子，用筛子扣住家雀。这里是指敌人想用打家雀的办法来引诱人们上他的圈套。

土上，清清楚楚地现出钉子鞋的印记来。

"鬼子鞋！"小谢楞住了。

"不错！"老张江还在翻看草下面的脚印，这时候，他看见有几个脚印印在一起的时候，才回头跟小谢说："你看，不是一个人来的！一个大，一个小，一个钉印子深，一个没有钉印子！"

他们把身底下的野草扶起来，把草窝里的野草按原样压倒，又爬着退了回来。

一连三天，晚上都有人把站杆敲得"疼疼"响，敲的地方都不一样。一连三天，老张江和小谢在三处地方看见三回那同一个干粮袋，于是真相大白了。

"张叔，咱们叫叛徒出卖了！"

"是啊！看起来这回得咱们自己想办法往外走了！"

"往哪走呢？"

"往西，一直往西！活着找着队伍，就算对得起良心！"

"张叔，你知道队伍现在在哪？"

"我？……"老张江沉吟了一会，"他们过牡丹江了，会陈翰章的队伍去了。"

"牡丹江？那是家呀！……"

"可不？这回咱们就要回家了！"

走吧！他们用棉衣裹起铜罐，把小筐藏进草棵子里，扬开了用草垫起的"床"，用脚踏平了马架子，借着老树的阴阳面辨别方向，一直往西方走去。

往西，一直往西

在林子里摸了十天十夜，虽然走得很慢，人也疲劳，但却很平安。几天前还盼望快些出林子，现在反而盼望林子更大些，最好一直长到牡丹江岸，长到队伍活动的地方。第十个夜晚快过去了，林子里还是很暗。两个人都饿得要昏晕过去了，但是谁也没说话。

出了林子了！多好的太阳啊！这样的好太阳，小谢和老张都已经三个多月没见过了！多好的太阳，多亮，多暖和啊！但是，小谢怎么啦？他就像雪人遇到太阳似的，从里到外都要溶化了，汗水把衣服湿透了，口渴得厉害，心跳得好像要从嘴里蹦出来，虚弱得只有喘气的力量了。忽然，他觉得眼前一黑，好像一个大浪盖到头上来，什么也看不清了。他手扶着一株松树，两脚一软，就倒在地上了。他恍惚觉得面前出现了那么多好吃的：苞米糕、大云豆粥、锅出溜、豆面卷子、黄面饼子……

"小谢！小谢！"老张在他耳边叫着。

"吃啊，张叔！你怎么不动手啊！吃饱了好走啊！"

"小谢！……小谢！……你怎么了？想吃的想邪了？"

"啊？张叔，别叫我，让我吃吧！……"

"小谢！"老张江使尽全身的力量大叫一声，眼珠子闪着泪花："你完了？没治了？……"

"啊？"小谢定了定神，眼前的幻象没有了。"张叔，你怎么了？我怎么了？……"

"没怎么的。我怕你睡了着凉！没听见我说的话吗？"

"没听见！"

"咱们往里走几步吧，在这不保险！"

小谢扶着松树，站起来了。是在走吗，简直是架云哪，脚也没碰着地呀，可是过了一棵树，又过了一棵树，阳光少了，林子又暗了，他想：

"大概又到林子里边了！还走吗？多么想躺下睡一觉啊！……"

"睡吧，小谢，盖上棉袄，枕着铜罐，好好睡一觉！"

"嗯！……"小谢什么也听不见了。

老张江用一只手使劲抹了一下脸，好像随着汗水把饥饿和疲劳也擦掉了。他用手摸摸小谢的汗湿的额头。

"发烧了？可怜的小伙子，伤口刚好，真难为你呀！"

老张站起来了，也觉眼前一花，忽忙用手扶住大树干，向林子外面走去。阳光又来了，没有的时候盼它来，来了的时候又怕它。他坐下了，对着阳光，闭上眼睛：

"过一会就好了！惯了就好了！……"

阳光透过眼皮，像火一样红。眼珠有点痛。过了一会，他睁开了眼睛，好多了，看见前面有树，树身上有青苔。他又往前走，在刚到林子边上的时候，爬进一个草丛里，慢慢地抬起头来，往下面看。

下面是光秃秃的小山岗，在小山岗上，露出来几座灰白色的堡垒的圆顶。在四方形的矮小的营房旁边，走动着几匹枣红色的马。山坡上，有两小块熟地，地里长着很茂盛的西红柿，结满了圆形的果实，在太阳光下闪闪地发着红光。再往下看，牡丹江像玻璃镜子似的，静静地横在那里，闪闪地在发光。从山头上看，江面很窄，好像一蹦就能跳过去，根本用不着坐船。几只小炮艇噗噗叫着，从江湾里钻出来，屁股后面翻着浪花。

老张江楞了一会。他尽力搜索记忆里的地形，想发现这个地方还有什么缺口。他悄悄地退回来，往左面走去。左面的山脚下也是牡丹江。他又去看右面，右面的山脚下也是牡丹江。牡丹江就像一条银色的链子，紧贴着山根，把这座山缠住了一半。敌人也知道，抗联的人总是要经过林子过江的。只要你经过林子过江，十有八九要走进这个口袋里。要不然，你就得走出林子，经过七十里的大平原，几十个村镇，数不清的关卡。老张江靠在一棵树上，想起心事来了。两条路：一条是冲过去，一条是绕过去。选择哪条路才算对呢？前一条路要经历一次大风险，能过去，就过去，过不去，就完了。难道就非要冒这个大险不可吗？不，还是想法混过那几十里平原地吧……但是，后一条路风险也不比前一条少，再说，小谢的体力已经不够，他不能在平原地里跑路了。事情摆得很明白，他确定下来：是啊，到节骨眼上就得豁出来，冒一下险！

老张江回到小谢的身旁，坐在草地上打起盹来。

太阳落山了。东北山区的凉爽的夜晚来了。开始下露水了。小谢坐了起来，伸展一下有点发麻的右腿：

"咱们到哪里了？"

"说起来咱们这回可要见世面了。你说到哪里了？嘿，到鬼子的防线了！"

"那咱们走进鬼子窝里来了？"

"可不是！到什么时候说什么话啊。我看走这条道也好，近多了。只要咱们摸过这半里多路，就到江边了。"

“这一路上都有鬼子吧？”

“那还用说？……话又说回来了，胆小做不得将军。该拼命就得拼命，总比烂在林子里强！比死在叛徒手里痛快多了！”

“真想不到，咱们队伍也出了叛徒！”

“那还有什么奇怪？纯金里有的时候还有点杂质，可是金子总还是金子！……抗联弟兄千千万万，可是叛徒呢，才有数的几个！”

“他怕死就别来呀！多不要脸！”

“他开头也想不怕死，可是那是在死不了的时候想的。一旦真要命了，他就露原形了。……我这样想，这个叛徒也许还活着，可是那和死了没什么两样！中国人早把他除名了。可是咱们呢，现在活着，理直气壮，坐在哪，躺在哪，都是一家之主。说句不好听的话，要是死了，有多少人会纪念咱们？！……咱们给儿孙后代争天下了，问心无愧！”

“总有一天，我非捉住这个叛徒不可，指鼻尖问问他，你活得有滋味吗？”

“是要问问他！可那是后话！现在咱们准备一下吧。小谢，下面到处是堡垒，非得跑过去不可！”老张江拍拍肚子，接着说，“两天吃了一顿‘草’，这不行！”

“行！爬也得爬过去！”

“说是一回事，作是一回事！不是爬，得跑过去！”

“怎办？上鬼子那去要饭？”

“干吗要饭？中国人的东西嘛，拿过来！……”他像个小孩子似的，贴近小谢的耳朵，低声说，“山坡有两块西红柿地，咱们爬到里面，吃一顿，吃了再走！”

“走！再不走就跑不过去了。”

“还是老样子，小谢，我在前，你在后，我进柿子地以后，没有动静了，你再进，少逞能，明白不？”

“明白！”

老张江摸索着爬出林子，抬头一看，天上只有几颗小星星，月牙像一个老太太的秃眉，半明不暗的挂在松树头上。四面都是挺黑的。他回头看看靠在树后的小谢的身影，急忙向柿子地爬去。地里有一只虫在叫，不像蝈蝈，也不像蟋蟀，叫声挺凄凉。他爬进柿子地，虫声停了。他仰躺在地里，闻着西红柿叶子带有一点土腥的味道，很有点小时候到"老山东"的瓜地里偷香瓜的样子。那一年，"老山东"就五十多了，现在还活着吗？……也许骨头都烂没了？

柿子叶簌簌地响了一会，随着急促的喘息，传过来嚼东西的清脆的声音。

"吃上了？小伙子。"

"啊！张叔！"小谢低声答应着，爬近老张江的身旁，"好酸！"

"唉，你别着忙啊，挑软的吃，晚上看不清，摸摸，软的就不酸。"

"快吃吧，张叔。不然，一夜跑不过去了。"

"好，快吃！"

小谢一面吃，一面往兜子里装。吃得太急，西红柿的籽跑到鼻子里去了，鼻子酸得难受，几次想打喷嚏，但是都用手堵回去了。

"走吧，张叔，我要打喷嚏！"

"别打！忍着点，过去再打！"

"快点走吧！"

"跟着我！快！"

老张江猫着腰走出柿子地，刚想往营房和堡垒中间的道上跑，忽然从营房门口传来一声枪响，"吱！"子弹从头顶上掠过，紧跟着一声怪叫：

"达垒（谁）？"

"快跑！"张叔说，"跟上！"

堡垒里的机枪响了。子弹嚎叫着满天飞。

"快，跑啊！"

老张江一面跑，一面回头不时地叫着，怕小谢丢了。

"跟上！"

"跟上了！"

营房前面传过来人声和狗吠声。不一会，一只狼狗飞快地追上来了。

"跑！往前去！"

老张江脚步慢了下来，把小谢让到前面，又撒腿跑起来。"汪汪汪！"

狼狗越来越近了，不一会的工夫，连狗脖子上的铁环的响声都听得见了。随着狼狗，不知道有多少鬼子，"噗通通"地跑着追上来了。

"跑啊！小谢，快！"

忽然，老张江感到右腿肚子上给什么东西钳了一下，这一下子是这么重，他就摔倒了。他知道了，狼狗把他咬住了。他一回身，用他的一只胳膊，使劲搂住狗脖子，用全身的力量压住它。

枪声又响了，老张江哼了一声，身子一抖。

"张叔，你怎么了？"

"快跑！别管我了，活一个比死两个强！"

"你怎么了？"

"快走！往西，一直往西！见了团长，就说我……"

小谢从口袋里甩出那几个西红柿，使劲地用袖子擦干了眼泪，在黑暗中，像流星一样往西面跑去……

回到了家

温驯的牡丹江发怒了。江水"哗哗哗"地吼叫着，波浪在黑暗中撞击着两岸的岩石和树根。

小谢像一只空心葫芦一样，从一个浪头滚到另一个浪头。探照灯光射得他眼睛发花了，子弹溅起的水花打得他脸上生痛。他一头扎到水里去，钻啊钻，不知道过了多少时候，又从水里漂上来。探照灯一下子又把他照住了，子弹仍旧在他前后左右射击着，有的像小鲤鱼一样，"普鲁鲁"从他肚皮下钻过去，有的"普鲁鲁"从他两腿间钻过去。

忽然，他觉得被鲤鱼咬了一口，又被它使劲地撞了一下，身体失去了平衡，沉下去了。可是他心里挺明白：别停下！两腿用劲！划啊划，于是又露出水面了。他感到右面身子发木，胳膊不听指挥了，他游得更慢了。

"我受伤了！"他打了个冷战。

在这个大江里，这么大的浪头，受伤就是死啊！……死是什么样子？他看见过不少死人：有的是敌人，有的是同志。但是，他不能知道自己的死是怎么回事。他感到一阵恐怖。——不，我可不能死！我要活着去见团长，我要给张叔报仇！他抬起头，用尽了全身的力量，大叫一声："我不死！"

一阵大浪没头没脑打过来，把他打下水里去了。但是他马上又挣扎着漂出水面上来。

"我不能死！"

突然，枪炮声停了；从身后传来一阵"噗噗"的声音。小谢想回头看看，可是探照灯光是那么强，把眼睛刺得生痛。他急忙把头扭回来，又往前游。"噗噗"声越来越大了，好像就要碰着他的后背了。

"站住！"有人喊叫。

"站住！畜生！"身后传过来刺耳的日本鬼子的嚎叫声。

不好了！炮艇追上来了。小谢用尽了全身的力量，往前游去。一个浪头从后面打过来，他用手使劲抓了一把，除了滑腻的江水，他什么也没抓着。江水呛进他的鼻子里，他感到脑袋就要胀开了，眼珠就要跳出去了。

"我不能死！"

他又用劲地用手划动起来。

炮艇走近他的后背了。艇上的人声听得更清楚了。

"再不站住我就要开枪了！"紧跟着就是扳枪栓的响声。

小谢正想第二次扎进水里去，这时，一个东西重重的打在他的肩头上，他全身都不听使唤了。

"我不能死！"

他觉得自己身子往下沉，沉，沉……随着一个大浪，又把他掀起来，摔在一个柔软的东西上面，随着，什么声音也没有了。

"多肃静啊！睡一觉该多好。"他想站起来，但是除了脑子里还有一点点思想的火花之外，他感到没有手，没有脚，什么都不存在了。

"大概这就是死吧？"

"他上天了？"有一个声音在他身旁低低地说。

"死了好！……畜生！"又是那个日本鬼子的嚎叫声。

于是，一切都寂静了。

不知经过了多少时候，小谢又渐渐苏醒过来。"现在，我在哪里啊？"

他努力抬起手，摸摸自己的周围。他发现身底下压弯了一棵树条子，树条子下面是潮湿的砂土。为什么两只脚这么凉？原来下半身还在水里呢！

他闭着眼，努力在想着一件事：我把什么事忘了？对了！张叔已经牺牲了，我要为他立个碑！……但是，我受伤得很厉害，我不能站起走路。……现在，王团长和一团的同志们在哪里呢？他们知不知道我小谢躺在河岸边啊？……王团长，快来吧！……也许，有位侦察员，来到江边，会发现我，那就好了！……听，有人来了！是王团长派人来找我来了，一定是！

脚步声越来越近了。一个人被小谢的腿绊了一交。立刻射过来几道手电筒的光芒。

"哈哈哈……小孩？起来！……"

小谢这个时候才听出，这是日本人的说话声。他来不及想应该怎样办，只好一动不动地躺着。接着，又听那日本鬼子说：

"小孩——死了。"

什么东西这样凉，在脖子上滑来滑去的？他微微睁开眼睛一看，原来是日本人手里拿着腰刀，正用刀背触着他的脖子。

"我不能死！"

小谢忽然睁开眼睛，正好和一对充满了血丝的圆眼睛相对了。两对眼睛离得这么近，小谢眼睛里射出来的仇恨的眼光，直刺着这对圆眼，吓得那鬼子打了个寒战。小谢趁这个机会很快坐起来，抱住日本鬼子的两腿，两脚使劲一蹬，就把日本鬼子摔到江水里去了。

"畜生！呜呜呜……"日本人一面吐着水，一面嚎叫着，"抓住他！打死他！"

这事情仅仅经过了几秒钟，周围的敌人一点也没想到这个"死人"会有这么大的本事。当日本人摔到江里去的时候，他们吓得往后面一闪，小谢一下子就窜出了人群。他想跑上江岸，钻进林子里去。可是他的腿和脚都不听使唤了。江岸的沙土一软，他又扑倒在地面上。

"抓住他！"日本人拖着灌满了水的靴子，呱唧呱唧响着，头一个跑上前来。他使劲嚼着仁丹胡，高高地举起腰刀：

"你——死——了好！"

突然，在小谢的头顶上，响起了清脆而急促的机枪声。日本人歪歪扭扭地往一旁走了几步，往前一弯，腰刀插进沙土里，然后就跌倒在地面上了。其余的敌人受到这突然的一击，有的跳进江里，有的顺着江岸跑出老远，对着前面乱打枪。

一只大而有力的手抓住了小谢的肩头，一对亲切的眼睛对着他望着，低声问：

"火烤胸前暖……"

"风……吹……背后……寒。"

"几团的？"

"一……团。"

"嗯。姓什么？"

"谢……"

"小谢啊！"

"你是谁，同志？"小谢使劲抓住这人的手，在沙滩上坐起来，"我看不清，我眼睛里全是沙子！……"

"你摸摸看，我是谁？"这人把小谢的手轻轻握着，把自己的脸贴着他的手。小谢的手掌上触到下颌上一把又粗又硬的胡须：

"王团长？王团长是你啊！那么，我回到家了！"他一下子扑在团长的怀里，紧紧地抱住团长的脖子，无拘无束地让泪水冲洗眼睛里的沙子。

"小谢，"王团长提高了声音，一字一顿地说，"现在，我命令你，爬在王连长的背上，回队！"

挖人参

一

　　红星农业生产合作社的副业生产队出发了。队长刘发，一个刚到四十岁的中年人，用右胳膊挎着背袋子，站在村口的大道边上，跟一个秃头顶的老人说话。队员们有的背着小锅，有的背着帐篷布，有的背着木杆子[1]，扭头和送行的亲人大声告别，陆陆续续地从队长的身边走过去。在这只有十个人的队伍后面，走着一个紫脸膛的俊俏的男孩子。这孩子不时地用两手往上拉那个垂到屁股上的绿帆布的小背包，羞答答地用眼睛瞟着道旁的熟人，现出来一种又像得意又像是迟疑的神情。这孩子走到队长的身旁，站下了，仰起脸，聚精会神地看着他们的面孔。

　　"去吧，金锁，"队长威严地说，"没有你的事。"

　　"嗯！"孩子畏缩了一下，答应着，但并没走开。他涨红了脸，鼓足了勇气说："我找主任有事！"

　　秃头顶老人啊哈一声，迈动两条弯曲的腿，走到孩子跟前，为难地啧啧

---

[1] 木杆子：采人参用的一种工具，细长，两端是尖形的；用它拨开野草和树茅子，寻找参苗。也有管它叫"拨杖"的。

嘴，说：

"金锁，你这是诚心上山哪？"

"三大爷！"孩子的羞涩劲头没有了，迟疑的神情变成了一种恐惧的样子。"不是你老批准了吗？"

"我批了吗？……"老人拍拍头顶，好像这回想起来了。但是他接着又说："山上可有黑瞎子啊！……还有老虎、狼、土豹子、豺子……还有这个……"

"我不怕，又不是我一个人去！"

"哎！你明白这个就行！"老人这回高兴了。"到什么时候也别离开大伙，听你爸爸的话。金锁啊，你可得明白，他在家里是你爸爸，上山是队长，谁都得听他的！"

"三大爷，我妈从卫生训练班回来以后，你老告诉她一声，就说我上山去了，下月初开学以前回来，误不了。"

"这个差事我干不了，"老人愁眉苦脸地唠叨着，"你妈还有二十天就回来了，她一看你不在家，还不得把我骂死？！……这个任务我不能接受！……"

"你得和她讲道理，告诉她，这是为了公事。……"

"好了，别费话了。"爸爸用手在儿子的肩头上拍了一下，脸上现出得意的微笑。

"再见，金锁。咱们爷俩拉拉手吧！"老主任抓住金锁的手，一下子把他拉到跟前，抱起来就往前跑。金锁感到很害臊，以为这是把他当小孩子看待了。他挣扎着要下来，但是老人的两只胳膊就像铁钳子，任凭你蹦啊，挺啊，他还是抱着往前跑。社里的男男女女发出一阵哄笑，有的女人尖声叫起来：

"老主任真行，比小伙子还棒啊！"

"报名参军去吧，主任！"

老人喘着粗气，把金锁放下来，回头跟大伙说：

"这小子真重，再过两年就抱不动他了。"说完话，看看正在飞跑着的孩子，微微地点着头，自言自语地说："长大了，十二岁了，再过几年就能接咱们的班了！"

　　副业生产队是一支临时组成的队伍。因为这阵子三遍地铲完了，除了一部分人收麦子以外，劳动力有多余。在往年，这一带上山采山货的人家很多；自从土地改革之后，农民都有了个安身之处，上山的人就少了。后来又建立了合作社，大家都只顾闷着头往地上使劲，更没人张罗往山上去了。今年组织副业生产队上山挖人参，是一个外号叫"老洞狗子[1]"的社员起的头。这人已经五十多岁了，名叫董万山。打二十几岁从山东老家来到东北，就一直待在山林子里，共产党来了才出来。这老爷子从开春就跟管委会叽咕，说上山保险不耽误生产。管委会开头下不了决心，怕劳民伤财，违反政策。

　　"合作社是农业社，大帮小伙地去搞副业，能说得过去吗？"有的委员心里很犹疑。

　　老主任也是半信半疑的。他想，虽然合作社是以农为本，可是若不耽误农业生产又搞了副业，增加了社员的收入，谁还能说什么。他在会上没明说这话。后来抽空子上董万山家去个别谈了一回。原来董万山在山里待了不少年，知道山里有货。他愿意趁着腿脚灵便的时候，早点上山挖下来，不然一口气上不来，得叫后人骂一辈子。既然有把握，管委会就决定组织一个副业生产队。

　　党支部很重视这件事。一来副业生产队是个独立的单位，离社远，什么事都得自己作主；二来美国飞机经常往下撒细菌，有一点照顾不到，就会出乱子。于是就建议管委会派一个能力强点的生产队长上去，再配备几个骨干。强点的生产队长倒是不少，但是最出名的，就是第二生产队的刘发。刘发在年轻的时候，常上山去找"外快[2]"，挖人参也算是个内行。派他上山他并不反对，但是这时候正赶上县里开卫生训练班，要把老伴调去学习，自己如果再上山，扔下一个回家过暑假的孩子没人照顾怎么办？两口子都是四十岁的人了，就留下这么一个儿子。儿子刘金锁在镇上完小里念高小一年

---

[1]　老洞狗子：新中国成立前生活在山林里的老人。这些人多是在旧社会受压迫的人，只好一个人躲在山林子里。

[2]　外快：在本行事业之外，利用其他办法赚钱。

级，一年只有假期才回家来。金锁妈临走的时候，跟刘发说：

"金锁好不容易回家住几天，找工夫磨点面，你们就在家吃吧，反正眼下也不太忙。"

"你就别惦记了。"刘发说，"又不是三岁娃娃，吃饭还用人惦着？"

"我知道你！"金锁妈一听这话，反而不放心了。"咱们可得说明白，上山的事你寻思寻思，别耍二虎[1]。两条腿都快打不过弯来了，还干那玩意儿呢？合作社是种地的，又不是副业合作社。……"

"得了！"刘发不愿意别人提他过去的事，一提起过去的事，就像往心里塞进一团火，肺都要炸开了似的。他用手抚摸着布满了紫色疤痕的两腿，面前闪现出一个苍白的模糊的面影。十年多没见这个人了，把他的模样都忘了。但是，他永远也忘不掉那一个晚上，一个纸样白的脸，一会拉长，一会压扁；黑紫色的嘴唇里喷着唾沫星子；青筋暴起的手里提着一根黑漆的马棒。"刘发，识时务者为俊杰！好汉不吃眼前亏。你上我的山采参，难道就算白采？我给你们方便，你们也得给我方便！我刘三虎子不是让人的，沾我的便宜可不行！"就是这一个晚上，他的两条腿被打烂了。养了三个月之后，当他抱着拐下地的时候，他发现两条腿无论如何也伸不直了。他现在抚摸着自己的伤痕，那天晚上的事好像就在眼前，地主刘三虎子的模样也逐渐清楚了。

"他跑的真巧，不然我非剥他的皮不可！"

儿子金锁有自己的打算，他盼望妈妈快点走，然后好跟着爸爸上山。他安慰妈妈：

"妈，你放心好了，我会过日子。你说是烙饼啊，擀面条啊，还是做豆包啊，我全会……"

"别吹了！"妈妈心里也不大痛快。想不到儿子并没有因为她将要离开他而表示留恋。

妈妈先走了。爷俩送走了她，然后就一块参加副业生产队了。金锁和爸爸并没费多少唇舌。刘发这人虽然主张儿子多念几天书，但对上学也有点不

---

[1] 耍二虎：不考虑成熟就做事的意思。通常管鲁莽的人叫"二虎"。

放心。他怕的是，书念成了，活也干不了啦。他就是看不惯那些只会动嘴不会动手的人。他愿意叫儿子跟着闯荡闯荡，知道知道钱是怎么来的，日子是怎么过的。

生产队出发以前，刘发把董万山这些在山上待过的人找到一起，研究了一下这回要走的路线和最后要到达的目的地。他们决定沿牡丹江往东北走，经过一天的路程，最后到琵琶顶子落脚。

从红星社到琵琶顶子，当中除了两个自然屯之外，只有江岔子[1]和急湍的小河。道路越走越高，虽然走路的人看不出是上坡，但却感到很吃力。在山区住惯了的人，看到漫岗就当平地。有时外地人向当地人问路，当地人往往会这样告诉他："过了岗就是！"实际上，这道岗说不定二十里、三十里呢。金锁是在山区长大的，爬山越岭倒是家常便饭，但是自从他上了高小，总也没有出过远门。这次他的小背包里虽然只有几件衬衣、一个搪瓷缸子和一本小书，却感到很重。

太阳把脸晒得像火烧似的疼，汗珠子在脸上一滚，就像用一个尖利的东西刮了一下。风被山岗和大林子挡住了。只有站在山尖上才有点风。可是在山区里，在山洼里走的时间多，在山尖上走的时间很少。

中午，他们在一个小河旁的屯子里停下来吃午饭。金锁听说休息了，头一个找到井，坐在木槽沿上，捧起柳罐[2]就喝起来。大家喝完水，就在木槽子里洗起脸来。金锁用自己的小缸子往头上浇凉水，后来索性脱了上衣，往身上浇起来。刘发借屯里的电话和社主任取得联系之后，也来找水喝，一看金锁这个样子，火了。

"你这是干什么！不要命了？凉水把你渍坏了怎么办？是挖棒槌[3]啊，还是抬着你这个病号？"

"没事！"老董头在一旁说情，"年轻人，火力旺！"

金锁趁这工夫溜了，从井旁的木栅栏上摘下还没晒干的上衣，急急忙忙

---

[1] 江岔子：江分出来的小支流。

[2] 柳罐：用柳条编的打水器具。

[3] 棒槌：人参。

穿上了。

太阳刚落山，生产队就走进山口了。他们脚下就是琵琶顶子，但是站在山口看主山的顶子，模模糊糊地好像隔着一层大雾，不知道有多少路程。

"刘队长，我看咱们就在这住下吧。"老董头就像到了家一样，走到一棵大榆树底下，从身上解下背包，双手挂着木杆子，凉快起来。

"地方选得不坏，"刘发挨着董万山站下了，扭头往四外瞧了瞧说，"有水，有林子，过起日子来错不了！"

"那还用说！这条道多了没走过，也就是几十回吧。"

金锁可真累了，他靠在一棵树上，用前襟扇着胸坎。

"长这么大没遇见过这样热的天！"金锁咕哝着说。

"你多大了，金锁？"老董头用眼睛瞭了他一下。

"十二了！"

"我五十二了，可是长这么大也没遇见过这样凉快的夏天！"

"真的？"

"可不！不信你把背包解下来试试！"

"啊！我忘了！"

金锁晚饭吃得不多，疲劳影响了他的食欲。可是当他和大家躺在帐篷里的时候，饿劲上来了。人们睡了，有的人还高声打着呼，只有老董头还在咳着、哼着，不时翻身、伸腿。

"董大爷，你老轻点好不好？你一翻身，我身底下的树条子就叫唤，刚闭上眼就醒，刚闭上眼就醒。……"

"还是你不困！"

"怎么不困？刚才还作了一个梦：棒槌啊，像地瓜似的，一串好几个。"

"你小点声！"队长坐起来，瞪了儿子一眼，紧跟着一头栽倒在树条子上，身底下唏里哗拉响了一会，又打起呼来。

"你啊，小金锁，有福气！"老董头低声说着，"我在琵琶顶子待了几十年。张作霖时代，我不出来；少帅[1]出头了，我还是不出来；日本鬼来

---

[1] 少帅：张学良。因为他是张作霖的儿子，所以东北的一部分老人管他叫"少帅"。

了，我更不出来了。惹不起他们，我躲他们。老地主刘万堂死了，他儿子刘金贵接上了。刘金贵死了，他孙子刘三虎子接上了。你不是躲他吗，他找到你头上来了。刘三虎子说日本人把这座山给他了，这山上的东西全有主了。……他家三辈子加起来还没有一百岁，可是这座山林子打开天辟地就有啊！……你爸爸年轻气粗，一宿的工夫就叫刘三虎子把两条腿给打坏了。我呢，没吃眼前亏，和他立了合同，给他当了十来年的奴才！……"

"刘三虎子呢？"

"跑了。共产党刚来他就跑了。……别看他长得白白净净的，一肚子坏主意！"

"董大爷，干吗管他叫三虎子？"

"他一笑脑门上就有三道皱纹，像老虎头上的王字，又总想祸害人，大伙就管他叫三虎子。"

"以后呢？"

"以后共产党工作队来了，派人上去把我请下来，以后就不想上去了。……入了社，也有了个窝……"

金锁睡了。也许又作梦了，他喃喃地说着：

"去！……去！……"

帐篷周围的篝火烧得正旺，值班人来回踱着步，脚底下发出轻微的沙沙声。

二

从山口到琵琶顶子主山，还有半天的路程。有的人主张上了琵琶顶子再动手采，有的人主张一面往上走一面采。刘发征求董万山的意见，老董头说：

"按理说，顶子上人迹少，山货总得比山口多。可是棒槌这玩艺儿没准，你不注意的地方也许有老的呢！"

"那咱们就碰碰运气吧！"

"干吗碰啊？咱们从山口开采，一点一点往山里蹓，有了更好，没有也耽误不了多少道。"

“别人还有什么高见？”刘发大声问。

大家看着老董头那股躲躲闪闪的劲，信也不好，不信也不好。刘发跟老董头在一处待过，他知道这老头的脾气，不见兔子不放鹰，只要他说了，十有八九是有那么回事。

“就这么决定了，两个人一组，分头干，在前面的“老旱鳖[1]”会齐。三十里路，二天走完，谁有什么说的？”

“这话对！”老董头忙着把烟袋插进烟荷包里，扭头向金锁一拱嘴，大声说，“我和金锁一组。小人眼神好，腿脚也灵便！”

刘发没有马上答话。他感到这老人的话有点突然。一个五十二岁的老人领一个十二岁的娃娃，生产队里顶老的和顶小的在一起，这成什么话？

“再给你们配一个吧？”

“干吗？不大放心是不是？……金锁丢一根毫毛你就找我！”

“现在不讲这个！”刘发皱起眉头，“先想工作才是正理！”

“那咱们打包票吧！只能比别人多，不兴比别人少。”

刘发想问，为什么你选中了一个娃娃，但是他没有说出口来。对老董头这样人，只要你稍微表示信不着，他就像牛犊子似的跟你乱撞。话又说回来了，为什么就不许老董头和金锁一组？反正得有人领着这个孩子。是不是我不放心别人领我的儿子？“同意！我没意见。”

“早这么说多痛快……跟我来，金锁！”

老董头把木杆子扛在肩头上，爬过一道石沟，然后用木杆子拨开一堆野蔷薇，飞快地钻进一片刺松林子里去了。

“董大爷，慢点！”

“你连老头都跟不上啊？”树丛里传过来老人的响亮的声音。

“这东西扎脸！”

“你得想点办法不让它扎！”

树丛里又是一道石沟。金锁用木杆子支住地面，一纵身，跳过石沟。一晃间，他看到了沟里的澄清的水，听到了溪水冲在石头上好像金属相碰的

---

[1] 老旱鳖：山名。

声音。

"大爷，我来啦！"

他对自己这样跳过小溪很满意，他想叫老人看看，他挑的伙伴并不是娃娃。但是前面并没有人答应。他抬头一看，只见老董头伸开两只手，又开两条腿，就像小姑娘遇见了蛇似的，傻了。

"怎么了，大爷？"

"棒槌！棒——槌！"老人扯长声叫着，从腰里掏出来一对用红线串着的大钱[1]，轻轻地但是很快地往一棵开着小紫花的参苗上一搭，然后长出了一口气，"这回你跑不了啦！"

"它还能跑啊？"

"你懂什么！"老人显出不以为然的神气，"这东西通灵气，不叫住它，不拴住它，眨巴眼的工夫就溜了！"

"它是动物还是植物？"

"什么？……不管是什么物，不这么干就得不着！"

"迷信！"

"滚一边去！小兔羔子！"老人火头挺高。他选金锁当伙伴就是为了不听这些"闲话"。小伙子们总说他迷信，这回出门，他们连大钱都没拿来一个。他以为小孩子好办事，只要你把话说开了，他就相信了。可是你看他，张嘴就批评。真是初生牛犊不怕虎啊。"念了几天书，又懂得迷信了。这叫迷信吗，又没去烧香叩头！"

这时候金锁也有点糊涂了。

老董头在山上待了好几十年，什么事都经过，谁知道啊，也许它真能跑吧。

"大爷，你见过它跑吗？"

"跑？"老人顿了一下，"干吗叫它跑啊！只要你对它一叫，棒——槌，再用大钱一拴……"

金锁感到失望。

---

[1] 大钱：带眼的青铜钱。在过去，有些挖参人以为人参是神物，可以到处跑，就用红线拴两个铜钱，搭在参秧上，说可以防止人参逃跑。实际上，是起一种标记的作用。

“我还寻思你见过它跑。要是我在林子里待啊，管保能看见！”

老人没理金锁，他趴在参秧前面，用鹿骨签子[1]一点一点往外挖土，还不时地用嘴吹着。

“拿来一把铁锹就好了。”金锁坐在野草上，看着老人那种慢慢腾腾的样子，眼皮发涩，困了。

“你待着吧！好用铁锹早用了。我在山里转了几十年，没见有用铁锹的。……这玩艺儿见铁就跑。……”

“别的组都拿铁锹。”

“别的组是别的组！”

“我帮你挖吧，大爷？”

“谢谢你吧！你愿看就看一会，不愿看就四处走走，找找！”

“好吧，我去找找！”

“可别走远了，别走过那棵胡桃树。”

“哎！”

金锁有个小算盘，他想找一棵棒槌，吓它一下子，叫它跑，看看是什么样子。但是他没达到目的，白白跟着跑了一天，一棵也没找到。

这天全队一共挖了四棵棒槌，老董头一个人就挖了两棵。

“这么大的山，只长这么几棵棒槌！”金锁为自己没找到棒槌解嘲。

“你还寻思采黄花菜呢，一片一片的！”老董头说，“别看采的不多，这叫抬头见喜。有少就有多，有小就有老。”

金锁听不进去，他把背包扔在爸爸的东西旁边，拿着那把用镰刀头改造的牛耳刀，爬上了一棵老松树。

“噢！……接住！……”他割下一些松塔，往地下扔。松塔落在草地上，蹦出来几粒还没成熟的松子。

“你给我下来！”爸爸着急了。

金锁乖乖地下来了。他的手上，鼻尖上，膝盖上，到处都是松树油。人

---

[1] 鹿骨签子：挖参的一种工具。挖参人为了在挖参时不损伤人参，多用这种骨制的签子。

们大笑起来。

"成了小野猪啦！"

"这回行了，刀枪不入！"

太阳落山了，山林子涂上了一层粉红色。树啊，鸟啊，都沉默下来了。突然，从树丛的阴影里飞出一只"黄豆半[1]"，落在帐篷的尖上，低下小脑袋，直勾勾地看着面前的人、锅、背包和搭在木杆子上面的手巾。它好像在想，这是怎么回事，为什么到这里来？……

"滴溜溜。"

"滴溜溜。"

就像山泉的水珠落在盘子上。金锁轻轻地用筷子敲着缸子，低声说：

"好啊，再来一个！"

小鸟好像很害臊，一扭头，张开翅膀，露出金黄色的圆溜溜的肚子，飞了。

太阳落到琵琶顶子后面去了，顶子上的积雪闪着蓝色的和紫色的光芒。不一会的工夫，天暗了，紧跟着吹过来一阵凉风。值班人升起了篝火，人们围着通红的火堆，吃着黄花菜炸酱和二米饭[2]。

"饭里有砂子，"有人使劲吐着饭，"怎么不把米淘淘？"

"就一个人，哪顾得过来啊，做熟了就是好事！"炊事员抱怨着。

"一个人还不行？"刘发问炊事员。

"捡柴火得走出多远？……你们想想！……"

"你说得几个人？"

"再给半拉人就行！……把金锁留下吧！"

金锁一下子跳起来，气得小米饭粒都吸到气管里去了。

"我不干！"

"你想干什么？"爸爸瞪了他一眼，"当少爷？……"

金锁没心吃饭了，他把缸子放在背包旁边，低着头走开了。他脸朝上躺

[1] 黄豆半：一种山雀，翅膀是灰色的，肚子是黄色。因为它的肚子很像一半黄豆粒，所以孩子们管它叫"黄豆半"。

[2] 二米饭：小米和稻米混合煮的饭。

在一堆树条子上面，无精打采地听着人们在聊天。

"小心点，美国人撒毒虫，别吃进肚子里去。"

"没事。"有人回答，"美国人再能撒，架不住用火攻。这堆火就顶事！"

"你都赶上孔明了。"

"差不上下！"

"别把饭碗吹破了！"

……

说了一个一，

谁对个……一？

什么开花在水里？

……

有人用筷子敲着饭碗，唱起来了。

"这是谁呀？"

"董大爷！"

……

那个花名咱也知道，

三朵花儿开呀，

一朵梅花，

菱角开花在水里！

……

两个小伙子用尖嗓门接下去唱道：

哎唉蒙得儿哎哎哎，

蒙了一个会儿，

七个七个咙冬乒乓噗嗤儿，

鲸鱼打挺[1]，

鸭子翻身，

……

金锁这回可憋不住了，笑得喘气都费劲了。太有意思了，鲸鱼打挺，噗嗤儿……

"瞎扯！"他走到人群跟前，"掉下一根针也许噗嗤儿一下，可是鲸鱼有多大啊！……"

"鲸鱼在水里就像咱们在陆地上一样，别看大，说走就走，说站就站，也就是噗嗤儿一下子！"

"你好像见过？"

"那么你见过？"

"讨论会"开始了，老年人从眼前扯到过去，年轻人从眼前扯到将来。队长轻轻地拍了老董头的肩头一下，低声说：

"咱们哥俩找个地方聊聊。"

"聊什么？……走吧！"

队长对这一天的成绩不太满意。十一个人，挖了四棵灯台子[2]，说出去都叫人家笑话。虽然积少可以成多，可是多上加多不更好吗。他把几个常在山上待的人找到一块，想弄个明白。有的说参少，着急也没用。有的说不是地方，到山里才能有。但是队长有另一种看法，他以为干活的方法不对。他有个主意：有的人找，有的人挖，分工负责。一下子几个人都不说话了。原来这个生产队里虽然有几个挖参的老手，但都不是"把式匠[3]"，有个领头的还能顶把手，自己一个人干就有困难了。刘发用眼睛瞧瞧老董头。老人咳了一声说：

"这也没什么难处。就像挑水似的，猛地挑一整挑就要晃荡，等晃荡一

---

[1] 打挺：猛然伸腰或者是猛然跳纵的意思。

[2] 灯台子：最小的人参。

[3] 把式匠：对某项劳动很熟练很有经验的人。如"花把式"，就是指种花的老手。

会以后，也就站稳了。"

老人这一说话，大伙有了点信心。担子沉点没关系，怕的是白跑路影响生产。老人又粗略地介绍了一下这山的地势，还讲了一套关于风水的知识。讲完了，自己好像有点不好意思，忙说：

"说这话好像有点迷信！信不信完全在你们。"

他们开完小会回来的时候，小伙子们正在争论树上能不能结茄子的问题。一个小伙子尖声喊着说：

"我到过农场，亲眼看见的，一个蔓上又有西红柿又有茄子。……还给我们吃杏，你说怪不怪，吃的是杏，可是桃味。"

"真无知，那叫大白杏，八百年前就有啦！"

"少说话吧！"去过农场的小伙子气得站起来，"白杏才多大啊！……我们吃的杏多了没有，足有这么大！"他指着锅盖上那把木勺子。人们大笑起来，连说话的人也笑了。

"同志们！"队长说话了。"先静一静，咱们该办正事了。"

刘发把分工负责的话说了一遍，叫大伙讨论。既然有经验的人都同意了，青年还有什么说的，只听队长分派就是了。队长一看事情进行得挺顺利，心眼里很痛快。

大伙选出了四个组长，除了刘队长、董万山之外，又选了两个年轻心细的人，专管挖参。年轻人很不好意思：

"年纪大的满山跑，我们倒享福了。"

"不能这么说，生产在前，岁数大小在后。……挖参更吃劲啊！过两天你们就明白了。"

组长是有了，小组可怎么个分法？大家叫队长指名分配。刘发想了一下，跟大家说：

"我有个主意。咱们叫岁数最大的组长先挑！"

"同意！"

"既然大伙看得起我，我就先挑了。"老董头把烟袋从嘴里拿出来，四外瞧了一会，把眼光停在金锁身上，用烟袋一指，笑着说："我还要他！"

三

"走吧，金锁，咱们爷俩别叫人拉下。老的老，少的少，真有好看的！"

"是你自己挑的我啊！"

"我挑的你又怎么的？……我老了，你得多出点力！"

"真的吗，大爷？"金锁真有点着急了。他心里想："可倒好，靠上我一个人了。"

"走吧，少爷！……咱们就硬着头皮干吧！"

"走吧！"

他们没等着吃早饭，背包里放了点干粮，先走了。

"伙计们，咱们顶子上见吧！"

"老爷子真行啊！"

"不行喽，头发都白喽！"

老董爷子挺直了腰板，迈着大步在前面走，金锁扛着那支细长的木杆子，小跑着跟在后面。

"把背包带子紧紧，拖泥带水的，你还想走一天道啊？"爸爸在后面说着，紧走几步，追上儿子，把背包带子紧了紧，又嘱咐了几句，这才站在漫坡上看着这一老一少走进矮松林子。

太阳升起老高了，把山谷里的雾气照成了粉红色。雾气慢慢地往上爬，就像一群绵羊挤在一起腾空了，忽忽悠悠地飘动着，一会拉长了，一会挤扁了。那透过大雾伸上天空的琵琶顶子山尖上的岩石，就像一个巨大的牧羊人，朝阳那面是黑色的，像巨人的大肚子；背阴那面是白色的，像巨人的光板大皮袄；而在岩石缝里的那棵歪脖松，就像扬起来的一杆鞭子。无数由雾气组成的"羊群"，在巨人的脚下流动着，有时会合了，有时分开了，但巨人却一动不动，永远是一个架式。

"噢唉！"金锁大叫着。

山头上也是"噢唉"，山脚下也是"噢唉"，林子里也是"噢唉"，雾气里也是"噢唉"。金锁站下了，他被自己这声喊叫所引起的回声弄得很惊奇。怎么回声不断啊，它能传到哪去？也许它会传到镇上去吧，妈妈会不会听出来这是他的声音？

"怎么样，金锁，这个地方有意思吧？"老董爷子也站下了，他看着金锁的带着惊奇的面孔，笑了。"怎么的，大山还看不够啊？"

"这才叫山呢。咱们屯旁边那些山简直是土馒头！"

"你这小子，刚离家两天就忘本了！"

"咱们能搬到这来多好！……把房子盖在这个山洼里，屯子后边是杏树、李子树、桃树；屯子前边呢？……董大爷，你说屯子前边呢？……"

"干吗，吃杏就能活吗？"

"我说屯子搬这来，种地还在那。"

"社里有几十架飞机可行，坐飞机去种地，不然哪，非饿死不可！"

金锁不再提这个事了，他飞跑着，钻进飘过来的大雾团里，从雾团里传出来他的尖细的叫喊声。

"出来吧，金锁，小心瘴气啊！"老董爷子不放心地喊。

"不怕！……这是小雨啊！"等金锁跑回来的时候，脸蛋上挂着一层细小的水珠，背包上也潮忽忽的了。

爷俩顺着山岗朝前走去。

金锁的下半身全叫露水打湿了。背包好像比刚才沉了些，那根木杆子好像也增加了分量。但是他还是不肯规规矩矩地走道。他跑到胡桃树下，往上扔石子，打下来不少包着滑腻腻的青皮的胡桃。他叫那些胡桃顺着山坡往下滚，看它们哪个滚第一。

"金锁，别乱跑了，留点劲走道吧。"

"真是的，董大爷，咱们干吗这么拼命地走啊走的？又不是来赶路的！"

"好啊！金锁，你找找，我眼神不行了！"

"我一个人找？"

"我在你后边找！"

"好吧！"金锁实在摸不清这老爷子葫芦里卖的是什么药。他把背包带子紧了紧，爬上了一个陡直的有一个人高的石砬子[1]，在石砬子上面，突然出现了一块平坦的草地，脚踩在上面，就陷下去一个小坑，人过去之后，那个小坑又平复了。金锁用木杆的尖端往草皮子上杵了一些小洞，洞口露出来黑黝黝的湿土和腐烂了的草根。

"这块地种大萝卜才好呢！"他说着，索性在草地上跳起来了。

"棒——槌！"

从石砬子下面传过来老董爷子的有点嘶哑的喊声。金锁不跳了，他以为是自己的耳朵有毛病，也许老董爷子不是说的这句话，也许他根本就没喊叫吧？……

"棒——槌！"

"在哪呢？在哪？"金锁趴在草地上，往下一看，只见老董爷子正坐在石砬子底下一个草丛旁边抽烟。就在草丛的当中，露出来一小朵紫色的棒槌花。金锁急忙从砬子上爬下来，走到老董爷子的面前，吞吞吐吐地说：

"这是怎么回事？我一点也没看着！"

"哼！我还寻思你小人眼神好，叫你在前头开道；可倒好，头一个就给拉下了！……"

金锁狠狠地用木杆子往地面上杵，好像那一杵就会冒出棒槌来。

"别杵了，跟着我走吧！"

"那，这个呢？……不要了？"

"要这个干吗？小参芽子，挖出来白糟蹋了，等过几年再来挖吧！……走啊，等什么？"

金锁的兴头没有了。他就像一根被人扔在太阳底下的小葱，耷拉着脑袋，没精打采地跟在老董爷子的后面。老董爷子也怪，这会来精神了，腿脚也灵了，眼神也好了，一会爬上石砬子，一会又钻进密林子，好像这是他家的大园子，怎么走怎么有理。

---

[1] 石砬子：东北山区的人把高大的怪石叫作石砬子。

他们又钻进一座赤松林子。林子并不大，没多一会儿就走出来了。出了林子，面前叫一大块岩石挡住了。这块大石头好像有人用什么东西砍过似的，如果看不到后面的话，真像一个大三角尺立在那，石头边上的裂纹，正像三角尺上的标示尺寸的小纹。

"三角尺！"金锁的高兴劲头上来了。

"什么？……那是三角碴子！"

"怎么过去啊？"

老董爷子没答言，他直奔岩石走去。当他们走到岩石根下的时候，金锁才看见有一道很宽的裂缝，从裂缝里透过来一点阳光。

"通吗？"

"可不是通的。"

老爷子站在裂缝跟前，用手抚摸着岩石，好像抚摸着自己的孩子。

"你还没变哪？……八年没见了！……八年没见喽！……"

"董大爷，你来过这地方吗？"

老人没答言，他用两手抱着木杆子，紧闭着嘴唇，想着心事。停了好一会，老人一跺脚：

"走吧！……我董老大对得起良心！"

"什么？"

"走你的吧！……"

老爷子把背包解下来，挂在右胳膊上，偏着身子钻进去。金锁也学他的样，跟着老董爷子走进去。他仰起脸，往上一看，哎呀，原来是两块大石头碰在一处了，上面就挨着一点边，若是有人用手轻轻那么一推，谁知道，也许两块大石头就挨到一块了。那时候，人也许成了肉饼了。……忽然，他的脚下一软，忽悠一下子，左脚陷下去了。"完了！"他的心往下一沉，没等叫出来，脚下又踏上什么硬东西。他歪着头，往下一看，原来脚下面全是胳膊粗的树根，树根上面满是青苔，他的右脚叫两根树根给夹住了。他好容易把脚拔出来，可是那只千层底的鞋没跟上来。他想蹲下，刚一弯腰，脑袋顶上石头，屁股也顶上石头了。他冒汗了。他把背靠在石头上，凉快了一会，然后又往外弄他的鞋。两根树根就像跟他找别扭似的，硬是拿不出来。

“坏蛋！……”

“怎么了？骂谁啊？”老董爷子从那面把头探进来一看，乐了。“你用‘拨杖’把树根撬开，把鞋穿上，不就行了吗。”

这个办法果然有效，鞋穿在脚上拉出来了，这才走出这段大石头缝子。

“董大爷，难道没有好道走？”

“想挖棒槌，又要走好道，天下没这样的美事！”

“这个地方能有棒槌？”金锁打心里往外的不自在。看这块地方，除了石碴子就是辣辣藤子[1]，还能长棒槌？

“董大爷！咱们还往哪走啊？”

“哪也不去了！金锁，大爷饿了，咱们爷俩先吃一顿吧。”

他们从背包里拿出白面饼，坐在地下就吃起来了。金锁的嗓子眼挺干，白面饼一到里边就卡住了。

“干吃真够呛！”

“你去弄点泉水来喝喝！”

“在哪？……等找到水我也渴死了！”

“死不了！我保险！……去，站起来，拿着缸子！……看见那片黄刺梅没有？……再往前，再走几步！……把辣辣藤子拨开，看有没有？”

金锁照着老董爷子指的方向跑过去，果然发现了一小股泉水。

“水！……哎呀，真凉啊！……”金锁用手捧点水，把泉眼口旁边的石头冲洗了一回，然后接了一缸子，喝了一半，把剩下的倒在头上。

“给我接点！别吃独食！”

“哎，凉水一缸，来了！来了！”

金锁像小馆里的伙计一样的喊着，给董大爷端来了一缸子清凉的泉水。

饼也吃完了，水也喝足了，老董爷子还是不动弹，坐在石头上抽起烟来了。

“金锁，你也抽口吧，能防蛇的！”

“我不抽！我不怕蛇！”

---

[1] 辣辣藤子：一种有刺的草本植物。

......

"董大爷，快晌午了，咱们还没找着一棵呢！"

"怎么没找着；在石砬子底下的不是吗？"

"那棵你不是说不要了吗？"

"有第一个就有第二个；有小的就有大的。"

"坐在这就能有吗？"

"那还用走吗？……你站起来，拿着木杆子，听我指挥！"

老爷子把烟袋往石头上磕了两下子，往裤腰里一插：

"听着，金锁！从这棵掉皮的歪脖松往南……怎么东西南北也不知道了？……哎，对了！……往南走三十五步！大点步，哎，一，二，三……十……二十……三十……"

"哎，有啦！……真有啦！"

"叫住！……快点叫住它！"

"啊！……"金锁对着棒槌大声叫起来。他真想看看，棒槌跑起来是个什么样子。可是它并没跑，一点也没在乎。

"快点叫住啊！"老董爷子这回可急了，跳起来，用手做个喇叭筒，对着金锁那边大叫："棒——槌！……有没有？"

"有啊！"

"多亏我叫得早，不然它就溜了！"

"哎呀，大爷，这里又是一棵！……这么大呀！"

"叫住它！……棒槌！……棒槌……你给我滚回来！……你怎么不叫啊？"

"我不是叫了吗？"

"是那么叫吗？……哎呀哎呀的！"老爷子说着走过来了。"你回去？坐在一边，给我用笔记下来！"

金锁坐在方才老人坐着的石头上，掏出笔记本，记着老人的话。

"歪脖松往南三十五步，一棵。……往西南四十步，一棵。……往东南二十一步，三棵。……"

"在哪呢？……"

"你记你的吧！……往北五十步，二棵。……往东北十五步，四棵。……"

　　"记下来没有？"

　　"记下来了。"

　　"那咱们走吧！"

　　"不要去看看吗？要没有呢？"

　　"我光在这块石头旁边就转了十多年。刘三虎子要把我送到鬼子衙门去，我都没说出来。没有？……干吗没有？……天老爷有眼，叫我活到这阵……好了，咱们快走吧！"

　　"董大爷，你在山里当'老洞狗子'就在这个地方吗？……"

　　"不在这个地方住，可常来常往，熟地方。……这都是我插[1]的棒槌！……换个朝代我就叫它们跟我入土！……走吧！"

　　"这阵你老又急了。才过午，不好再仔细找找？"

　　"我找了十多年才找到，你还想找什么？……对了，咱们往上挂钱吧，把它拴住，明个好来挖它们。"

　　"我都记下来了，不用挂钱了！……我看别人什么都不挂。"

　　"别人是别人，我是我！……别人？……别人插了棒槌没有？……有这份福吗？……"

　　老爷子打怀里掏出一把用红线拴着的铜钱，在头前走，叫金锁跟在后面。他每走到一棵棒槌前面，就再叫一次"棒——槌！"然后轻轻地挂上一对铜钱。铜钱逐渐地少下去，最后只剩下一对了。老爷子用右手拿着这对大钱，歪垂着头，皱起了灰白色的长眉毛。他忽然回过头：

　　"金锁，你从头数数，一共多少棵？"

　　"十二棵！"

　　"你从头数数吧！"老爷子火气很大，"这回你来了机灵劲了！"

　　金锁叫这一片棒槌给弄得像喝了酒一样，迷糊了。多漂亮的小花啊！就像堆起来的紫色的琉璃球，又好像女孩子头上戴的紫色的小绒花。虽然没有

---

[1] 插棒槌：发现了人参当时不挖出来，让它在原地长大后再挖。通常管这种做法叫插棒槌。

风，可是它们总是摇摇摆摆的，好像一群穿着紫袄的刚会走路的婴孩。金锁顺着刚才老董头走的路又走了一回，他一面看笔记本，一面大声地数。他很快地就转回来了。当他数完最末的一棵——第十二棵的时候，老董头不见了。他能去哪？这附近除了一棵大榆树，没有什么东西可以藏人的。他急忙跑到大榆树后面，一看，差点没笑出来，原来老董头哈着腰，正在对着一丛蒿子说话呢。

"……咱们俩又见面了！……我董万山九十九都拿出来了，就剩你一个了！……拍拍良心……"

金锁走到跟前一看，原来在蒿子当间，长着二棵高大的棒槌。两根碧绿的梗上，挂着两个铜钱。他刚想喊出来，但是又忍住了。他有一点不明白，为什么别的棒槌都开花，它没开花呢？……这两天他经的事可不少，有多少野草和棒槌一模一样啊！怪不得人们都得向"把式匠"请教，不然要费掉多少瞎工夫。

"董大爷！"

"啊！"老人一楞神，回过头来，"你数完了？对了吗？"

"对了，正好十二棵！……董大爷，你老在这干什么？"

"在哪？……啊……找大钱呢！大钱丢了！"

"大钱？不是在你身后的蒿子上吗？"

"哪有？……没有！……算了吧，两个大钱没什么了不得！"

"我看那个就是！……那不！"

"那是红叶，虫子咬的。……丢两个大钱有什么？……我对得起自己的良心！"

"什么？"

"我说我对得起良心！"

"说这个干吗？"

"干吗？"老人不知道和谁生气，对着金锁大发脾气，"你找着一棵了？……啊？……"

金锁的头上像被打了一棍子，一句话也说不出来了。唉，石砬子底下那棵怎么就没看见呢？小也好啊，有个交代！……他抬头看看老董爷子，这老人还不高兴。

"他生我的气了。"金锁心中暗想。他心里感到很委屈。背包又在屁股上蹦起来；铁缸子在大腿根上撞来撞去的，木杆子也显得太长，怎么拿怎么不得劲。

他们比别人都早就到了琵琶顶子山脚上了。站在山脚往上看，琵琶顶子就像插进天去的一把锥子。他们俩谁也没说话，默默地砍来树条子，挖了灶坑，堆上了干枝，然后又默默地坐下了。

人们陆续地到了。大家虽然很疲劳，但是脸上却闪耀着喜悦的光彩。

"怎么样，老哥们？"队长一屁股坐在老董头的身旁，脱掉鞋子，在地上敲打着，往外倒土。"一天连走带找，好几十里路，真累得够呛！……我这条腿吃劲！……"他用手拍拍自己的右腿。

"明儿个你歇一天吧！"老董爷子用手摸摸队长的腿，低声说。

"用不着！"队长把两条腿伸直了，脚趾头伸开又缩回来，好像要试试"机器"灵不灵。"金锁怎么样？……不好你就狠狠地说他！"

吊锅里喷出来一阵阵小米饭的香味。在另一个锅里，正在炖着山狸子肉。它是叫一个队员用木杆子从树上打下来的。

"快吃饭！吃完了多整点干枝预备着。顶子上冷啊。"

"吃肉的这边来！……吃素的别来！"

除了老董爷子，别人都来了。

"怎么不来啊，老哥们？吃点犒劳，明几个好往上爬啊！"

"你叫我用什么吃？这回下山非进城镶牙不可！"

"金锁呢？……金锁！……"

"上树了吧？"

"金锁！"爸爸急了，"你给我滚回来！"

没人答应，没人"滚"回来。队员们都楞住了。四外静悄悄的，人们连气都不敢出，怕听不着金锁的应声。

但是金锁没回来。金锁不见了。

四

金锁愁闷地坐在树上，一面从青松塔往外剥松子，一面想着心事。忽然从山洼里传过来一阵隐隐约约的歌声：

> ……
> 一种麦子出土青，
> 西天拜佛是唐僧，
> 沙僧拉着白龙马，
> 后跟八戒和悟空。
> ……
> 哎，爷们唉，爷们唉，
> 咳咳莲莲花花，
> 一点金钱梅花落呀！
> ……

金锁听出是生产队的人唱的歌。他忙着爬下松树，往山坡下跑去。他怕和爸爸见面。见了面说什么，怎么交代？跑了一天，一棵棒槌也没有找着。他漫不经心地嗑着松子，吮吸着松子里的清水，顺着一条小溪走下去。好像这天太阳也分外的高，到这个时候了，还没有落下去的意思。太阳落下去也好啊，别人看不到他的脸，他也看不到别人的脸。

> 春季里桃花——桃花红，
> 村公所又来——要劳工。
> ……
> 有钱的买……几百块，
> ……

身后，山坡上，又传来了高亢的歌声。金锁回转身，长出了一口气。他心里对老董爷子有点埋怨："为什么这么早就回来了？你腿脚不灵便你可以坐在地下嘛，为什么这么早就把别人拉了回来？……还说了些气人的话。……可是呢，你到底把大钱丢了一对吧？！……大钱丢了又算个什么？别人根本就不用这种东西。这叫迷信！"想到这，金锁的心里稍微有点痛快了。不错，这个老爷子是有点迷信。金锁想起来老董爷子"叫棒槌"那股劲，自己笑了。……他又想起老董爷子对着蒿子嘀咕的样子，也笑了。"可是干吗他对蒿子也嘀咕呢？……明明大钱挂在蒿子上，偏偏就看不着。是啊，他是老了，眼神不好，不然不会把手里的大钱丢了。……谁说得准哪，也许那撮蒿子就是棒槌吧？……"

　　金锁想啊想的，脑子里忽然闪过一个念头：

　　"为什么我不去看看？！帮老人把大钱找着，帮助老人把那撮'蒿子'看个仔细……我不是来白吃饭的！"

　　想到这，他抬头看看太阳，心里又犹豫了。太阳落山以前能赶回来吗？若是赶不回来呢？……

　　"金锁！……"有人叫。

　　"……你给我滚回来！"是爸爸的声音。

　　金锁的心收缩了一下。爸爸是生气了，不然他不会用这么粗的嗓子叫唤。他顺着山脚下的一条干涸了的溪沟跑下去。等他已经跑过一片小松林子，钻进刚才和老董爷子一同走过来的一座长方形的赤松林的时候，他的决心就下定了。……为什么不能在太阳落山以前回来呢？……找着三角砬子，拿起大钱，看一眼那撮蒿子，就看一眼，回头就走，管保不等太阳落就回来了。他把松塔揣在怀里，使劲甩动着胳膊，在林子里跑着。

　　琵琶顶子叫赤松林遮住了。从山梁上看，只有一个灰白色的尖尖。他背着顶子，向好像敷了一层薄纱的黑色的三角砬子走去。三角砬子从这面看，已经不是三角的了，它好像一个笨手笨脚的妇女做的窝头，下面宽，上面窄，或者还不如说像是一个倒扣过来的破碗。

　　"这么近哪！"

金锁的心里亮堂多了。想的时候，好像挺远，站在这一看，简直就在眼前了。他跑下这个山梁，来到山洼里的泥塘。他灵巧地在泥塘里的"卡头"上跳着，就好像镇上耍马戏的小丑跳板一样，叫"卡头"把身子弹起老高，然后又安安稳稳地落在前面的"卡头"上。突然从前面"卡头"里飞出一只灰色的鸟，翅膀拍拍山响，还咯咯的尖声叫着。他的右脚落在泥塘里了。等把脚从泥里拔出来的时候，千层底鞋就不见了。

"坏蛋！"

他对灰鸟飞走的方向骂了一句，用"卡头"上的草把腿和脚上的污泥擦了擦，把左脚上的鞋也脱了，光着两只脚在"卡头"上跳了起来。多柔软的草啊，早知道这么轻快，早就光脚了。他又爬上了一个漫岗，站在山梁上往前看，三角砬子还是蒙着一层纱，还是挺近，和站在第一个山梁上看没什么两样。

……才多大工夫啊，太阳落下这么多了。方才还老高的，刚过两个山岗，它就歪的这样厉害了。……金锁跑起来。汗水把头发粘在额头上，又顺着头发滚到脸上。他一面跑，一面脱下小布衫，裹起那只左脚上的鞋，捆在腰上。……

等他跑到三角砬子的时候，太阳差一竿子高就要和松林子梢头碰上了。他急忙找到那棵榆树，找到了那两棵蒿子。他头一眼就看见了那两个大铜钱，搭在一个叉丫上，随着蒿子的摆动，它们也轻轻地撞碰着。他拿起大铜钱，握在手里。这时金锁的心里好像得意，同时又好像缺少点什么东西。

"找着两个大钱又有什么用呢？"

他心里有一个希望，希望这两根蒿子是棒槌。……可是他站在蒿子前面呆住了。别的棒槌都是一个独梗，它却长着两个又粗又绿的梗子。他不愿意放弃自己的希望。他蹲在地下，从根看到梢。他突然发现这蒿子的尖上，有被人掐断的痕记。

太阳和树梢碰头了。金锁的心里像起了火似的。他想马上往回跑，但是他没动。他想把蒿子拔出来，拿回去，叫大家认认，又一想，它若真的是一棵蒿子呢，还不得叫人笑掉大牙吗？……

他又回到歪脖松跟前，按着大董爷子说的方向，走到一棵棒槌跟前，掐下一片叶子，拿到蒿子跟前，对着一看，他差点叫出来：叶子一点也不差，就是颜色不一样。……他猛然想起爸爸说过，棒槌有一种是"双台[1]"的，是不是就是这个呢？……"双台"的棒槌是宝物啊！可是为什么有人把它的梢掐下去了？

太阳没进林子里差不多有一半了。山里罩上了一片红光。金锁又从这棵"双台"蒿子上掐下了一片叶子。他把两片叶子都小心地放在鞋壳里，顺着老路往回跑。人们都说下山容易上山难，但是金锁下山也不容易，他的腿就像把骨头抽了出去一样，跪倒在树根上一次，歪倒在坑洼里二次。最后一次歪倒的时候，他没有一下子站起来。他的心跳得很厉害，他还听见了自己的肚子咕咕地叫了几声。

"饿了！"

他想起来了。说也奇怪，不想便罢，一想起来马上就饿得不行。山里是饿不死人的，只要爬上松树，就有松子可嚼。可是金锁忍住了。

太阳已经沉到树后去了，四外罩上了一层灰白色。树林后面，还留着一小片淡红色的光，这点光也很快就消失了。他很快地越过那几道漫岗，又来到泥塘了。泥塘里一片黑暗，"卡头"就像从黑暗里探出来的无数的蓬松的头。他用脚探索着，往前迈着步。他的后背猛地像被针扎了一下似的。他不由得用手摸了一下，一个软忽忽的东西从手指缝溜出去了。

"牛虻！"

也许是白天太着急了，牛虻啊，小咬啊，都没来碰他。可是到了现在，牛虻该去睡觉的时候，小咬该去树洞或者草丛里保养自己的嗓子的时候，它们却都跑出跟金锁找别扭来了。他把上衣穿上也就好了，可是那多么热呀，光着上身还流汗呢，怎么能再往身上穿衣服。他从"卡头"上薅下几把草，身前身后揞着，小咬和牛虻不来了，可是皮肤也叫草叶子拉破了。过了"卡头"甸子，小咬和牛虻再也不来了。他把手里的草扔出老远。山里起风了。树林子响起来了。金锁感到身上一阵凉爽，腿上也有了些劲。

当他用手抚摸着赤松林的第一棵老松的时候，高兴得都要叫出来了。过

---

[1] 双台：一般的人参上有一根梗，最老的人参才有两根梗，挖参的人管这种两根梗的叫"双台"。

了赤松林，爬上顶子的山脚，用不了一个钟头，就要和爸爸和老董爷子见面了。现在他什么也不想了，就是想早点和他们见面，和大伙坐在一起，躺在干草上，看着火堆里蹦出来的火花，听着松塔里松子爆裂的清脆响声……睡上一大觉。他用手摸索着走进松林里。林子里黑得连自己的手指都看不见。他的肩膀几次撞在树干上。他把两只手伸到前面，就像上学念书前和别人捉迷藏那样，摸索着走过一棵树，再走过一棵树。他不知道过了多少时候，好像大树是无尽无休的，林子是没边没沿的。走着走着，他的两脚陷进冰凉的水洼里去了。脚下的泥并不深，只没到踝骨就不再下沉了。从脚下，发出一股潮湿的腐烂的腥味。金锁站下了。他怎么也想不起来白天他曾经走过这样的地方。回去吗？不能！好容易摸出这么远，怎么能就这样回去呢？说不定只走错了一点，再走一会就能出林子吧？

他走出水洼了。由于两脚在水里冰的很凉，身上也感到有点凉。可是他还是高兴的，因为这时已经走到干地方了，脚下就是柔软的青草。他又摸索着往前走，可是松林的尽头还是没到。

……在他前面几步路的地方，有一股蓝色的光在闪动。他的头发根一竖，往后一退，撞在一棵老树上，但是那股蓝光并没移动。他怕得很，不想看，但是眼睛不给自己作主，就像有个人用线牵着一样，非往那看不可。他想悄悄的逃开，但是两条腿却慢慢地往蓝光旁边走去。恐惧和好奇就像一团乱线，纠缠在一起了。……离蓝光只有二步远了，只有一步远了。

"我干吗往前走啊？"

但是他还是往前走着。他的心里跳得怦怦响，他被一种揭发秘密的心情鼓舞着。他不敢用手去碰那股蓝光，他用右脚试着去碰它。脚趾头刚碰上，他身上就抖索了一下子。大脚趾头一使劲，把蓝光碰散了。就好像一个小火堆蹦出来的无数的小火花。

"哎！原来是你呀！"

他哈下腰，把蓝光捧起来了，原来是一大块"糟木香[1]"。

金锁和"糟木香"是老朋友了。他曾经用它吓唬过死去的小妹妹，吓唬

---

[1] 糟木香：腐朽了的树根，好多年以后，身上就有了很多磷，晚上会发出蓝光。

过爸爸和妈妈。他把那块的"糟木香"塞进裤腰沿里，手里拿了一些细末，一面用嘴吹着，又往前赶路了。

当他好不容易走出松林的时候，外面黑得也什么都看不见了。他不知道顶子在哪里，也不知道这时候是几点几分了。头天晚上还有月亮，可是这天晚上连星星都很少，几颗小星星好像几晚上没睡觉似的，懒洋洋地打着盹，有的时候干脆就缩进黑暗里好半天也不出来。

他走进山根下的一片树茅子。突然唰唰响了几声。金锁拨开眼前的树条子仔细一看，哎呀！有两个淡青色的亮晶晶的圆球，逐渐地靠了过来。金锁大声地叫起来：

"爸爸！"

"爸爸啊！……"

那两个圆球往回一退，贴在地面上，扯长声嚎叫了一声：

"嚎！"

原来是一只狐狼。它也怕了，正在求救兵。金锁往回退，它就往前走，距离越来越近。

"爸爸！"

"嚎！"

金锁想去拔身旁的树条子。树条子没拔动，手里的"糟木香"撒出来了。金锁大叫着，抛出手里的"糟木香"。那野狼怪叫了一声，钻到黑暗里去了。狼跑了，金锁也跑了。他的眼泪顺着鼻洼流到嘴里。

"爸爸！"

四外除了林子的吼叫声之外，什么声音也没有。

金锁爬进一片矮林子。在林子深处，隐约地闪着一小点火光。他摸索着小树，奔火光走去。当他离火光还有几十步的时候，突然有两只手紧紧地掐住了他的脖子。

他什么也不知道了。

五

金锁睁开眼睛，用了很大劲坐了起来，看见在他的面前坐着两个穿着淡蓝色衬衣的中年男人。抱着膝盖坐着的那个是苍白脸，浮肿的脸上好像涂了一层油，眼睛只剩一条线，在黑色的嘴唇上面，零零落落地长着几根草黄色的胡髭。在这个白脸人的身后，有一个灰帆布的大背包。在白脸人的右边，坐着一个低垂着头的人。当他把头抬起来的时候，他的一双半截眉毛就抬到额头上去了，眼睛就落到脸颊的当中，好像这个人永远在惊讶，永远在猜谜。可是他的嘴呢，就像用刀子割开的一道细缝，又好像一个刚上学的小学生歪歪扭扭地写的"八"字。这个人难得抬起头来，也许是他知道自己这副长相会叫人不舒服吧？……在这个人的身后，也有一个灰色帆布的大背包。

金锁呆了。他们也没吱声。三个人憋了好半天。

"醒了？"白脸人微笑着，额头上出现了三道纹。

"这是哪？我怎么来的？……现在是什么时候啊？……"

"小伙子，"白脸人对金锁说，"你遇见坏人了。我们把你救了下来。真险哪，你的小命真是白捡的！"

"你是哪的？……你说话和这个地方一样！"

"不！"白脸人摇摇头；"我们是卫生部派下来的。……你饿吧？"

"饿！"

"老李！"白脸人紧皱起眉头，叫那个耷拉着头的人。"拿吃的给他！……拿那个没封皮的罐头！"

那人没抬头，从身后背包里掏出来一个没有商标的扁圆的罐头，很熟练地把顶盖割开一道缝，狠狠地扔到金锁的身旁。

"吃吧！"

"吃吧！"白脸人微笑着，"别看他，他就是那个样子，可是心眼很好。"

金锁吃着罐头里的硬条条，不知道是肉还是鱼。硬条条发出一股樟脑的气味，在嘴里溶化了之后，好像一块发酸的西瓜皮。金锁有点发呕。

"你是卫生部的？"

"是啊！……我们是来调查美国人撒毒虫的情况的。……美国人太坏了！……太坏了！"那白脸人又笑了。额头上又出现了三道皱纹。金锁好像在哪见过这个人，但是他怎么的也想不起来了。他感到这两个人和县、区来的人都不一样，和省里来的人也不一样。也许因为他们是卫生部派来的，和此地人不一样吧？

"你们为什么不上村子里去调查？……在大山里调查什么？"金锁感到这两个人不太聪明。若是县委刘书记来，管保和东街上的老爷子下棋。若是区委孙书记来呢，又该上俱乐部去了。他们一来，村里什么事都知道了，好像他们有"耳报神"。可是他们呢，还是卫生部派来的，在大山里转起来了。

"咱们有分工啊！有的人上村子去了，我们管这一带。"白脸人用手乱指了一阵。金锁没看出来他指的是哪一带。

忽然从远处传来一阵嗡嗡声。这声音由远而近，紧跟着就像一阵大风，嗯！……从头顶上刮了过去。

"飞机！"

八字嘴猛地抬起头来，飞快地把两只胳膊插进背包带子里。

"你像个惊兔子似的干什么？……"白脸人走过去，扯住八字嘴的衣领子，把他从背包旁边拖过来。

他们两人爬到树丛的边上，蹲在草丛后面，往天上看。金锁呆住了，他无论如何不相信他们是卫生部的，他不相信卫生部的人这样怕飞机。他想走出林子，但是白脸人把他拉住了。

"别乱跑！……也许是美国飞机！"

金锁勉强地找了个草丛，还没等蹲下，飞机贴着树梢又过来了。它飞得多矮呀，两只膀子带的风把头发都掀动了。那只飞机飞到顶子后面去了，不一会的工夫，它就顺着山梁，又飞了回来。当它刚刚飞到金锁对面，慢慢地歪了一下膀子，立刻就现出了鲜红色的亮晶的红星。金锁一下子跳出来，对着它扬起胳膊，大声叫起来：

“咱们的！……噢！……噢！……”

飞机好像听见了。它在山洼里转了一个弯，急忙飞了回来。但是金锁被这两个人拖回林子里去了。

“这回好！”八字嘴喷着唾沫星子，对白脸人吵叫。“我说叫他回老家，你说有用。这回可用上了，飞机找上来了！……背了一宿，背来个祸害！”

“住嘴！你少费话！”白脸人咳了一声，压低了声音对金锁说：“小伙子，别怕！……你看错了，那是美国飞机。多险哪，要不是我们把你抬回来，说不定会出什么事呢！……”

白脸人嘴唇抖索着，又微笑了。这回他额头上那三道皱纹显得深了。金锁猛然想起来了，董大爷说到三虎子头上有三道皱纹，这个人头上也有三道！……想到这，他的后背突然有些发麻，他又有点像遇见狼那时候的心情了。但是他又安慰自己：刘三虎子跑出去好几年了，说不定他死了，他还能回来？……在额头上有几道皱纹有什么了不起，谁都能有。……他又去看他的脸，这时候他的脸又和方才一样了，只是在面颊上挂着几滴汗珠。

白脸人轻轻地解开衬衣的钮扣，抖着前襟，扇着。

“小伙子，你家住在哪？”

“我家？”金锁停住了。他突然感到很孤单。他看着这两个人，从心里往外地不喜欢他们。“我家？……就在这山里！不远！”

“你撒谎！……六年前这里还没人家呢！”

“你怎么知道？”

“我会接近群众！”白脸人脸上闪过一个狡猾的微笑。

“现在到处都是屯子！……屯子里有民兵，还有枪。”

“屯子离这多远？”八字嘴猛然一抬头。

“有民兵好啊！”白脸人接过去说，“能够防止坏人破坏。……提高警惕性嘛！”

沉默了一阵，白脸人又问金锁：

“你住的屯子叫什么屯？”

“刘家屯！”

"什么？"

"牛家屯！……新立的！"

"美国人撒毒虫怎么样？……受害了吧？……有生病的没有？……死人了没有？……"

"生病的？……有啊！我领你找人问问吧！"

"用不着！我没说吗，有分工！"

"啊，对了，昨天咱们看见顶子下面有不少毒虫！……一大片哪！……可多了！"

"真的！……离这多远？"

"不远！从现在走啊，用不了落太阳就能到了！"金锁很怕他们说不去。只要来到爸爸待的地方，什么事都会弄明白的，什么坏人也跑不了的。

白脸人没应声，紧皱着眉头，咬着发黑的嘴唇，用手使劲拉那几根黄胡髭。停了一会，他望着金锁问：

"你跟谁来的？"

"屯上的人。"

"他们来干什么？"

金锁想了一下：

"打柴呗！"

"胡说！没有夏天打柴的！"

"合作社都是夏天打柴。人手用不了。"

"怎么没见有爬犁[1]？"

"干吗要爬犁？"是啊，没有爬犁怎么往回拉？……"夏天打，冬天拉！"

"嘿嘿嘿！共产党真会想法，怕你们闲坏了！"

"什么？……你怎么说的？……"

"老李！"白脸人一拱嘴，"咱们走吧，去看看！"

"你信了？"八字嘴感到有点惊奇。

---

[1]　爬犁：一种运东西的工具。到山里打柴因为离家路远，要用爬犁运输柴火。

"不信怎么样？咱们来了两天，就有这么一个群众！……走！"

他们来到林子外面。白脸人把金锁拉到前面说：

"你用手指指，在哪个地方有毒虫？……指明白，是山上是山下？……那片发黑的地方？……"

金锁指了一下昨天他们搭马架子的地方。现在从此地看，那里被一个山头遮住了阳光，变成了一片老灰色。

飞机又飞过来了。

金锁解下腰上的布衫，抢啊抢，把一只鞋都抢出去了。

"我在这呢！……我在这呢！……噢！……"

"老李！把这小子的嘴堵上！"

八字嘴好像天生干这个的，还没等金锁明白过来，一条宽带子把金锁的嘴和鼻子都缠上了。金锁用手去解这条带子。他使劲用指甲挠八字嘴的手。

"把他的手也捆起来！"

"你们干什么？……"他的声音好像从地下面发出来的，连他自己都听不清楚。"你们是特务！……坏蛋！……"

"啊？什么？"八字嘴咧开大嘴，"不是特务，是情报员！"

"少说话！走吧！"

飞机又回来了，围着这块矮林子转。

"他们发现了！现在走不得！"

"现在非走不可，不然上来人就坏了！……你先走，奔山脚的树茅子！……回来！伪装！"

八字嘴趁飞机绕到林子那头的时候；带着伪装，跑出林子。飞机过来。他就蹲下，飞机绕过去，他就跑。这时候，白脸人正在往金锁身上插树枝。

"别着急，小伙子，很快就送你回家！插点树枝好啊，凉快！……老实点，不然我可要治你了！"

他拉住金锁的胳膊，钻进一丛蒿子里。飞机正在头顶上转。金锁一挣，站起来了。

"我在这呢！"声音太小了。白脸人又把他拖了回去。

飞机又飞走了。金锁被拉着下了山坡。树条子和草根把他的肋部割破

108

了，前胸的皮肤也剌了几道口子。他咬住牙，到底也没站起来。等他被拖进树茅子的时候，他发现小布衫还在胳肢窝夹着呢。

八字嘴早已经等在树茅子里。

"共产党真有两下子，这么点的娃娃中毒这么深！"白脸人好像对八字嘴说，又好像是自言自语。

"咱们把他送回老家去得了！早晚是祸害！"

"你认得路吗？……你只能吃饭！"

"我不能跟你卖命！你刘三虎子有房有地，这座山都是你的！我两个肩头扛一个脑袋，光棍一个！……"

"好啊，王二爷！……"刘三虎子龇牙一笑，"你去告我吧，去吧。只要你能瞒得了共产党，说你没当过警佐，没用铡刀铡过人就行。"

"好吧。回头上美国人那去讲理，现在我不说话。"

"好吧！只要你能回去，咱们就找个地方讲讲理！"

六

副业生产队决定分成两伙：老董头领五个人坚持生产，刘发领三个人去找金锁。老董头无论如何也不肯去生产，他坚持要跟刘发去找人。

"我在这个地方混了二十来年，地方熟，我不去谁去？"

刘发真想答应这老人的请求，他知道老董头对这一带的地势很熟，如果有这个老人在一起，多壮胆子啊！但是他没说出口来。他领这伙人出来是为了生产，把硬手都派去找人，回去该怎么向社员们交代？他现在后悔把孩子领出来。四十岁的人了，为什么办事还是这样的欠思量。……当他想起儿子一个人流落在大林子里的时候，许多可怕的景象都跑到眼前来了。他的心里抖索了一下。

刘发连夜派人下山往社里打电话。天刚亮，就来了飞机。刚到中午，村里的民兵就坐着区联社的大卡车到了。

老董头一面派人挖参，一面领着民兵们在三角砬子四周搜索。这老人一口咬定说金锁到三角砬子来过。但是当别人问他有什么根据的时候，老人始

109

终没说明白。

老人表现得越来越不安，好像只是从这天开始，他才是个五十多岁的老人：背也弯了；眼睛也暗淡了；走起路来也显得很吃力了。

"兄弟！我董老大日子还过得去，这回上山劳动日我不要了，就算我没来。……不把孩子找回来，我也不回去！……"

"别！现在你得听我的！"

老董头哭了。他喃喃地说：

"我这是怎么的了？……真是老而不死便是贼呀！……我怎么的了？……该死！……"

当天下午，民兵在三角砬子东北五里多地的林子里，发现了两个花花绿绿的降落伞。情况复杂了。他们马上派人用电话向县里作了报告。

在当天夜里，从边防部队来了一位副连长，还带来了一个排。

头一天的空中搜索，虽然受到了森林的限制，没有肯定那两个可疑人物的准确去向，但是却提供了一个很有用的线索。

第二天天亮的时候，大家赶到了那座矮林子，从几个不同的方向摸进去。当刘发和大家在林子当中会了面的时候，一种失望的情绪紧紧地抓住了他。刘发用手扶着树干，用舌头舔着干裂了的嘴唇。他的脑子里很乱。

他知道在这个大山林子里，一个十二岁的孩子，是躲不过野牲口的。……他们两口子都是四十岁的人了。他们生过几个孩子，但只落下这么一个。老伴就像看着珍珠一样，看着孩子长起来。在早先，他们有许多时候，失望了、生气了、疲倦了……只要看到孩子，就像夏天的中午在泉水里洗了一次澡，立刻就增添了新的力量和勇气。他不敢想，如果老伴知道了这件不幸的事，该是什么样子。几次眼泪都滚到眼边了，但他咬咬嘴唇，忍住了。他不愿意当着战士们的面前哭。他年纪比他们大得多，他们都知道他是党员。党员就该坚强。但是，当一个战士把一只千层底的鞋交给他看的时候，他忍不住地流泪了。

"孩子完了……"

"你细看看，是他的不是？"

"是他的。他妈亲手做的。"

"是他的就好了。"年轻的连长把鞋从刘发手里接过来，"你看这只鞋，不像从脚上掉下来的。你看，鞋帮紧贴在鞋底上，好像在上面压了不少时候。他在家里有时候坐在鞋上吗？"

"没有过。他从来不坐在鞋上。"

"嗯？……这两片草叶是怎么回事？……"

"我看看！不是草叶，是棒槌叶！"

"什么？"

"人参叶子！"

"啊！我听说过，可是没看见过。"他翻来复去地瞧着这两片人参叶子，一会儿，他又翻来复去地研究这只鞋了。

"也许人还活着。"那么这只鞋又是怎么回事？他怎么会把棒槌叶放在鞋壳里？……

七

第三个夜晚的大幕布落下来了。刘三虎子看着夜光的指北针，急匆匆地在前面走着。那个姓李的"王二爷"（也就是八字嘴）扛着金锁，跟在后面。

"小兔崽子！到底还有多远？"八字嘴用肩头使劲扛了一下金锁的肋骨，"说啊！"

"别碰他！"

他们走进一片松林。八字嘴把金锁放在地下，紧紧地拉着他的胳膊。他们爬到林子边上，往顶子山脚下一看，吓！有两个大火堆，烧得通红。

"嗯？"刘三虎子咬着下嘴唇，狠狠地盯着金锁的脸。"这是怎么回事？"

"爸爸！"金锁跳着脚叫唤，但是他的声音是那样小，连八字嘴都没理会。"我在这呢！……爸爸！……爸……爸！……"他想挣脱出来，但是八字嘴的手像一把铁钳似的，紧紧地钳住他的胳膊。

"小伙子，真有你的！"刘三虎子有点害怕了。他一方面怕，一方面又有点得意。如果不是等了一个晚上，如果不是绕着圈子走，也许他现在就落到共产党的手里了。他为了自己的"好命"高兴。

"我前天晚上就该把你掐死！"八字嘴对着金锁狠狠地说。

"别上火，老李，咱们走吧！"

他们又往回走，钻进稠密的柞树林子。

刘三虎子斜倚在一棵树上，回想他这一生的许多好日子。他抚摸着身后这棵树，心中迷糊感到：

"这是我的！"

他挺起了胸膛。但是他很快就又弯腰拱背地靠在树上了。一九四六年的春节，大年初一，他叫一个不到二十岁的女八路吓跑了。这件事他对任何人也没说，他以为这是他这一辈子里最大的一件丢人事。"我满可以不跑，"他想，"我有炮台，我有枪，我有炮手，我有的是钱，我应该和共产党刀对刀，枪对枪。……哪个村，哪个屯没有像我刘三虎子这样的'庄主'……只要大家齐心联合，难道对付不了共产党？可惜啊，他们的心太不齐，叫赤手空拳的庄稼汉给治得头点地。"他一直也不明白，这些"屯老二[1]"哪来的那么大的威风？往常年他们连大门都不敢看，可是共产党一来，他们就敢……

他特别讲机会，人一辈子，穷和富，走运和背运，都在一个机会。他跑了，是个好机会；他到南京又到台湾又到日本，是个好机会；他这回坐飞机回来，也是个好机会。共产党对付国民党行，国民党是糟烂了，但是他们对付美国人就不行了。他不在台湾而跑到日本，他甩掉了国民党而找到美国人的门路，这也是好机会。美国人比日本人好哄得多。如果是他一个人，再过两天，飞回去，随着他想的编一套说一说，他们就高兴，他们就会拍他的肩膀。也许他很快就会回来的。

在黑暗中，"王二爷"嘴里不知咕噜了几句什么话。刘三虎子憎恶地吐了一口唾沫。他明知道这位"王二爷"是美国人派来监视他的，正是因为这

---

[1] 屯老二：地主、富农及一些上层人物对农民的一种轻视的称呼。

个，他就更恨这个丑八怪。真想不到，他竟跟这样的臭流氓搭了伙伴，而且还是美国人安下的一根钉子。他突然站起来，走到金锁跟前，蹲下来，柔声柔气地说：

"小伙子，我想放了你。可有一件，你得帮我一下忙，一点小忙，不害谁，不碍谁的事。"他望了望金锁，"……你告诉我一件事，美国人撒了毒虫之后，有没有人生病，有没有人死了？……"

金锁听到不少关于特务进行破坏的话。但是他从来也没听见过特务调查生病和死人的事。他们还可怜人吗？……金锁回答不了这个问题。但是他有这样一个主意：敌人说好就是坏；敌人说坏就是好。敌人想知道的就是"秘密"；敌人不想知道的就是可以明讲的事。

"我饿得要命！"

"什么？"

"我——饿！"

"好吧，你先吃点！"刘三虎子把放在金锁身旁的"王二爷"的背包打开，摸出一个已经打开了的罐头，然后又把堵着金锁嘴的布带子解开，"你老老实实地吃，别叫唤，不听话，你的小命就完了！"

金锁深深地吸了几口气。多香啊，这股松脂和野草的香味。

"我的手还捆着呢！"

"我喂你！"他不肯解开他的手。"吃吧，小伙子。大点口！……这东西很耐饿！"

刘三虎子喂着金锁，心想："我碰上了这么个小崽子，是个好机会。我不用冒险进屯，只要这个小崽子透露一点细菌的效果，我就有个交代。"

"吃饱了？……好！咱们现在来谈谈。你说，有人生病没有？"

"没听说！"

"有人死了没有？"

"没听说！"

"哈哈哈……""王二爷"突然大声笑起来。"你白白地给一个吃奶娃娃叩头了！"

"少说话！把你的嘴闭上！"

"我掐死他得了！"

"小伙子，你好好想想，两条道任你挑：是死？是活？"

不知道是什么时候了。林子里多闷哪！金锁的头有点发昏。布带子把脸缠得有点发木，只有半躺在树干上才能喘过气来。绳子卡进手脖子的皮肤里，整个胳膊就像打进了许多气，胀得连肩头都疼起来了。他累了，想睡一会，但是不管怎么闭眼睛，总睡不着。他的心里像明镜似的，妈妈啊、爸爸啊、学校啊、棒槌啊、大钱啊……就像文化站放映的彩色幻灯，一片接一片的，变换不停。当这两个特务折磨他的时候，他就有一股力量，就像一个人在悬崖上拉住了一根藤子，不管怎么摆动，总是努力不叫自己掉下去。但他爬上了悬崖，或者有人把他救出来之后，他一回想起当时的情景，心里就怕了。金锁也是，当这时四外鸦雀无声的时候，他好像猛然想起他的处境，心里又是急又是怕，恨不得长出翅膀，一下子飞出林子，离开这个险恶的地方。他的胳膊和肩头太疼了，他把身子坐直了。

"干什么？又想什么花招？"王二爷一骨碌爬起来，想了一会，走到背包跟前，从里面摸出来一条绳子。"拉着你，别溜了！"他说着，在金锁的手脖子上又捆了几道，然后拉着绳子的另一头，走回原地，躺下了。

"我没睡！别看我躺下了，你一动弹我就起来！"

过了一会，就听见他的咬牙声和刘三虎子的打呼声互相配合，变成了一种难听的噪音。他这一番小心提醒了金锁：他应该很快离开这个地方。在头一天，金锁还盼望爸爸会找到他，盼望他会把他们骗到爸爸跟前。现在他明白了，这样找，什么时候能碰头呢？他是多么想看见爸爸啊！他的泪珠滚到布带子上，布带子湿了，弄的他面颊很痒痒。

他怎么跑呢？他的两只手捆得这样紧，就像鸽子被剪去了翅膀，飞不起来了。

他的眼前有一点亮光。他以为又是"糟木香"。那天晚上"糟木香"把狼吓跑了，救了他一回，这回不行了，"糟木香"是吓不跑特务的。他长叹了一口气，伸出脚去碰那个亮光。他的脚指头一阵刺痛，吓得他忙着缩回腿。什么东西？……哎呀，原来是一个张着盖的罐头筒。金锁的心里一动。

他看看面前这两个人，好像怕他们看见他心里想的事。那两个人没动，那难听的噪音还在继续响着。他慢慢地用右脚勾住那个罐头筒，勾啊勾，悄悄的，把它勾到左面，然后又圈回左腿，把它送到屁股后面，于是他的两手就够着它了。

"你乱活动什么？"王二爷叫了一声，坐起来了。

"别怕，小伙子，你好好想想！"刘三虎子喃喃地说着。"老李！三点出发。看着表！"

"你看吧！"他咕噜了一句，躺下了。

噪音又继续了。

金锁摸着罐头筒翘起的边缘，开始了他的工作。罐头筒太轻，它随着胳膊的摆动而摆动着，工作进展很慢。他的手指和手腕都割破了。每当那个锋利的边缘又在他的旧伤口上割了一下的时候，他就使劲抖索一下，浑身就软瘫了。他感到自己的呼吸更困难了，好像眼看着气就要断了。他使劲摆动一下脑袋，但是布带子紧紧地缠在脸上，一动也没动。他要呼吸啊！就是吸一口凉气也好！……他咬紧牙，把全身的力量都用在手指上，叫它疼吧，叫它流血吧……终于断了一股绳子。他倚在树上，休息了一小会，又割断了第二股和第三股。其余的绳子就很容易地解开了。他的两手解放了！他去解脸上的布带子，但是解不开，他的手指不听指挥了。他急了，把布带子扒下来，就像在脖子上围了一条围巾，这下把整个脸露出来了。多清凉的空气啊！

王二爷说话了。金锁急忙用脚踩住绳子头。但是他哼哼两声，又不动了。不能再二心不定了。金锁在黑暗中找着自己的小布衫，斜披在身上，悄悄地绕过两棵树，撒腿就跑开了。他很快的就撞在一棵树上，坐下了。身上哪个地方疼吗？也许疼吧！但是他没想到这些，等眼前的小金星没有了，他站起来又跑。

夏天的夜是很短的。金锁觉得过了一会，天上就出现了鱼肚白色。这座林子很大，他虽然走得很快，但是他还没走出林子。

金锁现在不知道方向，但他不去考虑这些，只要走出林子，他就会看见琵琶顶子，或者看见三角碴子。

太阳冒红了，林子还没有尽头。他走到一条小溪边，好像方才已经跳过一回了。那棵山杏子树也是歪着头，在树底下也是一堆野蔷薇。……他明白了，他迷路了，他是又走回来了。他走到小溪旁，洗了一回脸，用小布衫沾水洗了一回上身，喝了几口水，又走下去。湿衣服穿在身上很凉爽。他走进一片灌木丛。早晨的雾气在树茅子里流动着，好像从地下冒上来的蒸气。

金锁被一棵弯倒的树条子绊倒了，树条子发出折断的清脆的响声。

"什么人？"

金锁趴在树茅子里，气也不敢出。前面树茅子轻轻地响了一阵，过来两个人。雾气把他们的面孔弄得模模糊糊的。金锁觉得他们的脚就要踩在他的头上了，可是他们站下了。

"你嚎叫什么？"原来是刘三虎子的声音。"你总像个惊兔子！……把枪收起来！"

"你还充硬汉子？……刚才差一点走进共产党的卡子，不是我腿快就上套了。……"

"你怎么知道是共产党的卡子？你怎么知道不是采山货的？"

"你别给我吃凉药了！大栓咔嚓咔嚓山响，不是卡子是什么？……咱们叫共产党给圈上了！"

"你放明白点吧，王二爷！不是你上山讨伐那个时候了！……"

"刘三虎子！我死了也得把你活抓去！……偏偏要抓个小崽子！这回好，鸡飞蛋打！叫个小娃娃把你逗了。多光彩！"

"你上美国人那去告我好了！"

"那可没准！"

"你盯住我干什么？"刘三虎子大叫起来。"咱们俩往日无冤近日无仇！"

"你说这个吗？那好办！你把地照给我！"

"什么？"

"你们卖命是有盼头！我为啥？……其实你那皮箱金条金砖也够过了。"

"原来你是想谋我的家产哪！"刘三虎子仰面大笑。"你要给我当儿子？"

"当什么都行！拿来吧！"

"接住！"

枪响了。好像枪声把雾气震跑了，阳光突然照射过来，现出来刘三虎子的油光光的浮肿的面孔。他哈腰从王二爷的怀里拿出一支黄把长筒的手枪，放在自己的衣兜里。然后他又解开他的背包带子，把罐头、火柴、蜡烛都扔在地下，只拿起一个黑色的铁箱子，放进自己的背包里。他站在死尸前边端相了一会，好像对它的躺法不太满意，摇摇头，拉住死尸的一条腿转了个方向，最后他拍拍手，好像要把手上的什么看不见的东西拍掉。

"王老二，这就算是你为国尽忠了！"

说完话，他急匆匆地钻进树茅子里，不见了。

这件事从头到尾只有几分钟的工夫，但是金锁却感到，像过了半天。等刘三虎子走了以后，他绕到死尸的背后，火柴、蜡烛和一些他叫不上名的小零碎就在他的脚下。他拿起火柴和蜡烛，从这两天的经历中，他深深感觉到了火的可贵。他没拿罐头，他想起头一天吃过的东西就想呕吐，他饿死也不再吃这种臭东西了。

他现在心里不像昨天晚上那么空虚了。他知道山上来了自己人。他现在第一件事就是找到自己人，告诉他们，特务在这儿呢！

金锁现在安心了，他不再害怕落在特务手里了。他知道，现在特务就像叫老鹰追得到处跑的小鸡，再也没心叼食了：金锁这时很轻松，他可以理直气壮地跟爸爸说：

"我什么也没告诉他们！"

爸爸一定会高兴起来。

金锁紧了紧裤带，往刘三虎逃走的方向走去。树枝把他衣兜里的蜡烛挂掉好几根，但他一点也不知道。

八

红星社属于老峪村。老峪村的民兵队长侯文江就是红星社的人。侯队长是个二十五岁的年轻小伙子。他在抗美援朝头一个年头就参加了军队，过江打了半年仗，就负伤下来了。因为这个，他特别不喜欢人家提起他过江打仗的事。有的时候别人偶然提起，他就窘得话都说不出来了。

117

"别提了，别提了。我算什么当兵的，还没打上半年仗！"

他复员回乡后就担任村的民兵队长。这个村的民兵队只有十五个人，除了红星社的之外，还有其他几个自然屯的。队伍不大，但是在侯文江看来，担子是很沉重的。被别人领导是一回事，领导别人又是一回事。

这回副业生产队把孩子丢了，他是在当天半夜接到电话的，听到这个消息以后，就好像这是他的过失似的，急得嗓子也哑了，嘴唇上起了好几个水泡。正赶上区联社的大卡车在老峪村，他领着人连夜就往琵琶顶子赶。

边防部队的王连长来到之后，马上就和附近的黑石村和万福村取得联系，调来了这两个村的民兵，统由王连长指挥。侯文江这个队的任务是在顶子下面点起火堆，等一个晚上，如果孩子不回来，就拉成一个散兵线，顺着山崖往西面的岭岗移动，截住特务往顶子东面逃窜的路。

侯队长把自己的人分成三个小组，在早晨的雾气里，摸索着往前走。晚上的潮气弄得他胸膛上的伤口发痒。他一面走着，一面伸进手去揉着那条突出来的伤疤。

突然，从远处传过来一声枪响。声音很小，也并不清脆。他犹疑了一会。是不是伙伴们踩倒树条的声音呢？……声音在山崖里轻轻地回荡了一会，很快就消失了。

"跑步——走！"

山崖里的回声把方向搅乱了。直到雾散了以后，他们才找到了一个死尸。侯文江为难了。从这人的打扮上看，特别是他身上那个背包，很像是个"外路人"。但他又被打死了。他虽然有过一次搜山的经验，但是长这么大还没遇见过这样蹊跷的事。他想：是不是特务被追得没路可走，自杀了？他很快就否定了自己的这种想法。不能够。大概没有一个人在自杀以前把东西扔了一地的吧？当他在离尸身不远的树茅子里发现了几支蜡烛的时候，他就下了决心。他留下一个小组，一方面看守这个尸身，一方面和边防部队的王连长联系。他领着两个小组，直奔丢下蜡烛那个方向走去。

他们在林子里直找到太阳偏西，连个人影也没看见。他们没敢坐下休息。饿了就走着路吃几口干粮，渴了就喝几口泉水。林子叫中午的太阳晒得像蒸笼似的，但是他们不敢离开。

头顶上传来一阵嘤嘤的声音。好像一架上了很多油的纺车发出来的声音。侯队长仰面往上看，原来就在头顶上飞着一架灰色的大肚子飞机。这架飞机就像一只在深山里待了几辈子的老鹰，慢吞吞地飞着。它的声音是这样小，如果不往天空看，根本就想不到这是飞机发出的声音。

"看看标志！"侯文江说。

民兵是学过识别飞机标志的，但是这回他们谁也没识别出来。他们看它的翅膀、肚子、尾巴和头，没有一点标志。

"不是好东西！"侯文江想。

果然，飞机在空中绕了一个圈子，从肚子上落下一个灰点，过了几秒钟，那灰点突然张开，变成了一个鲜红色的降落伞，下面坠着一个白色的圆桶。然后飞机又绕了一个小圈，直奔顶子后面飞去了。

"跑步——走！"

他们回过头来，直奔降落伞跑去。降落伞罩在一棵大树上，就像一棵大红蘑菇，白色的圆桶横躺在草地上。

"是毒虫吧？"一个民兵问。

"不是。是空投桶，我在朝鲜的时候见过。"

侯队长叫大家离远些，他放下枪，打开空投桶，呆住了。这时候大家也都围了上来。

桶里装的全是些莫名其妙的东西。有锈钉子、半截铁轴、没把的钳子、破锅……侯队长猛地一拍大腿：

"唉！咱们上当了！"

这时候，金锁正坐在山梁上的一棵树上休息呢。真难叫人相信，那家伙背了那么些东西，走得却那样快。只要你一停留，就很不容易再听见前面的树条子声音了。他在树茅子里转了好长时间才出来。当刘三虎子离开树茅子走上山腰上那片柞树林的时候，金锁才喘了一口气。在大林子里跟一个人要比在树茅子里方便多了，只要你会围着大树转，你能看见别人，别人可不容易看见你。他用小布衫抹了一下脸上的汗水，哈着腰跑上山腰，藏在一棵树后往前看。刘三虎子的大背包一闪，就叫两棵并排长着的大树挡住看不见了。金锁悄悄地钻进林子里，紧跟在他的身后。刘三虎子突然站下了。他放下背包，解开背包带子，伸手想往外取什么东西，又停下来。他竖起耳朵听了一会，又把背包整理好，背起来往前走。他的背包撞在一棵树上，惊起一只大尾巴的"花璃棒[1]"从他的头上跳过去，藏在一个树洞里了。刘三虎子怪叫了一声，一下子靠在树上。

"他妈的！"

他骂了一句，看看手腕上的表，坐下了。金锁在刘三虎子身后的第三棵树后，也停下了。他正好看到刘三虎子的后背。他看到他的肩头忽上忽下的，知道他正在忙着什么。忽然，金锁听到了一种奇怪的吱吱的叫声，他以为刘三虎子会害怕的，但是他没动。这种断断续续的叫声，随着刘三虎子的肩头的抖动忽长忽短，忽响忽停。

过了一会，刘三虎子又走了。他在林子里又转了很长时间，最后走出柞树林，爬上山梁。等他走过山梁的时候，金锁才哈腰往山梁上跑。当金锁跑上山梁，往山西面一看，刘三虎子没有了。金锁试着往下去，但是下面又是一片树茅子，他连面前几尺远都看不清。他爬上了一棵树，坐在树杈上看。

太阳偏西了。四外没有一点风，树头耷拉着，静静的，一点声息也没有。

"上天了？"

金锁着急了。他一会看看山的东面，一会看看山的西面。山两面都没有什么动静，就好像什么事也没发生，什么人也没有似的。金锁心里畏缩了。他真怕一个人在大山林子里过夜。当他想起那掐在脖子上的手，充满了汗臭的布带子，死尸的半张的嘴和直挺挺的手背，不由得抖索了一下。他现在有这样的念头：跳下树，按原道走回去，找着爸爸……但是他没动。他现在又跟自己说："我不怕。我有火柴，有蜡烛。我生上火堆，什么也不怕。"最后，他这样决定："我看着山西面的树茅子，我数到一百，再看不着他的影子，我就往回走。对了，我数一百……"他数了一百，树茅子没动，刘三虎子的影子也没看到。"对了，我再数一百。"他又数了起来。这回当他数到

---

[1] 花璃棒：一种小动物，样子像松鼠，但身上有黑色和金黄色的花。儿童们管它叫"花璃棒"。

五十几的时候，头顶上就出现了一架声音很小的灰色的大肚子飞机。他忘记数了，又往上爬了一段，把头从树头上探出来，随着飞机转。飞机现在正在方才他们走过来的山洼里转。哎呀，降落伞，红色的。……那么小啊，就像一个小体操帽。地面上的树茅子动了，但是看不见人。树茅子就像水，动的地方就像小鱼冲出来的"流子[1]"，那个红色的降落伞就像鱼食，所有的"流子"都奔向它。

"自己人！"

金锁高兴了。虽然落降落伞的地方离他还有很远的一段路，但是他感到人们就在身旁，就在一起。他想叫出来。但是他叫一件奇怪的事弄呆了。他看见飞过顶子的飞机又贴着地面悄悄地飞到山东面，在吞没了刘三虎子的山坡上，扔下了一个黄色的降落伞。这个降落伞很小，离地面很近的时候才张开，飞机贴着地面溜走了，就像一个偷到了东西的贼一样。

刘三虎子从树茅子里出来了，离金锁是这么近，连他衬衣后背上那块汗湿都看清楚了。他解下降落伞，抱起一个白色的圆桶，又消失在树茅子里了。一会儿，树茅子又平静了，好像刚才什么事也没发生过似的。

太阳落山了。金锁溜下大树，钻进山东坡的树茅子里。他慢慢地拨开树条子，试探着迈着步，朝刘三虎子消失的地方走去。脚下到处都是碎石块，要不叫树根盘住了它们，早就滚下山去了。他走着走着，突然没有树茅子了。他站的地方好像墙头，从"墙脚"往下，又是大片的树茅子。他趴在山坡上面，用脚勾住树条子，把头探出来，用手一摸，才知道是一段光滑的断崖。就在断崖的下面，有一个黑洞。他试探着想找一个合适的地方爬下这个断崖。但四外黑洞洞的，他没法知道这个断崖到底有多高。就是能够跳下去，也会把刘三虎子惊动出来，那时候他得怎么对付这个家伙？他坐在断崖上面呆住了……

起风了，四外飒飒响起来，一根树条子抽在金锁的脖子上。他猛然想起来了，就回过身，摸索着断崖上面的树茅子。他找到了一棵又长又细的树条子，用手把它弯了几回，证实它不是空心树之后，就拉着这根树条子，脚登

[1] 流子：鱼在浅水游动时，冲出来的锐角型的波浪。

着断崖，一点一点地往下面溜。树条子紧贴在地面上，发出轻微的噼噼的响声。他心里随着这树条子的响声，一下一下地颤抖。如果它断了，他想，我就要像个西瓜似的掉下去了。他的脚一下碰在地面上，他自己还不大相信，反而吓了一跳。后来他又用两只脚在地面上试探了一番，这才放心了。他站在下面伸手往上摸，原来这断崖比他高不了一个脑袋，可是在上面往下一看，就像有几丈深似的。那根树条子还在那里耷拉着呢，它因为方才负担过重，直不起腰了。

金锁钻进断崖下面的树丛里，慢慢地朝黑洞那边走去。方才从上面还可以看到黑洞的洞口，现在它也叫四外的黑暗吞没了。他往东走了几十步，突然又听见了白天在柞树林里听过的吱吱声。他紧走了几步，刚想从树丛往外探头，吱吱声又没有了。他趴在地下，慢慢地抬头往前看，洞子就在眼前，但是什么也看不清。他用胳膊肘支着地，往前爬了几步，仰起上身，朝里仔细一看，原来在洞子深处，紧贴着地面，有一小点淡白色的亮光。

"他在这里！"

金锁喘了口气，又把身子缩了回来。他想：怎么样才能把这个地方告诉自己人呢？他唯一的指望就是山东面的人快过来。他顺着断崖走回刚才从那里下来的地方，抓住那根树条子，又爬了上去。他这回不再担心刘三虎子会听见什么响动了。他跑上山梁，让凉风吹着自己的脸和胸膛，感到轻松多了。

月亮出来了，它用半明不暗的光给山林子敷了一层浅黄色。从山洼里传来几声狼嚎。金锁感到很冷，用小布衫紧裹住上身，在山梁上转了一会，后来爬上一棵树，坐在最高的那个杈丫上。风摇着树杈，金锁也摇了起来。他打盹了。他用手掐大腿上的肉，掐嘴巴，但是都没用，上眼皮就像有千斤重，睁开了就往下落。他往下爬了一段，找到一个三杈的地方，后背靠在一根树枝上，又和眼皮斗争起来。

"我不睡！"

他用拳头在额头上打了一下。拳头像棉花团，打在头上一点都不疼。他又往腿上、胸上、下颌上、肚子上打。当他打在肚子上的时候，发现蜡烛还在怀里。他想：我怕什么？我身上有火，有火就死不了人。我为什么不用火告诉自己人我在这里呢？他想点一个火堆，大点，十里八里都看得见；又一转念，不行，点一个火堆虽然自己人看见了，可是刘三虎子也看见了。他不想点火堆了。他想了半天，最后想出个主意。他在树皮上磨着了一根火柴，点着了一根蜡烛，然后就往树梢上爬，直到再也没法往上去的时候才停下来。他折断了一根比手指稍粗一点的树枝，用牙把它劈开，把蜡烛夹在当中。然后，他脱下自己的小布衫，挂在蜡烛的西面，他以为这样刘三虎子就看不见了。然后，他又把蜡烛东面的树枝尽量地往下折，直到他认为遮不住亮光的时候才停手。一切都安排好了，他才爬回原来的三杈地方，仰脸看了一会自己一手制造的"信号灯"，满意地抹了几下自己的蓬松的头发，背靠在后面的粗树枝上，摇啊摇的，入了梦乡啦。

不知道什么时候，他忽然惊醒了，有人在他身旁说话：

"一个小家伙！……昏迷不醒！……"

"接住。别跌坏了他。"

"哎呀，真滑啊！……"

"怪不得！光着脊梁呢！"

金锁睁开眼睛，楞得话都说不出来了。他看到自己站在树下，四外围着不少矮小的人。

"你们是谁？"

"小点声……"

金锁揉了揉眼睛，才看出来在他四周蹲着几个背枪的人。

"你姓什么，小朋友？"

"我？……你们是哪的？"

"看这！"说话的人用手电筒照射着胸前的"中国人民解放军"的胸章。

金锁不信。他这两天长了不少见识。既然特务们说是卫生部派来的，为什么不可以说是解放军呢？他最好还是不吱声，看看动静。

"怎么不说话？"

"……"

"不信？"

"……"

"你是刘金锁吧？"

"对啊！"金锁高兴得声音都变了，"我是刘金锁！……你们怎么知道？"

"我们是你爸爸的同志。"

"我爸爸在哪？"

"他在洞子里呢！"

"洞子？……刘三虎子抓住了吗？"

"谁……刘什么？"

"刘三虎子！"

"走！咱们找你爸爸去！"

那人拉着金锁的手，走过树茅子，跳下断崖，来到山洞前面。

"请进！"

金锁心里迟疑了一下，迎着灯光，走了进去。他看见在蜡烛的昏暗的亮光里，有两个人头碰头地在低声说话。金锁看出来了，右面那个有着稍微大一点的脑袋的人就是爸爸。

"爸爸！"

"嗯？……金锁！……"刘发用手抚摸着金锁的头、胳膊、后背，当发现他的儿子的确是活着之后，才问道："你跑到哪去了？……张排长，你们是怎么把他找到的？""在树上找到的！"

"爸爸，刘三虎子呢？"

"谁？"

"那个特务是刘三虎子！……"

"你瞎说！他跑那年你才二岁多点，怎么会认识他。"

"是他！他自己说的！"

"他在哪？"

"就在这个洞里呀！……我跟了他一天多，看准他在这个洞里！"

"没了！……影也没了！"

"哎呀真是的！"金锁一跺脚，"我早就在树上点上蜡烛了，可是你们不快点来！……"

"傻孩子！这回你可是劳而无功了，你把他给惊跑了！"

方才和刘发碰头说话的那个人站了起来，拍了拍金锁的头顶说：

"不能说一点功劳也没有。顶少知道特务在这站过脚！"

金锁就像被人在头上浇了一桶凉水。

"报告连长！山东面有枪声！"

"好啊！张排长！"

"有！"

"带着你那个排，跑步前进！"

连长回过身来，抓住金锁的肩头，摇了几下子，大声说：

"小伙子，长大当兵吧！可有一样，得加强纪律性！"

"当然得加强！"

"来，你给我从头到尾仔细说说。"

九

刘三虎子在洞里打开空投桶，取出来一些铁棍和绳子。他对这些东西并不太熟悉，只是在起飞前听美国人讲过，说他们发明了一种用飞机取走陆地上的人的东西，不久他就会接到。刘三虎子并没往下多问，他不愿意在上司面前显得软弱和无知。但是，当他上了飞机之后，心中暗说，美国人的话只可信三分之一。他们说在朝鲜使用了尼龙铠甲，万无一失，可是他却亲眼看到那么多美国兵身上缠着雪白的绷带。他以为美国人说的是"幻想"，没想到他们真的给他扔下来了。他取出几张放大了的照片，上面是如何使用这架"空取器"的图片说明。有一张图片是一只大手正在扣绳头上的环子，另一张是一个人抱着膝头坐在布兜上，另一张是两根长杆子……他很快就学会了，但是他并不因此高兴。他使劲往黑暗里吐了一口唾沫。

"拿我作试验呢！"

他现在没有选择的余地了，没有讲条件的机会了。他现在感到很颓丧。他想，只要能活着回去，再也不干这个冒险的勾当了。我可以加入外国籍，安安静静地了此一生。他这时好像真的过着安静的生活了，仰起胳膊，伸了个懒腰。当他的后脑碰在石头上，眼前金星直冒的时候，他才清醒过来。他用手摸摸石头，石头尖扎在他的手掌上，就像扎进他的心里。

"不！"

他自己对自己摇摇头。"这些都是我的，它们都姓刘，我要把它们收回来，叫老祖宗在地下闭上眼睛。"他安慰自己，"我从来不冒险，我讲的是机会。"想到这，他振作起来了。他把必要的东西都放在背包里，然后抱着空了的空投桶，钻出山洞。他把空桶放在一个树丛里，回过头来，往山梁上看。他看到在半空中，有一点火光，忽隐忽现。开头他以为是一颗星星，当仔细看了一会之后，他断定这是一个普通的火光。他的脑子里像走马灯一样转起来；始终解答不了这是一种什么样的火光。他越想越紧张，越想越怕，他弄不清共产党这是出的什么计策。他钻进山洞，背起背包，又钻出来，考虑自己该走的方向。山下是一片黑暗，除了风吹树叶的均匀的飒飒声之外，没有任何异样的动静。他往下坡走了几步，站下了。他不相信共产党会白白地在山梁上放个火亮。他咬着牙，很快就下了决心，冲过去。他先把背包举上断崖，然后爬了上去。当他爬上山梁之后，头也没抬，飞快地冲过有光亮的那棵大树，钻进山东面的树茅子里去了。

民兵队侯队长负责的这道山沟子，就像一个大喇叭，越来面越宽，队长的心也越来越焦急了。特别叫人着急的是，山洼走尽了，迎面就是一座山梁。他们才十五个人，是拉长线上山呢，还是集中起来上山呢？队长苦笑了一下，想起他小时候上山抓獾子那回事。大家都说獾子生在石头缝里，于是有一天他就偷偷地扛了一个布口袋上山了。他在山上转了一整天，别说獾子，连一个石头缝也没看见。回来以后爸爸嘲笑说："盲人骑瞎马！"当时他并不十分理解这句话，只是感到很羞愧。……现在他又遇上这种事了。

"山梁上有火亮！"有人低声说。

"在哪？"

"那！往上看！……还摇晃呢！"

"像星星。"

"……"

他们横着拉开一条长线，直奔亮光的地方走去。

"亮光没了！"

"嗯！……"队长迟疑了。是敌人还是自己人呢？人们紧张得连粗气都不敢出。侯队长用手拄着枪筒子，用起脑子来。

自从在山东面发现死尸和空投桶之后，边防军的同志立刻绕到山西面，山东面就全部交给侯队长，南北山梁就交给另外两个民兵队了。在分配好任务以后，侯队长本来想要求边防军留下一个同志在自己队里，但是一看另外两个民兵队没吱声，自己也就没好意思说出口来。他也知道，这四伙人结成一个圈圈，最后把特务圈在当中。他最担心的是自己这一环。他总感到山洼的树茅子里最容易把特务漏掉。在这大半夜里，只听见自己把树茅子弄得哗哗响，连一伙的同志都看不清。……说不定特务已经在我们的身后了！……

吹过来一阵山风，树叶哗哗响了起来，在他前面不远的地方，响声特别大。风过去了，树叶不响了，他前面的树茅子也不响了。风再过来，响声再起。响声里偶然夹杂着树条折断的声音。响声移动了，逐渐地往上去了。侯队长手端着步枪，朝响声走过去。突然，有人在他的后脑上打了一下子，他一只手抓住树枝，没叫自己栽倒，另一只手举起枪，对着前面的黑影打了一枪。

"追呀！"

刘三虎子本想偷偷地打倒一个，冲破一个缺口，溜过去，但是他的计策失败了。他身后传来一片吵嚷声。他心里一动，也跟着叫起来：

"追呀！……"

在山梁上，他遇见了边防军的战士。他刚一打站，面前就跑上来两个人。

"举起手来！"

"啊！……"刘三虎子一下子慌乱了，但是他很快就镇定下来，大叫道："追呀！……跑过去了！……往回跑！"他用尽全身力量，一下子从两个人当中冲过去。刺刀在他的大腿上扎了一下，他哼了一声，一纵身，带着他的背包，像个刺猬一样滚下山去。他又钻进山西坡的树丛里。突然，从他的四围射来许多道手电筒的光亮，他跑到哪，光亮就跟到哪，他缩起头蹲下了，光亮就停在他的头顶上。

"还不出来吗？"有人大声喊。

不，他不能出来。他只要再挨过半个钟头，只要挨到早晨三点半钟，他就要飞在半空中了。他现在还不能认输。

"你活着出来吧！"

不，机会还会来的。他活了三十九年了，遇着多少好机会？为什么不能再遇一回？哪怕是最后的一回也好啊！

"给你一分钟时间！"

不，眼看三点过一分了。……他好像听见左边树枝响。他对着左边打了一枪。好像身后有响动，他头也没回，又朝身后打了一枪。这回四外都响了，他一连打了几枪，子弹就没有了。他扔了自己的手枪，又从怀里掏出王二爷那支左轮。他一面拼命地打枪，一面往山下钻。他来到断崖边上，刚想往下跳，忽然钻出来一个孩子，用双手抱住他的腿，尖声叫起来：

"抓住啦！"

他吓得连放枪都忘了，一使劲，从孩子手里挣出两腿，跳下断崖。一棵歪脖松把他架在半悬空，就像一只煮熟了的田鸡，四肢朝天。

"我现在投降。"

"现在也不晚！……把枪扔了！"

电筒的光照得他什么也看不见了。他伸直了两手，躺在树杈上等着。

"把枪扔了！"

"我扔了！"他更用力地握住枪把。

叭！崖上响了一枪，正打在刘三虎子的右胳膊上。他抖了一下，枪从手里滑出去了。

"别打了！这回我无条件投降！"

战士们高声笑了。

"谁和你讲条件啦？"

"吊死鬼擦胭脂，死不要脸！"

刘三虎子安安静静地被抓住了。他马上就承认自己属于哪个系统的，他的代号是什么。

"我要争取宽大！……我明白共产党的政策。"

"就这样争取宽大吗？"

刘三虎子猛然退后了一步。在黑暗中，他看不清对方的脸，但是那对炯炯放光的眼睛，好像锥在他的心上。他不能错过这个机会。

"不，"他就像一只为了一根骨头向人摇尾巴的癞狗，"我还有说的。……三点三十分，在一四八高地西侧河岸，有一架没有标志的飞机……"

"慢着，慢着！"年青的连长没有想到他会说出这样的事来，所以多少有些感到惊讶，但他并没表示出来，"你重说一遍！……小赵，记下来！"

刘三虎子重说了一遍飞机前来空取的时间和地点，最后回头看看身上的背包，说：

"空取器就在我背包里。"

王连长看看自己的表，离三点半钟还有二十分，不论是派人回去或是打电话请示，都来不及了。他的心情很激动。对付飞机，这是预先没有想到的。"空取器"这个名词他还是头一次听到。他本可以带回一个空降特务，报告说："完成任务了！"但是他却眼睁睁放走了一架飞机，这对一个边防军人来说，是一种耻辱。不能，不能这样就罢手。他想，不能叫它在中国人民头上逞能，得给它点辣的尝尝。他叫张排长领着这位"客人"到山下河岸的空地上架起空取器。然后他把一挺轻机枪安在山半坡上，步枪安在树上，冲锋枪埋伏在附近的草丛里。空取器上的两根自动伸缩杆拉长了，顶上拴牢了两个手电筒，亮光射向天空。他们把空取器上一指多粗的丝绳子合成几股，从伸缩杆拉到大树干上。这是民兵们出的计策，他们想把飞机给拉下来。

离三点半只有七分钟了。人们都有点不安，可是刘三虎子却很平静。他坐在山坡上，嘴里说个不休。

"这架飞机好打，后改装的，一碰就下来。"

隔一会他又说起来：

"它的声音小，得仔细听着。美国人说是无声的，扯他妈淡。……反正声音小点。……"

"你休息一会吧！"战士不耐烦了。

"是，是。"他在黑暗中很快地点着头，"我是好意！"

人们的心比表上的秒针跳动得还快。王连长为了使自己平静下来，离开了机枪阵地，走到一棵大树下面。他仰起头来，轻声问：

"有人吗？"

"有啊！"

"谁？"

"我是侯文江！"

紧跟着又一个人说：

"我是刘金锁！"

"啊哈！小伙子，你又上树了？"

"我爸叫来的！"金锁忙着回答，"我爸怕他掉下来。"

"侯队长，你下来吧！"

"不怕！树上凉快！"

王连长没坚持，往前走了。他看看自己的表，已经三点半了，忙走回机枪阵地跟前。机枪射手已经把枪筒卡在树杈上，枪口对着两道手电筒的亮光当中。

"要稳当！没命令别打！"他还想嘱咐几句话，但是被远处的一阵嘤嘤声打断了。

"注意！"

嘤嘤声很低，就像扣在什么东西里的蝉叫，由远而近。半空中出现了一个黑影，飞快地过去了。也不知是它带起的风，也不知是突然起风了，树叶飒飒响起来，伸缩杆头上的电筒光摇了几摇。

王连长咬住了嘴唇，没叫自己哼出声来。他现在知道这是一件困难的任务。在这山野里，没有探照灯，没有高射武器，却要对付一架有着特殊装置的飞机。……飞机过去了，但他没有发出命令。用步兵的轻武器对付飞机，在朝鲜是有过的，讲的是手急眼快。那么他能不能找到这个时机？……飞机又飞过去了，带着飒飒的响声。这回它待了很长时间没回来。

"看出破绽了吧？"

没等他想完，飞机的影子就好像一个巨大的有轮子的车子，贴着地面缓慢地滚过来了。它走过两个手电筒亮光的中间，勾住了丝绳子。绳子卡住树干，发出树皮脱落的哧哧的巨响。它剧烈地歪斜了，突然发出振人的嗡嗡叫声，就像一个野兽被网子扣住了。

"开火！"

机枪吐出火舌。步枪发出清脆的响声。飞机使劲叫了一声，带着大半截绳索，冲向天空。

"跑了！"

枪声停了。人们面面相觑，不知道说什么话好。飞机好像钻到天空中最高最隐蔽的地方了，好像叫大气熔化了，没有一点声息，没留下一点痕迹。

突然，在上空像闪电似的发出一片火光，紧接着发出一声沉闷的巨响，轰！……人们清清楚楚地看见在火光里飘荡着大大小小的黑块和大大小小的破片片。火光把山林子和河岸照得通亮，就好像傍晚的火烧云。

这件事只发生在一眨眼的工夫。

人们一下子楞住了。难道这就是他们打下来的飞机吗？

"打下来啦！"

"干掉了！"

"噢！……"

冲锋枪手从草丛里跳出来，冲向飞机坠落的河套，步枪手从树上跳下来，高声叫着跟在后面。

"走啊，抓活的！"

"加油啊！"

飞机在燃烧着。天空已经现出了鱼肚白色。人们能互相看出轮廓了，逐渐地看清了脸面。

副业生产队的人全跑来了。老董爷子把金锁抱在怀里，哭了。

"孩子，你活着！……这回我也能活了！……"

"大爷！……"

"孩子，别提了。"老董爷子把金锁放在地下，喘息了一会，指着自己的心说，"大爷这个地方不好！……"

"什么？大爷，你怎么了？"

"孩子，我昏了！我寻思我九十九都拿出来了，留下一个有什么？……那棵'双台'啊，我看了它十五年！……可是我为什么九十九都拿出来了，还留一个呢？……"

"这是什么话？"金锁心软了，"这些棒槌都是你'插'的，你不说谁知道？……"

"不能这么说！……不能这么说！……"

他们拉着手，走到破飞机跟前。老董爷子一抬头，猛然往后退了一步。

"刘三虎子？"

"是他！"金锁使劲抓住老董头的手，"就是他！"

刘三虎子的脸像白纸一样，方才那股装傻、狡猾，无赖、狠毒、谄媚的劲头一下子都没有了。他半张着嘴，额头上冒出来许多大汗珠子。

"刘三虎子！你还认识董老大吗？"

"认识。"他像牙痛似的哼唧着。

"刘三虎子，你没想到有今天吧？"老董爷抢前一步，"你寻思天下是你刘家的，你寻思刘家是铁打江山。……你睁开眼睛，抬起头来，仔细瞧瞧，现在天下是老百姓的喽！……"他指指站在他身边的金锁，"这就是叫你打烂两条腿的刘发的儿子，将来天下就由他们这一辈的接过去！"

"刘三虎子！"刘发拍拍自己的右腿，"还认识刘发吗？"

"他是你儿子？"刘三虎子望了金锁一眼。他使劲咬着自己的下嘴唇，咬出了许多血，把他的嘴唇染红了，就像一只吃了死人的野狼。他用尽了全身的力量，使自己的脸上挂上一层笑容，额头上又现出了三道皱纹。老半天，他把自己弄的直抖索，好容易才从嗓子里挤出话来："他是你儿子？我真是混蛋，我应该问出来。……我若是知道他是你的儿子……我就一把把他掐死！……一定！……"

"刘三虎子！"刘发用手一指那架破烂飞机和那两个烧烂了的尸体，"这就是你们的下场！"

刘三虎子把牙咬得吱吱响，扭过脸去。在他的一对凶狠的眼睛里，透出一股绝望的光。

一九六五年四月十一日写于沈阳

张开翅膀飞呀

一

老刘家的小桂兰刚刚升入四年级，妈妈就死了。妈妈活着的时候，总是悄悄地说话，悄悄地走道，悄悄地干活，好像把自己溶化在一家人的身上了，大伙都觉着这个弯着腰张着两只手的妈妈总是在自己的跟前，不论作什么事情，都有妈妈的身影在眼前晃动，好像妈妈分了身似的。有时他们又好像原本就没有这个老人，她原来就是他们身上的一份。妈妈一死，老刘家就像少了好几口人，房子显得大了不少，屋子里也显得冷冷清清了，连这一家人的心里都觉得有点空空荡荡的。

这个老人死前几天，还一个人赶着小毛驴磨了半斗黄米，预备割地的时候给下地人吃的。她还给自己的小女儿桂兰做了一套干靠色的裤褂；还在女儿的青布夹鞋上用白线绣上女儿的名字。一切都是有条有理的。只要下地的人回来，马上就能吃上可口的饭菜，只要季节一变，马上就能穿上合体的衣服。一切都安排得挺端正的，就像一个很巩固的后方，不管是在生产战线上的人，也不管是在学习战线上的人，都没有什么牵挂。

妈妈一死，就像抽去一根顶柱的房子，若是没有对面屋老王家帮着支撑下来，这座房子就要歪了。

王家和刘家住了二十多年"对面炕[1]"，自从分了房子以后，两家才分开来，住对面屋。自从刘家老太太一死，王家的老太太就帮助刘家爷三个做饭，缝洗衣服，收拾屋子，两家人就像一家人似的，不分彼此。王家老太太像一个愣小伙子，南屋跑到北屋，北屋跑到南屋，从早到晚只听她那两双大脚蹋蹋地满屋响，只听她用尖嗓门到处叫。

"桂兰子！招呼你爹和你哥哥吃饭！……大哥，不是我说你，孩子们都小，得大人支帮着才行。你可倒好，一天搭拉着脑袋，叫孩子们可怎么好啊？"

"唉！"桂兰爹刘昌发叹了一口气。"你大嫂跟着我受了一辈子罪，刚吃了几天饱饭，你看，她又死了。"他头顶上的白头发更多了，眼睛周围有一个挺大的青色的圈。他总是想不通，他总是以为妻子不应该死，既然早先没死，吃灰菜那几年都熬过来了，为什么有了房子有了地还死呢？这简直是一件没法想明白的事：怎么在这个好年月里还死人呢？

刘昌发的大儿子刘文汉（小名叫铁子）这年已经十七岁了。他长的比爸爸还高一点，嘴巴上长出了不少毛绒绒的黑毛。自从妈妈一死，他的眼窝都陷下去了，下颏也显得尖了。他整天不说一句话，除了下地干活，就坐在屋子里眼睁睁地看着自己的脚尖。

桂兰是刘昌发的小女儿，她是个十四岁的女孩子。她比别人更伤心。她跟妈妈好，她愿意一辈子也不和妈妈离开，愿意妈妈永远跟着自己。妈妈也顶疼她。妈妈在她的心里占的地方是挺大的。

小桂兰已经有一个星期没上学了。她想念妈妈；又不愿意丢开整天低着头叹气的爸爸，丢开脸色苍白的哥哥。她总感到妈妈没死，好像是去什么地方串门子去了。她有的时候坐在炕上，眼睁睁地看着窗子外面，心里扑腾腾地跳着，想道：要是妈妈一下子回来了，那该多好啊！有的时候，从很远的地方传过来一阵脚步声，和妈妈的脚步声一样，轻轻的，慢慢的，越来

---

[1] 对面炕：在一间房里砌对面两铺炕。铺炕上住一家，或者住好几家。新中国成立前北满的农民多数住这样的房子，生活条件很艰苦。新中国成立后，有了很大的改善。

越近，她差一点大声叫出来，急忙爬到窗台跟前，从一块四方的玻璃里往外看。脚步声没有了，妈妈没回来，也不会回来了。

她一个人跑到妈妈的坟前，坐在坟头的一块青石板上面，不哭，不流泪，默默地想她自己这十几年对生活，有哪一件事是和妈妈没有关联的呢？她这短短的十几年的生活，经历了大大小小的变化，都是和妈妈在一起走过去的。

太阳落山了，一个金红色的大火团慢吞吞地缩进两座山头的当间，剩下一小半了，剩下一点点了，像妇女头上戴着的小梳子，不一会四下里就变暗了。从山后吹过来一阵凉风，把榛子树吹得摇着头，叹起气来。顺着山坡飞过来一只老鸹子，笔直地从头顶上飞过去，两只翅膀直挺挺的，像对谁显威风似的。

"桂兰！噢！"

从山脚下传过来一声又尖又细的叫声。姑娘抬起头，看见一个细长的男孩子，从山下跑上来。她现在还看不清这个男孩子的面孔，可是她一听这个尖细的嗓音，一看这个瘦长的身影，立刻就知道了，这是对面屋王家的小儿子王和。

小王和这年也是十四岁，比桂兰大四个月。他们是同在一天上的学，又在同一个班上。这还不算，他们俩从小就在一起。在刚会走的时候，就跟着大人在地里转转。在应该上学的年龄，就不得不为了几升粗粮和大人一起给地主薅谷子、剥包米、捡豆子……新中国成立以后，他们两家都分了房子分了地，又一起搬进地主的大院里，开始了新的生活！

小桂兰能够上学，还多亏了王和妈妈。桂兰妈妈本来不想叫女儿上学的，她回头想了一下她这辈的女人，有谁念过书；话又说回来了，念了书又上哪用去。

"念出花来还不是人家的人？"

可是老太太又不敢下断语，她得问问丈夫和儿子。刘昌发是无可无不可，念书有念书的好处，不念有不念的好处。

"我不管哪！"

大儿子小铁子却说：

"这年头还不念书？"

这年头是翻身了，可也得看是谁呀，要是小铁子岁数小，她就让他去念，叫一个姑娘去念书有什么用场？

她最后不得不问问对面屋王家：

"弟妹，我不打算叫桂兰上学了。一个姑娘，有什么出头的日子，念白头发也是人家的，当老人的还能靠闺女过活吗？"

"当老人的在孩子身上打什么算盘！早先就不用想这个啦，现在分了房子分了地，还想在孩子身上打算盘？当老人的就是这么回事，把孩子教养好了比什么都乐，自己不吃不穿也情愿。姑娘怎么啦，分地那时候区委的陈同志不是个大姑娘，也把地主刘虎子打跑了！咱家桂贞是出门了，要不我也叫她念几天，谁叫赶上这个好时候了！"

桂兰妈对小和妈这种又尖又辣的语调也听惯了，几十年住在一起，她知道这个矮小的女人是嘴苦心甜，她给刘家当了一半家，她按着王家弟妹出的主意办事没出过大错儿。

"你也不用三心两意了，"王和妈又说，"小铁子也大了，大哥还能干，爷俩养这几口人还用愁？留一个姑娘在家有什么用？叫她念去，我供她！能用几个大钱？"

"那就给你吧！"桂兰妈笑了，她的心里像开了一扇窗子，一下子就把主意拿定了。"其实我也不在乎那几个钱，就觉着一个姑娘家念书没大用场！"

"总比咱们睁眼瞎强！可真是的，把桂兰给我吧，你寻思我不敢要啊，我真没稀罕够小孩。唉，老喽！"

一九四六年，百草沟就有这么两个孩子上学，头一回看见扛大活的子女也背上书包了。这两个孩子给屯子里的孩子们踩出一条小道。

自从桂兰妈一死，小王和就只好一个人孤孤单单地穿过那个大草甸子，像丢了什么东西似的，心里边怪不舒服的。他替桂兰伤心，可是他没有理由不上学，他不能天天在家闲待着。可是他又不愿意把桂兰抛在一边，他不能不去瞧她。他只好利用早晨和晚上，和姑娘讲讲学校里发生的事情，讲讲一天里学了哪些新功课。这天他和往常一样，放学后先到刘家找桂兰。可是桂兰不在屋，他才顺着茅道找到山上。他跑到姑娘面前，气喘喘地说：

"学校要搬家了！"

"往哪搬？"

"和镇上的完全小学校合并。下星期就搬，张老师也去。对了，这回咱们屯的学生都得在学校里住宿了。"

"是啊，离镇上十五里多地，不住宿怎么行啊？"

念书多好啊：那么多人，那么多朋友，哪天都有你不知道的东西钻进你的脑子里来。桐油是树里长的，南方冬天还开花，苏联用拖拉机种地，世界各国都有共产党……原来是个模模糊糊的世界，渐渐地在人们的眼前展开了各种各样的新鲜内容，把人迷住了。

学校一合并，会有几百个男女孩子聚在一块儿，那时候会有多少新朋友，会有多少你想也没想过的新鲜事叫你发呆呢？……

姑娘的心飞起来了，像一只小鸥掠鸟，越飞越高。

"小和儿，你给我补课吧！"

"也许……我没全记住！"

小王和早就有心给桂兰补课，可是他这时候又有点犹豫了。这几年来，姑娘一直是头五名的学生，可是他呢，只能算是中等生，怎么好意思在圣人面前卖字呢！

"不要紧，走吧！"

姑娘紧紧地抓住小王和的手，像一对刚出窝的小兔子，连蹦带跳，顺着山腰跑下去。山雀吓得怪叫着钻进草棵子里，野鸡吓得缩着头，不敢再咕咕了。

他们回到家里，天早黑了。小桂兰不想吃晚饭，领着小和儿走回自家的屋子。爸爸和哥哥在王家还没回来，屋子里黑洞洞的，一点声音也没有。桂兰把柜盖上面的洋油灯点着了，屋子里立刻发出一片淡黄色的光亮。她走进里屋，拿出一个小圆凳，放在小柜旁边。

"给你，在灯跟前坐吧。"

"你说吧，先补习什么？"

"什么都行！算术吧！"

小王和是个聪明的孩子，他能记住老师在课堂上说的一切话，他能记住所有新学过的东西，可就是忘得快。他能背下来一点二五加上二点四六等于三点七一，可是他总也没想过：为什么能变成这个式子。小桂兰没有他这份记性，可是她的小脑袋里边总是不停地想着。她喜欢刨根问底，喜欢把所有新学到的东西用自己的意思想一遍。

"我知道这么算对！可是干吗非得出三点七一不可呢？你总也说不明白！"

"书上这么写的嘛！你还不信？"小伙子头上冒汗了。

"你总是马马虎虎的！其实你比谁的记性都好，就是不爱动脑子！"

小王和脸涨得通红，一会咬咬自己的嘴唇，一会翻翻面前的课本子，眉头皱了个大疙瘩。

"又不是我非要教你不可，是你自己来找我的，又嫌不好！"

"不是！"姑娘看看小王和的大红脸，心软了。她知道自己把话说硬了，她有点不好意思，她想说几句感谢他的话，可是她没说，她只说"我没说你不好，我是说……"

小伙子拿起课本子，一言没发就走了。小桂兰想把他叫住，可是她没开口，也没转过身来。只听门响了一下，屋子里又静了。

爸爸和哥哥回来以后，她才明白过来。她从里屋把被子拿出来，给爸爸和哥哥铺好被子，又默默地坐下了。

哥哥坐在炕沿上，不经意地把手伸到褥子底下：

"炕这么凉，烧一捆干枝子吧！"

"我去！"桂兰刚想站起来，小铁子已经走出去了。她也走到炕沿跟前，把手伸进褥子底下摸了一下。

"可不是吗，好多天没烧炕了，炕都有点潮了。"

"唉！"爸爸双手抱着后脑海，仰靠在山墙上，轻轻地动着干裂的嘴唇说，"你妈一死啊，家里事就没人管了！"

桂兰一个人睡在里屋。她做了一夜的乱梦。梦见学校，梦见在江岔子里抓鱼，梦见对面屋王家桂贞姐出门，梦见小和儿给自己扛着行李出去……她想作一场好梦，想在梦里看看妈妈，可是直到头遍鸡叫，她还是没有梦见妈妈。

"桂兰！"有人叫她。是谁呢，又要梦见什么人呢？

"桂兰，你今儿上学去不？"

外屋有人尖声叫唤。她忙着爬起来，穿上衣服，走到外屋一看，爸爸和哥哥都上地打早垄[1]去了，只有小和儿忸怩不安地站在地下。

"你今儿上学去吧？"

"我不去了。"

"你还生气呀，"小伙子差点哭出来，"我昨儿不是对你，是对我自己！"

"不是那个，"小桂兰笑了。"我得在家干活，我妈一死，家里事就没人管了！"

二

从小学四年到高小毕业，这三年里，小王和只好一个人在学校里住宿了。百草沟这几年也有十几个孩子上学，但都是低年级的，只有小王和是高年级的"大哥"。他照顾他们，但他不喜欢和他们在一起玩。他感到自己是"大人"了，和孩子们在一起打打闹闹的不好看。他一年里总有三个月在家。除了寒假和暑假之外，还有农忙假。他难得看到桂兰，但是他总也没忘掉这个从小在一起长大的姑娘。他给桂兰订了一份高小课本子，把自己的小学课本子给了桂兰的哥哥小铁子。放假的时候，他每天晚上除了在合作社的"俱乐部"之外，就是在桂兰家里。他把自己学过的东西从头到尾给他们讲，虽说有的时候他们还不能一下子明白他的"背课"，可是这兄妹俩还是挺满意的，这比他们自己坐在屋子里硬啃课本强多了。

小王和比头几年大不相同了。他知道工人阶级比谁都进步，他知道一个工人一天生产的财富比一个农民一年的生产还多。他知道苏联是世界上第一个工业强国。

---

[1] 打早垄：在吃早饭前铲一个短时间的地。

139

"苏联妇女都能开飞机，用飞机杀虫子。你看咱们，还用像烧火棍似的木犁杖，半天迈不了一步！"说着话，他站起来，哈下腰，作了一个扶犁杖的样子，还把屁股扭了一下。

"人家早就用机器种地了。人家工人当工程师，住洋楼，楼上楼下装着电灯电话，多美呀！"

小铁子缩着头，仰靠在墙上眨着眼。桂兰微微地皱起眉头，用手揉搓着左面那条辫子。老爷子坐在地下的圆凳上，低下头，使劲抽着旱烟。他们都觉得这个小伙子什么地方不大对劲；他们都像受了委屈，挨了谁的骂，可是又说不出来。

"人家摘棉花用机器，可是看看咱们，一天像个老骆驼似的……"他又作了一个挺难看的样子。

"人家再好咱们也去不了，说来说去还是得靠这两只手啊！"刘昌发老爷子听不下去了，他在旁边自言自语地说了一句，又低头抽起烟来。

"不管怎么说吧，也得种庄稼啊。不然，你还不是饿死！"小铁子回头跟爸爸说话，可是眼睛却溜着小王和。

"那就看各人的志愿了"小王和满有把握地说着，打了一个哈欠，走回去睡觉了。

经过了三年来在学校里的住宿生活，他跟屯子里的人们有点疏远了。他没注意屯子里这几年的变化；他每天都在想着自己的"理想"：他有时候是全国知名的"工业劳动模范"，像赵占魁那样的人；有时候是"开飞机的"；有时候又是"工程师"；有时候又成了"大夫"。他回到屯子里，心情就像在运动会上跑八百米那回一样，他头一个跑到终点，站在跑道旁边喘着气，看见跑在最后的一个小伙子，只剩一个人还在歪着头跑着，心里又是可怜他又是骄傲。

百草沟成立农业生产合作社了，他也知道，可是这事好像和他没有什么关系似的。学校里放农忙假了，同学们都忙着下地，有时候给军属铲地，有时候给合作社铲地。小王和并不比别人干得少，他光着上身，头上流着大汗，拼命赶到前头去，他怀着骄傲的心情回头看看落在后面的晒红了脸的同学们，又闷着头倒下去。他兴头满高地走在前头。可是他不想想他拿着锄头是为了什么，他没想想为什么每年夏天都要拿几天锄头。当他听说百草沟建立了青年团的支部，小铁子是团支书，小桂兰也入了团，他心里一动，想起自己还没入团呢。可是他又安慰自己：在屯子里整天就是搞生产，入团的条件低；可是王和是在学校里，入团的条件当然要高点，没有入团也不是什么了不得的事情，将来早晚要入团的。

一九五二年暑假，他们这一班小学毕业生，一起去参加升入中学的考试。他对这个考试是有把握的，虽说在考场上手有点抖索，可是他清清楚楚地记得，他答的卷子"差不离"，虽说自己一直是班上的中等生，可是他对自己的功课满有信心。他头一个交卷，微笑着回头看了一下同学们，仰起头走了出来。

"答得怎么样？"过后同学问他。

"差不离！"

半个月以后，发榜了。白纸上写着挺大的黑字，横贴在一块大黑板上。他从中间看起，他好像早就算定了，头几名是轮不到他的。他把后一半看了两遍，没有他的名字。他的心就跳起来了。

"难道这回考到前头去了？"

他从头往后看，还是没有王和这两个字。他不甘心就这样拉倒，一连又找了几遍，脖子都仰得痛了，还是没有他的名字。

这怎么得了，百草沟的王和没考上中学！怎么回去见屯子的人？怎么见爸爸和妈妈？怎么见老刘家爷三个？怎么见桂兰？……

将来干什么呢？在毒日头下抢大锄头？一天到晚和粪渣子打交道？一想起这些事，他的心里就像塞进了一块冰，凉了。

"不行，我得找个地方说说去！"

他回身就跑，别人说什么他也没听见，一直跑到县政府的大门才住脚。他鼓起勇气，跟门警说明来意，费了不少唇舌，到底走进县政府的大楼，在楼下走了一回，看到有"农业科"，还有"粮食科"……这都不是他要找的。他又上了楼，正好对着楼梯口是"教育科"。他头一次进县政府，也是头一次上"教育科"，他站在门口，心里犹豫了会儿。

"我怎么开口呢？"

他一狠心，使劲一拉门。门响了一下，没拉开。他低头一看，原来忘了扭门栓。他又站在那里不动了。他想回去，他总是想不出说什么好。

"请进！"

从门缝里传出来一个低低的声音，像个妇女的声音，又好像是人闷在被子底下说话的声音。他不能走了，只好扭动门栓走进去。

屋子里挺亮，待了一会他才看清，屋子是长方形的，并排摆着两排桌子，横头上放着一个写字台，后面一个女同志头埋在玻璃板上在写字。小王和向四周看了一下，到底没拿定主意先和谁说话好。他只好走到紧靠门坐着的一个剪平头的中年人跟前，像在学校里那样，端端正正地行了个礼。

"你找谁？"剪平头的人抬起头来问。

"我找……找科长。"他想科长知道的事情多，好办事。

"有事吗？"剪平头的人伸直腰，从桌子后面打量面前这个满头是汗的小伙子。

"嗯！"

"你是哪的？"

"百草沟的！"

"哪的？"坐在横头的女同志突然抬起头，盯着小王和的脸。

"百草沟的！"小王和有点窘，低下头回答。

"你姓什么？你到这来！"

"姓王。"他走到写字台跟前。

女同志从身后拿过一把椅子，放在小王和的旁边：

"坐！你是哪门老王家的？"

"王福海家的。"

女同志眼睛里放出光来，站起来，绕着这个小伙子转了一圈，"你是小和儿吧？"

"是啊！"小王和想不到在这里遇到了熟人，又是高兴又是奇怪，也跟着站起来，仔细地把面前的女同志瞅了一回，觉着挺面熟，可是一时想不起来在什么地方见过。

"不认得我了？"

"想不起来了！"

"真是好记性！分地那时候，你还是我的小通讯员呢！"

"想起来了！"小王和想跑上前去抓住她的手，可是没抓，他高声问她："你是陈姐吧？"

"对喽！"

小王和想起来了，分地那个时候，陈姐在百草沟和大伙开会。大伙怕地主得到信息跑了，差不多都在半夜开会。小王和那时候才十岁，一到晚上，戴着爸爸的狗皮帽子，挨着家叫人，农会会员就管他叫"小通讯员"。陈姐给百草沟分完地就走了，听说在县里工作，总也打听不着准信息，想不到在这里见面了。小王和这一乐，把自己的事也忘了，两个人你一言我一语地就唠起来。

"你姐姐好吧？"

"好！结婚了。搬到杨家屯去了。"

"我知道。有几个小孩？"

"一个。"

"你们屯今年庄稼长得怎么样？"

"我爸说比去年强。西下洼子涝了点！"

"那块地种稗子还行。"

"社里过年要在那里开水田，种稻子。"

"你们屯建社了？"

"五一年就建了。李支书是主任……"

"小桂兰怎么样？"她想起那个白白净净的女孩子。

"她好。入团了！"

"好啊，太好啦！"停了一会，她又说"想起来怪有意思的，头回上你们屯子去，头一个就碰见了你姐姐桂贞，把她吓的脸都白了！可是后来她也当上了妇女委员！她在杨家屯作什么工作没有？……"

"今年春天选上团支书了！"

"才几年的工夫，领导别人了！"

下班的铃声响了，她这才想起面前这个小伙子是来"找科长"的。

"小和儿，你有什么事吧？"

小王和没问她是不是科长，他还用问吗，分地那时候全屯大大小小的人谁不信服"陈同志"，何况又是熟人？可是话一到嘴边上就不好往外说，他怎么好意思头一回见面就告诉陈姐说自己没考上中学啊。

"我想问问，今年考中学得多少分才能录取？"

她眯缝着眼睛又把小和儿看了一下，笑着说

"你落榜了是不是？"

"没考上！可是……"

"明白了！你别不舒服，小和儿。"她的态度严肃起来了，像一个严厉的妈妈对一个淘气的孩子。"目下国家虽然尽力扩充初中生的名额，可还是不能容纳所有的高小毕业生。再说，国家正需要高小毕业生回家参加生产去！……"

"回家种地？"小王和心里扑腾了一下，他怎么的也想不明白，叫一个"高小毕业生"回家抡大锄头。"那……那我不白念了六年书吗？"

"谁说的？"陈姐停了一下说，"你想过没有，念书是为了什么，是为了把文化带到屯子里去。现在咱们屯子里用新农具，用新法种地，将来咱们还要用拖拉机，没有文化行吗？你们念了书不往这上面用劲，那么念书又有什么用呢？"

"陈姐！我要到工厂去当工人，当工程师，一个工人一天生产的财富比一个农民一年的生产还多啊！"

"话是对啊！也得有人到工厂去，也得有人到农村去，哪里也缺不了人！"

"工业重要啊！你连这个都不知道？"

"大伙都去当工人，谁来种地？没有人种地，粮食从哪来？吃什么？啊？"

"那倒是啊！"

"小和儿，有些人是想用自己的手把穷困的生活改造好，有些人是想绕过困难，吃人家做好的现成饭，你说哪种好？"

"还是头一种好呗！"

"还有话说吗？……"

小王和什么话也没说，他心里纳闷：陈姐和老师说的不一样啊，咱们老师说的可不像她这样："你们的前途是远大的，你们是未来的主人翁，是未来的'专家'。你们不用想别的，就是一个劲的念书吧！"

到底是怎么回事呢？小王和头一回这么费劲地用脑子！

三

小王和真有点后悔，为什么不参加军校呢，要是那年他和陈国栋一块参加军校，也许他的名字也上了报纸，也许他现在正在西藏的大山上爬着呢。

他把行李搬回家，在家闲待了几天，坐不稳，站不安，心里像油煎似的，火辣辣的，看什么都不顺眼，连饭也不想吃。他待在房里，连对面屋也不去，桂兰也不见。有的时候他又盼有个人来坐一会，他更盼桂兰来看看他。可是桂兰没来，谁也没来。人们天不亮就下地，太阳不落不回来，中午也不歇着，正在突击锄头遍地。连妈妈也下地了，她每天要烧两锅开水，给地里人送去。现在不许喝凉水了，这是社里的规矩。

妈妈倒是想叫儿子多念几年书，也愿意叫儿子在城里找个轻巧活，可是她又不大愿意叫儿子离得太远。儿子没考上中学，她也替他难过，她要儿子在家好好歇些日子再说，免得急出病来。她一看到儿子的又瘦又白的脸，心里急得话都说不出来了。

小和儿和爸爸见面只是在晚上吃饭那一会。爸爸是第三生产队的队长，忙人，吃完晚饭就得到队里去检查第二天的准备工作。儿子回来了，他知道儿子没考上，只说了一句：

"没考上就没考上吧，大小伙子，干啥还不行？"

"那可是！"妈妈接了一句。她想叫儿子知道，爸爸和妈妈都没把这件事放在心上，照样疼你。

王和爹虽说这年快到五十岁了，可是身板还挺壮实。自从大闺女桂贞出门之后，家里就剩三口人。一个人养两口人，又是像他这样全屯知名的庄稼好手，生活过得很宽裕。一个十七岁的孩子在家里多休息几天，当然不在乎，他从来也没想叫儿子怎么挣钱。可有一样，他决不愿意看着一个小伙子游手好闲白吃饭。他这半辈子从来不和二流子打交道，他说这种人没骨头，看见这种人就像看见死猫烂狗似的恶心。他这一辈子有一多半时间是端人家饭碗过日子，他受的气，他吃的苦头，没法算清。他感到新社会里一切都顺心，没有什么叫人过不去的事。儿子没考上中学也很平常，没考上有没考上的道理，新社会不会糊弄人，用不着多问。他感到他当爸爸的头一件事就是不要叫儿子闲得荒了心，不要成了个"二八月庄稼人^[1]"，别白吃饭。自从儿子从学校搬回来以后，他就在脑子里划个来回：叫他干啥好呢？他一下子就想到第二生产队。这个队是小铁子的队长，他们两个人又是从小的朋友，有事好商量。

"小和儿，"一天晚上，爸爸一面吃饭一面和儿子说，"中学没考上就没考上吧，不用发愁。庄稼院不能养大爷，社里也用人，还是下地干点活吧，不论多干少干，不闲着就行。第二生产队是你老刘大哥的队长，有事和他多商量，我和他说好了，你收拾收拾家伙，早点下地，别游手好闲的，叫人笑话！"

小王和一句话也没说，他的脸像阴了的天似的，为了不叫爸爸看见，他忙着把脸扭过去。

"唉！"妈妈端着碗，看看儿子，低声叹了一口气。她这一辈子看见的事可太多了，多半辈子受的苦把心都堵死了，好容易盼来了这个新年月，干吗还叫儿子走爸爸那条道！趁早离开这几亩地，到城里找点工作，旱涝保收，当老人的也就心满意足了。可是他陈姐又是那么说的，说得也有理。比方说吧，今年社里就赊了四台新犁杖，到底是省了不少力气，过年还要多买些呢。可是你还得卖力气吧，得哪辈子才能用上拖拉机？王和妈这回拿不定主意，没吭声。她想不明白的事情她就不愿意答腔，她得好好想想。

小桂兰早就知道小王和回来了，可是她抽不出时间去看他。连续好几个晚上她直到半夜才回家睡觉。因为会计把劳动日的账给记乱了，大伙只好坐

---

[1] 二八月庄稼人：二月是农闲季节，这时候的庄稼人是比较清闲的。八月是秋收季节，有些二流子或是流氓往往在这个时候偷别人的庄稼。所以农村里把二流子和流氓叫作"二八月庄稼人"，意思是说他们不是庄稼人。

在一起对，一直闹了好几个晚上才弄清楚。后来她听哥哥说小王和加入了第二生产队，她想，反正他留在社里工作了，见面的机会有的是，何必在这忙不过来的时候去找他呢？她又想，小王和会来我的，像以前一样，摆手摇胳膊地讲讲城里的事，讲讲考场，讲讲同学的……他也应该来跟她桂兰讲讲这些新闻。她一天忙到晚，哪有工夫进城去，既然他去过，还住了好几天，就该回来给她讲。两人以前不是说得很好吗？有什么事也不许瞒着谁，谁也不许忘了谁。可是小和儿一直没来过，他好像钻到柜子里去了，屯子里也没有人看见过他。她的心里越来越犯疑，她想不出自己有什么地方得罪了他，要不就是他神气起来了，高小毕业生吗！

有几个早晨，桂兰好像看见小和儿从屋子里跑出来了，可是她一追出来就找不见了。有一次她在人群后面看见他了，她对他招手，可是他好像根本就没看见她似的，把脸扭过去了。她又是气又是急，一转身就走了。过后她想，不行，她得问问他，干吗这么大的架子，谁得罪你了？她想找个晚上去看看他，可是小王和总是很晚才回来，听说他弄得满身是土，好像走了挺远的路，连眉毛上都是土。他到什么地方去了呢？哥哥说他还没下地哩，那么他到什么地方去了呢？

小桂兰坐在王家屋子里等着，直到王福海吃完了饭，抽着烟走出去以后，小和儿才急急忙忙地走进来。他把制帽往柜盖上一扔，一抬头，突然看见柜盖上坐着小桂兰，他一愣，嘴唇动了几下，可是一句话也没说出来，闷着头吃起饭来。

"小和儿，你们在西山坡铲豆子吧？"

"嗯！"

"还有多少？"

"啊！……嗯！"

姑娘心里挺难受，他为什么跟她撒谎啊？他没下地干活，可是还绷着脸"啊""嗯"，他这书是怎么念的。可是她没说。她一转念，也许是因为他没考上中学不好意思吧，也许是他家里这几天有什么事吧，可是你也该跟我说啊，怎么连我也生疏了呢？

小王和嘴里嚼着包米，像嚼木头片似的。他怕见这个姑娘，怕和她说话，可是她偏偏找上来了。他感到自己和桂兰越离越远，这个瘦小的姑娘好像长高了许多，虽说她说起话来总是像她妈妈，慢吞吞的，可是每说一句话，就像锥子似的扎得你挺痛。她干什么都像满有理，满有把握。她在哪都像个当家人，什么事在她面前都好办。她不显山不露水，像早就有人把事给安排好了，就等她去说一句话，或是点一下头。可是小王和成了什么人？像个小鬼似的，不敢见人，不敢抬头。他做了什么坏事？没有。他亏心？不。他不下地是为了要到城里去工作，去参加工业建设，他要走在前边。可是我为什么要跟她撒谎呢，为什么不敢说呢，我应该跟她打开天窗说亮话：我没下地，是到……话到嘴边上，他又吞了下去。他现在还不能说，等城里的工作确定了，他会自己找到她跟前，跟她说："我要走了，别把我忘了！"可是现在他不能说。

四

还没等太阳露头，百草沟广播台上的钟就响起来了。

当！当！……

早晨的钟声像鸡叫一样，只要有一个屯子敲钟，紧跟着，山前山后，远处近处，钟声就会连成一片，到处是当当当当的声音，连大地都给震动了。

山冈和草原，望过去好像牡丹江里鸭绿鱼的脊梁，青中透绿。大地披上了一层灰蒙蒙的轻纱，百草沟就像盖在轻纱下面的一个四方小盒子。

钟声响过，屯子上面轻轻地冒出几股青烟，跟着就有许多股青烟冲出来，在屯子上空很高的地方会合起来，变成一片白色的烟雾，越往上蹿越淡，淡到和鱼肚白色的天空混到一起了。

人们披着棉衣，使劲伸着胳膊和腿，有的人晃着脑袋，深深地吸进一口又新鲜又潮润的大气：

"吁！好！"

"来呀，叫心里洗个澡！"

"吁！"

屯子里到处都是包米饭的香味，有的人转过身来，对着房门呼吸起来。

"好香！吁！"

"馋了？"

"想喝碗米汤！"

"到齐了没有？二队的，走啊！"

"一队的，干吗站在那里瞪眼，等啥？早饭一会就有人送到地里去的。"

"三队的，没来的举手！"

老队长把大伙逗得高声大笑起来。

从屯子外面，从高坡上，从平地上，传过来一阵轻轻的飒飒声，不是松林子的低沉的微语，也不是柞树林子的轻轻的歌声。大伙都明白，这是"孩子"的声音，是小苗在微风里扭起来，你碰我我碰你，像许多孩子在很远的地方唱起歌来，又好像有无数个孩子藏在哪个地方，偷着嘻笑，弄得人们心里直发痒。

"走啊，打早垅去喽！"

三个队的人排成三行，挤挤撞撞地走出围墙的大门，像几条黑色的带子，慢慢地分开来，消失在田野里面。

桂兰领着第三生产队的妇女组走在二队前面。她想看看小王和今天有没有下地。她把脚步放慢，对二队的人从头到尾看了一遍，就是没有小和儿。直到人们走到大门口，吵嚷着分开三路走的时候，她才看到一个黑影从合作社俱乐部的房角后面跑了出来，隐在围墙的阴影里。她的心都要跳出来了，她一看那个细长的身影，马上就看出来那是小王和。他这是干什么呢？偷偷摸摸的，他到底是怎么回事？

她把身上的棉衣递给旁边的一个姑娘：

"凤英，你领着大伙先干着！"

"你干啥去？"

她没听见，顺着围墙，直向小王和藏身的那个地方奔去。前面原来是个一人多宽的墙豁子。她跳出墙豁子，抬头仔细一看，只见大道上跑着一个人，小布衫叫风吹得鼓起来。

小王和跑了一会，忽然站住了，他仰起头，对着天发呆。三卯星在头顶上眨眼，一会儿缩进鱼肚白色的天空里，一会儿又鬼鬼祟祟地探出头来眨着眼，好像在和人们告别。小王和也在眨眼，直到那颗小星星不见了，他才长长地吁了一口气，又急急忙忙地走起来。他走下漫坡，眼前是一片绿油油的细草甸子，甸子当间就是一条大车道，正好把甸子一切两半。大甸子当中，在大道右边，孤零零地站着一棵老梨树，它像一把大伞，又好像一个大蘑菇，只要有一点小风，它就摇着头，粗着嗓子唱起一只单调的歌。

忽！……忽！……

小王和走到大梨树底下，把手里的扁锄往地下一扔，摘下头上的酱斗篷草帽，斜放在草地上面，轻轻地坐在帽沿上，然后把小布衫的扣子解开，用前襟当扇子搧起来。

真是想不到的事，他在镇上碰上同班的同学刘永茂。刘永茂他爹在镇上开煎饼铺，一心想叫儿子上县里找点事做。可是儿子不听爸爸的话，他只有一个志愿：开飞机去。

"你留着你那条小命吧！"爸爸训儿子。"考不上中学就拉倒，在家摊煎饼也好啊，别去想那些没边的事！"

"解放军那么多开飞机的，都活得挺好！"

"你能和人家比？"

小王和和刘永茂都是学校里的篮球选手，刘永茂还当过半年多篮球队的队长。他们两人在学校里并不挺亲近。小王和不喜欢他那股吹牛的劲，又加他还偷着抽烟，弄得篮球队的名声挺不好，他的队长也给免掉了。可是这回在街上一遇见，两人一扯起过去的事，又讲讲将来的事，小王和感到以前是错怪他了，刘永茂是个好人哪！

"你爹也真够明白的，几年书就白扔了？"刘永茂和小王和躺在镇子当间的小河沿上，推心置腹地唠起来。"可倒是，劳动创造世界，可像你这样的能创造个屁？一天累个贼死，书也扔了，打了罐子赔了本！有几个种大地的成了人物了？抗美援朝是用飞机大炮抗的，抢着锄头抗得了吗？"

"可是我陈姐说……"

"陈姐说得也有点道理。可话又说回来了，全中国就差咱们俩？"

小王和的心里更乱了，他的脑子像一团乱麻，怎么也找不出个头来。他叹了口气说：

"有啥法！"

"怎么没法？"刘永茂站起来，把烟屁股使劲扔在小河里，一拍胸坎说，"明个我就上县里去打听一下，有我的工作就有你的工作。你等着好了！"

小王和等他的同学已经过了五天了。他每天都要到镇当中小河沿的庙台上去等刘永茂，他相信这个性如烈火的同学一定会回来的。他早晨也像下地人那样，起早，拿锄头，但是他并不下地干活，他从墙豁子爬出去，独自一个人在大道上向镇上奔。晚上他很晚才返回屯子，他不愿意见爸爸的面，他怕爸爸那两只眼睛，他在爸爸跟前就好像做了什么亏心事，连头也不敢抬。他早晨装样子下地也是为了这个，他怕爸爸问起来。

头一回偷着往镇上跑的时候，他在半道上打了好几个站，真想立刻走回来，给大伙瞧瞧，王和不是怕累，是在找工作。

"我何苦像个贼似的偷着往镇上跑呢？干脆和大伙说明白，我王和不是二流子，我是想干一番大事业！"

可是他并没走回来，他一想起那些犁杖啊锄头啊粪啊……他就找出"理由"了！

"闲几天有什么了不得？"他想，"等我进了工厂，干一个月就能赶上你们干半年的，到时候你们就该明白我王和是行啊还是不行！"

太阳透过薄雾，山后闪出一片金红色的光彩，把草叶上的露珠照得闪闪发光，一会是红色的，一会是紫色的，一会就变成花花绿绿的小琉璃球了。太阳从山头后面探出头来，带出一片耀眼的彩霞。

小王和叫眼前的景致迷住了。他像迎接一个老朋友，高高地举起两只手，眯着两只眼睛，面对着渐渐升起的太阳。

"啊！"他摆着两只胳膊，扯长声叫起来。

"啊！"对面山坡上传过来一个响亮的回音。

"噢！"他又叫。

"噢！"回音。

"哈哈哈……"

"哈哈哈哈……"回音比他笑的声音更大，延续的时间也更长。

刚从围墙跳出来那时候的不安心情消失了，他又恢复了青春的活力，他的心像一匹小马在大草甸子里飞跑。

"哎！"

小王和听见一声又尖又细的喊叫声，回头看见小桂兰跑来了。他好像一下子精疲力尽，两只手搭拉下来，直挺挺地站着。他看看大树底下的小扁锄，就像一个淘气的孩子弄坏了妈妈的东西，又是害怕又是后悔，就等着挨骂或是挨揍了！……不行，得跑，不能叫她知道！可是他脚下像生了根似的，一动也没动。跟着他像从梦里醒过来了似的，慌慌张张捡起草帽扣在头上，又捡起小扁锄……他又觉着不妥当，好像还该办点什么事，又把小扁锄放在脚旁边，忙着扣胸前的扣子。

"小和儿，你上哪去？"

"啊？"他一个扣子也没扣好，只好用手拉着小布衫的大襟，涨红了脸，咕喃了半天才说出一句话来，"桂兰，你来干啥？"

"不行吗？"

"怎么不行！"

小王和低垂着头，无缘无故用手搓起前襟。

两人再也找不出话说了，谁也不想头一个提到正题上去。他们互相看了一眼，忙着又扭过脸去。他们并不是害臊，也从来没想到为什么要害臊，只是觉得不大自然，他们心里这时候都各自在翻来覆去地想着许多事。

"你寻思别人不知道你这点好事？"姑娘扭过脸去想。

"我有话说！"他看着大梨树，心里在打着仗。

"站着干啥？"桂兰忍不住了，先开口说，"咱们坐一会吧！"

他们两个人坐在梨树底下的青草上，当间隔着小扁锄和草帽。小王和这回才看见，姑娘的鞋和裤腿都叫露水打得湿漉漉的，鞋底子湿得就像刚吃完奶的小牛犊的嘴唇。小伙子突然觉着自己的脚和腿也有点凉，不一会全身也就发凉了，虽说他的汗连小布衫都湿透了。

姑娘两只手抱着膝盖，安安静静地坐在一丛细草上，仰着脸看着前面，不知道她是看山头上的小松林子，还是什么也没看。她好像一辈子也不预备开口说话了，到这来就是为了在这坐一会。

小王和只能从侧面看到姑娘半个脸，他看到她眯缝着一双大眼睛，微微地张着嘴，嘴唇有点发白。他看见她轻轻地抖索一下，低下头看看自己的湿鞋子，又用手拧了几下裤腿，顺着手指缝淌出一些水滴。他觉着自己的后背上突然起了一层鸡皮疙瘩。他想找点什么给她披上，可是除了脚旁的一把扁锄之外，他什么也没带出来。他摘下头上的草帽，送到姑娘的旁边，粗着嗓子说：

"给你！"

"我不热！"

"不是，垫上坐！"

她接过草帽，斜放在草丛上，慢慢地坐在帽沿上。

太阳升高了，山洼里的雾气渐渐地散了。草甸子里像刚下了一场小雨，露珠闪闪发光。往远处看，大地像烧开了似的，从地面上慢慢地升起一片白色的蒸气。

姑娘忽然扭过头来，直盯着小王和的脸。

"你上镇有事吧？"

"你说什么？"小伙子一愣，他还没有定神呢。

"我说你！"

"我上镇找刘永茂去，头几天约好的。"他也知道小桂兰不认得刘永茂是谁，可是他在她的跟前什么事也不能瞒着，只要她用眼睛一看他，他就得把自己要作的事都跟她说出来，不然他心里就不好过，像作了贼似的。他想，这回一定得跟她说明白，王和不是没出息的人，是想作点大事，是不甘心抢一辈子大锄头。

"你找他干啥？"

"他上县里找工作去了。"

"家里就有工作啊！"

"你不懂！"

姑娘的一双大眼睛睁得更大了，她好像吃了一惊，又好像无故叫什么人骂了一句什么坏话。

"我不懂？"她舔了一下嘴唇，"我懂！"

"懂就懂吧！"小伙子对着地面紧皱着眉，"我也是为了工作！"

"不是！"姑娘提高了声音，把整个身子扭过来对着小王和，"你天天从墙豁子往外溜，别当人家都是傻子！"

小王和脖子往后一梗，好像一头小牛，鼻子里哼嗤哼嗤响起来。

"这是我自个的事，用不着你操心！"

"不是你自己的事！"姑娘站起来了，她的两只手紧紧地抓住小布衫的前襟，她的脸由红变白，嘴唇也抖索起来，大眼睛里蒙了一层亮晶晶的泪水。她一回身跳过道边上的小沟，站在人车道上：使劲说了一句：

"你摸摸良心想想吧！"

她顺着大道往屯子那边跑下去。

五

一到三伏天，在地里干活更麻烦了。瞎虻把马肚子叮的直流血，扶犁的人不得不花费不少时间给牲口赶瞎虻。"小咬"也多起来了，有的人用纱布作个"面罩"戴在头上，有的人嫌戴"面罩"太热，干脆在头顶上放了一块干瘪了的牛粪块，用火点着，它就会冒出白烟来，把"小咬"赶跑。

到了这个时候，人们就得歇晌了。社员们在睡晌觉的时候，干部们和社里的小伙子们却在开会、谈话、办公事。

这几天，俱乐部里总是有小伙子们走出走进的，越到歇晌的时候人就越多。

"睡觉去！都给我回去！"合作社的老主任李万贵伸着两只胳膊，像赶小鸡似的，非叫小伙子和姑娘们回家睡晌觉不可。"干活又是呆头呆脑地打盹啊？回去！"

"李主任，咱们能睡得着吗？杨家屯的青年代表明儿个就要送挑战书来了，咱们也得在一块合计合计啊！"

"你们的应战条件弄好了没有？"李主任也忘了睡晌觉了。"……给我念一遍，我听听！"

小桂兰挨着李主任坐在条凳上，一个字一个字地念起来。

"……保证铲三遍，蹚三遍；"

"填上！打一遍秋垅！"李主任说完了话，又感到这样好像有点"包办代替"，回头问小铁子，"文汉（小铁子大名叫文汉），你说呢？"

"你老说得对！"小铁子有点不好意思了，他感到李主任是在拐着弯批评他，怎么连这样的大事都没订到条件里去？

小桂兰把应战条件念完了，大家都静静地看着李主任，想知道一下他的意见。可是他只是点着头，忽然问一句：

"杨家屯派谁来？"

"王桂贞大姐！"李主任抬头一看，说话的原来是自己的女儿李凤英。他记不清有多少日子没有好好看看自己的女儿了。他每天晚上不到半夜不回家，早晨太阳没出来就得出去，除了在地里，在会场上……在家里他是难得看看这个他亲手拉扯大的女儿。她长大喽。她下地能挣八分。她入团已经快两年了。他看过团里给她作的几个鉴定，优点多，缺点少。鉴定上说，她不爱动脑子，这可不大好，她像谁呢？像她死去的妈，不像我！她长大喽，知道找对象了。大伙都说她跟小铁子好，太对了，谁说她不用脑子？对象找得不错啊！李主任定了定神，把这些念头赶开了。

"你们要有个准备，人家来了要好好招待招待，打听一下人家有什么经验。……他们要不说可怎么办呢？好办，你们往外套！其实他们一定能告诉咱们，要不那还叫竞赛，成了推牌九了！"

"他们能说！"小桂兰满有把握地说。"桂贞姐是咱们屯出去的，她还能不说吗？"

"小和儿在哪呢？"李主任四外看了老半天，也没找着小王和，忽然提出来问道，"没来？"

屋子里静下去了，谁也没答腔。李主任觉得有什么不对劲的地方，忙着问小铁子：

"怎么回事？"

"没来！"

"他不知道？"

"嗯！"小铁子想把什么事都说出来，可是他刚说了半截又缩了回去，他不愿意没先跟小王和说明白就在大伙面前"告状"，他总觉着这不是男子大丈夫干的事。"我没找着他，没告诉他。"

"他到哪去了？"李主任追问起来。

小铁子低下头不吭声。小桂兰突然站起来，尖声说：

"他原来就没下地，天天往镇上跑！"她的嘴唇直抖索，眼泪在眼圈里直转，像受了多大的委屈。

"咱们的工作越作越好啦！"李主任捋着胡子说了一句反话，好像在抱怨什么人，又像在责备自己。

"是咱们青年团工作有漏子！"小铁子沉不住气了，他得把错误担到自己身上。

"不是，是我蒙头转向了！好了，先不说这个，你们分一下工，把条件多讨论几遍，别出漏子！"李主任临走的时候，两只眼睛又放出光来，摇晃着矮小的身躯，飞快地走了出去。

杨家屯的青年代表是第二天中午来的。一个女同志打头，后边跟着两个小伙子。他们刚到屯子口，百草沟的小伙子和姑娘们就把他们给围上了。一面鼓掌，一面喊口号：

"向杨家屯的青年学习！"

"展开友谊竞赛！"

"建设……"

跟着，女的拉女的，男的拉男的，吵着叫着往屯子里走去。小桂兰使劲抱住稍稍有些发胖的桂贞，跳着转圈。桂贞给弄得有点发窘，说道：

"这个死丫头，松开我！"

"桂贞姐，你怎么老不来？他不是跟大伙下了保证吗，让你一个月回家一趟？"

"一天忙得脚不粘地，哪有闲心串门子！"

"二婶天天叨咕，说你"

"别唠家常了！"百草沟的团支书把妹妹从客人身上拉下来，笑呵呵地跟桂贞点点头：

"屋里请吧！"

"哈！真客气啊！"桂贞回头看看身后的两个小伙子，眨眨眼："咱们进去谈谈吧！"

"对！"

两个小伙子就像两个卫兵似的，紧紧地跟在桂贞身后，走进那个用白纸糊的像雪洞似的俱乐部里。

"喝碗水吧，大热的天，没有别的招待！"

小铁子从身后一个姑娘手里接过水碗，放在从供销社借来的八仙桌子上面。

"抽袋烟吧！"

倒水的姑娘又递过来一个烟簸箕。

客人光喝了点水，没抽烟。三个人低低地说了几句话，桂贞就站了起来。

"同志们！"她的脸上有点发红，停了一会，使劲把搭拉在额头上的一绺头发甩到旁边，好像一下子把脑腆劲也甩掉了，放大了声音说下去，"我们三个人是代表杨家屯胜利农业生产合作社向你们来挑战的！咱们的条件挺简单，也挺低的！对不？"她扭头问身旁的小伙子。

"是低！"

"请大家看看，行不行，有什么为难的地方没有？"

杨家屯的两个小伙子把一张大白纸打开，放在桌子上面。大家仔细一看，一共是六个条件。前五条他们觉得都可以应战，就是最后一条让大家怔住了。

"……创造每垧打粮二十石的新经验，为明年增加单位面积产量打下基础。"

怎么创造呢？什么样的经验呢？

"刚才咱们团支书王桂贞同志说得挺明白，"杨家屯一个小伙子站起来说，"咱们带头用新农具，用新法种地，都是为了增加单位面积产量。"

"同志！"小桂兰从哥哥身后挤过来，走到这个小伙子跟前，"你们怎样创造新经验？青年不也跟大伙在一起干活吗？"

小伙子刚想说话，就觉得有什么东西在他脚上碰了一下，他啊了一声，接着就绷起脸说：

"咱们说到就办到！"坐下了。

没有人再问了，既然客人不愿意说出来，怎么好意思嘻皮赖脸地硬要人家说呢。

"好了！这六条让咱们讨论一下，后天答复，行吧？"

"随你们的便。"

客人站起来了，大伙让出一条道来。王福海的老伴腰上扎着围裙，顺着人们让出来的小道挤到大闺女面前。

"桂贞，没把孩子带来？"

"妈！在家跟他太爷玩呢！"

"回家吧！"

"妈，"桂贞回头看一下身后的两个小伙子，"还有别人呢！"

"一块去吧，到这就是到家了。走吧，回家歇会。——你们是哪家的啊？"

两个小伙子报了名，还把长辈的名字说了，原来还都沾点亲戚。

两个小伙子恭恭敬敬地给团支书的妈妈行个礼，又坐下了，他们怎么能打搅人家母女俩唠体己话呢。

百草沟的青年们也不愿意叫他们俩走开，他们想趁着这个机会从这两个人嘴里套出创造新经验的底儿。

"你们什么时候建团的？"

"说起话长了，五〇年就建了！"

"你们的团支书原来是咱们屯的干部，知道吧？"百草沟的青年们总想把桂贞说成是百草沟的人。

"她是在杨家屯入党的！"杨家屯的小伙子喝着水，大声说。

"你们屯真有两下子，去年出了个县模范！"他们恭维着这两个小伙子。

"没啥！没啥！"两个小伙子像喝了酒，脸也红了，头在也冒汗了，不像刚才那样绷着脸了。

"你们屯哪年都得拿出点新玩艺！今年又要创造增产经验，这简直……"

两个小伙子互相看了一眼，不吭声。

女孩子们悄悄地溜出来，想在桂贞身上找出点头绪来。

王福海老两口子都在家呢。妈妈坐在大女儿的旁边，用手捏捏女儿的圆溜溜的胳膊，摇着头说：

"还说胖了呢！没瘦就是好事！"

"有孩子的人还能胖？"爸爸坐在地当间的凳子上面，故意装出满不在乎的样子，眼老伴一努嘴"把炕席底下的烟包给我！"

"你不会自己拿？"

"还能累死你？"到底是女儿给拿出来了。

一群女孩子闯了进来，打头的是小桂兰。

"桂贞姐，你们真能啊，那两个小伙子把你们那点老箱底全掀出来了！"

"有什么老箱底？"桂贞后悔不该和他们离开这么半天，她不愿意把不成熟的意见吵嚷出去，她预备到年底做了总结再向外说，现在还不知道能不能成功呢！

"桂贞姐，你就说了吧！"

"你们知道了我还说啥？"

"哪知道……"李凤英刚说了半截，就叫桂兰拿眼睛给瞪回去了！"哪能不知道！"

桂贞放心了。她装作没看出来，忍住笑，扭回头和妈妈说起话来。

"你吃完晚饭再回去吧！那两个小伙子也在这儿吃吧！妈给你炒两个鸡蛋，今年鸡蛋可真不缺！"

"孩子还等着吃奶呢！过几天我再来，离得没有六里地，说来就来了！"

"你的工作也不知道怎么那么多，一年到头没闲时候。还说一个月住一回娘家呢，一年来家一回就好大面子了！"

"刚建社不几年，谁不忙。你问问我爹，他有多少闲工夫，爹你说呢？"

"那不假！当干部的就得比旁人多干点，上哪找闲工夫去？你妈到岁数了，想你。没事找工夫回来看看她，别人也不能说什么。"

桂贞心软了。她明白爸爸的意思，爸爸是拿妈妈当幌子，其实他也是盼望闺女常回来的。她忽然想起弟弟来了，小王和不是在家吗？怎么两个老人好像无依无靠的孤老杆子呢？

"小和儿呢？"

桂贞在"俱乐部"里没看见弟弟，回家来又没看见。她看看妈，妈给闺女使个眼色：

"大概在地头上睡觉了。这孩子啊，一天到晚不着家！"

"我想起来了，"桂贞也许是没明白妈妈的眼色。"头几天听我爷爷说，小和儿这几天常往镇上跑，前个还在杨家屯和他外甥玩了不少时候，我也没在屋。他去干啥，有事啊？"

妈妈没吭声。爸爸站起来了。

"谁说的？"

"爷爷还和他唠了半天哩。"

"他不是下地了吗？"老爷子看着老伴，脖子都红了。

"我哪知道啊？"

"你还能不知道！"王福海生气了。想不到娘俩串通了，就把他一个人蒙在鼓里。"你就惯吧，管保有出息！"

"怎么是我惯的？再说孩子刚回来，也该让他出外蹓蹓，解解闷气！"

"他有什么闷气？你说他有什么闷气？……"

"得了，爹，别吵了！"桂贞在老人面前总是有面子的，她说的话两个老人总是听的。爸爸又坐下了，妈妈也闭上了嘴。桂贞看看面前的小桂兰，心里一动：

"桂兰，你也不知道？"

"头几天我也不知道！"

"青年团没找他谈谈吗？"

"……"

桂兰低下头，回想了一下那天早晨的争吵，后悔了。她明白自己是错了，当时她怎么没有像一个团员那样和他痛痛快快地说说：过后怎么没有正式在团内提出来，怎么把公事当私事办了呢？

"那天早晨我和他说了，可是没说好。都怪我……"

"谁也不怪，怪他自个儿！"爸爸说完话，迈着大步走出去了。屋子里顿时静下去了。

院子里有人大声说：

"咱们农会的小妇女委员回来了，也得见见我这个农会主任哪！"说话声越来越大，李主任飞快地走进屋子里来，抒着小胡子，站在桂贞前边，上下打量起来。"哎呀？孩子，你胖了！胖多了！"

"三叔，你好啊！"

"好啊！好啊！我早就知道你要来，到底来了。你们这一来可好啊，把咱们老头子也给带动起来了！桂贞哪，回去跟你们社的邵主任说一声，就说百草沟先锋农业生产合作社的代表后天中午去，带着条件去！"

"也要挑战吧？"

"怎么？送玩艺还叫你们年轻人包下了？"

"去吧，三叔！条件订得低点，别到时候后悔来不及！"

"好丫头！出门不到两年，胳膊肘就往外拐了！告诉你们主任，别吓跑了！"

六

小王和真累了。他勉强扒拉了两碗凉饭，衣服也没脱，用小布衫往头上一蒙，躺在炕梢想好好地睡一觉。他的两条腿像有人用锥子扎了似的，伸直了也痛，弯起来也痛。他的心里像堵了一块铅，从早到晚喘不出一口舒服气。他的嘴唇干巴得直脱皮，连吃饭都没法张大嘴。

刘永茂一去没回来。小王和死也不相信刘永茂能和同学开玩笑，他决不会撒谎，他不是那样的人！可是他一去十几天，连个音信都没有！

"小和儿在家没有？"

院子里有个姑娘叫。

"谁呀？凤英啊！进来坐会儿！"妈妈在外屋和客人唠起来。

李凤英走进屋子里，一眼看见小王和蒙头躺在炕上。她突然把小王和头上的布衫掀开，呵呵地笑着，大声说：

"天刚黑就睡觉？去，带姐姐画画那个玩艺吧，我画不了啦，粉笔都糟蹋了！"

小王和红着脸坐起来，看着满身是粉笔灰的李凤英，没精打采地说：

"啊？画什么？什么事？"，

"好小和儿，帮帮二姐把黑板报上的花边给画上，好不？走吧！"

"我不行！我画不行！"

妈妈满心想叫儿子出去玩玩。她这几天也看出来了，儿子一天比一天瘦，一天比一天发呆。

"你怎么像个小老头似的，一点也不随和。上俱乐部玩玩多好！老在家闷着，也不怕闷出病来。去，跟你二姐玩玩去！"

小王和在完小念书的时候，每逢放假回家，总有一半时间留在合作社的俱乐部里。他帮助他们搞文娱活动，按照学校里所有的文娱用品开了一个很长的单子，把要买的东西都写了下来，从军棋到篮球，应有尽有。他给他们钉报夹子，画黑板报的花边，收拾条凳，读"青年报"和"农民报"，讲小人书，给下军棋的人当"裁判"……他是他们的一伙。可是自从毕业以后，他总是飞跑着绕过这三间花房，怕遇见熟人，更怕遇见屯子里的小伙子和姑娘们。他长到这么大，头一回注意到有这么多人看着他，用白眼看着他，好像他不再是他们的一伙了。

奇怪的是，自从那天早晨和桂兰吵了一回嘴，满以为再不会有人来找他了，人们都把他看成是个坏小子了，可是找他的反倒比头几天更多了。有的人中午来找他，有的人晚上来找他。他又是怕，又是急，只好装睡，再不然就装病。可是他的心哪，早就飞出去了。每逢找他的人嘟喃着走了出去，他就急急忙忙爬起来，把脸贴在玻璃窗上，看着猪群在街上乱跑，看着放夜马的走出去，看着人们在井台上打水……他真想跳下炕，跑到外面去，直着嗓子喊"我来了！我来了！"可是他没出去，又用什么东西蒙着头，在热炕上翻着又酸又痛的身子。

他感到人们不管干什么，都有一定的主意，都是有说有笑的；虽说累了一天，还是满身都是劲，好像天塌了也能用头顶住，不怕什么，不担心什么。树是为他们长的，风是为他们吹的，他们就是"当家人"！

"我算个什么人呢？"他又想起自己来了。他像个做贼的，白天不敢见人，晚上才敢回家。什么活也没干，可是累得浑身的骨头像要散架子似的，一天有的时候只能吃上两顿饭，吃起来像嚼木头片似的毫无滋味。为什么这样呢？"不用忙，等我找着工作就好了！"他这样一想，好像得到一些安慰。可是过一会儿，把前前后后的事一想，心里那个铅块子就越来越大越沉了！

他跟着李凤英走出门来。他再也受不了这个孤单劲了，他长这么大也没有受过这个苦，比小时候给地主剥包米还苦。他要到俱乐部里去，和往常一样，在一块摔跤、唱歌、下棋，反正干啥都行，就是不要一个人偷偷的跑出去受罪。

"大伙都盼你来，可是你那么倔强，躲开大伙，何苦呢！"李凤英也挺高兴，到底是当二姐的有两下子，没用几句话，就把小王和叫来了。

"小桂兰可真是个好榜样啊，这丫头又做饭又下地，比小伙子干的还猛呢！"李凤英一路上也没停嘴，她要叫小王和知道知道，百草沟的年轻人多棒啊，只能比别处好，不能比别处坏。她根本就没看见小王和的脸一会变红，一会又变白了。小桂兰的嘴可真厉害，像把小刀似的，谁有缺点她也不饶啊！"

"她大概把吵嘴的事都说了！"小王和这样一想，心就凉了半截，低着头跟着李凤英往前走。他现在又犹豫了，是去好还是不去好。

"小桂兰还说过你的事呢！别往前走了，到了！"李凤英抢上前几步，使劲把门拉开，"来啦！"

屋子里射出来的灯光把小王和的眼睛晃得什么也看不清了。他只听见门口有人又是鼓掌又是笑，弄不清到底有多少人，也弄不清他们是谁。

"欢迎啊！"有一个小伙子大叫着。

小王和忙着后退一步。他想：

"他们这是逗我啊！"

又有人大叫起来：

"大伙使劲鼓掌啊！"

小王和的耳朵里除了掌声以外，什么也听不见了。

"他们这是逗我啊！为什么给我鼓掌呢？我根本就没下地，根本就没什么贡献哪！"他这样一想，转身就往回跑！"越快越好，再也别听这个掌声了，再也别叫人逗着玩了

"小和儿，回来！"

"小和儿，回来！"后面有人叫。

他什么也没听，急急忙忙跑进屋子里，又用小布衫蒙上头，蜷着腿，躺在炕上。

"我怕什么呢？"他翻来覆去地想，"我长这么大没干过什么亏心事：我没撒过谎，没偷过东西，为什么人家挺着胸坎走道，我就得溜边呢？我为什么连桂兰子都怕呢？"

妈妈回来了，不一会，爸爸也回来了。

"他又睡了？"爸爸粗声粗气地说。他这几天就想和儿子谈谈，可是每天总要小半夜才回家，半夜三更的怎么能吵吵嚷嚷的。

"早就睡了！"妈妈虽说也是才进屋不大一会，可是她知道儿子"早就睡了"！

"呸！"爸爸吐了口唾沫，把烟袋锅使劲往凳子头上磕了两下，上炕睡了。妈妈轻轻地叹口气，吹灭了灯，也上炕躺下了。

"他是在呸我啊！"小王和什么都听见了，他头上的汗水顺着脖子往下淌，枕头上湿了一大片"我爹也挺着胸坎走道，我妈也是，为什么我就不能呢？我怕啥，我什么也不怕！我早晚得出去工作！"

可是他的心还是不能安定，头上的汗还是往下淌，身底下在冒热气，他像躺在蒸笼上面似的。

天刚放亮，他刚刚迷糊过去，就听见有人在窗子底下大声喊叫。他没听清楚，以为刘永茂找他来了，急忙爬起来，睁开眼睛一看，小铁子笑呵呵地走进来。

"这回可把你给堵住了！起来，日头都要照腚了！"小王和这天早晨看

小铁子特别不顺眼。往常他挺喜欢小铁子的粗大个子和那两道又黑又粗的眉毛，可是这天早晨看着他觉得个子特别高了，眼睛不够大了，脸也长了，哪个地方像个队长的样子！

他噘着嘴，坐在褥子上，跟队长翻白眼。

"你们家日头照腚了？还有星星呢！"

"你别磨牙了，痛快穿衣服，还等别人来侍候你？"

"谁叫你侍候？"他生气了。他想说"你们寻思我不能干活吗？干得不比你们坏！"可是他没说，一咕噜爬起来，穿上小布衫，气昂昂地就跟着队长走出去了。

妈妈赶到门口，在后边大声说：

"小铁子，你可照应着你兄弟一点啊，接接垄[1]！"

"你看我二婶说的，现在讲'包工定额[2]'，能干多少干多少，累不着！"

这天早晨打早垄是铲豆子，三十来个人在一起，有男的也有女的，有老的也有少的，大伙都有说有笑的，只有小王和一言不发。他在靠地边那条垄铲，和谁也没说一句话，别人也没有和他说什么。他平常铲地并不比别人慢，在学校里也算是一把好手，可是这天他怎么使劲也赶不上人家。开头的时候他还占中等，后来身后就光剩几个妇女了。他感到手里的锄头不好使，也许是锄板子按歪了，也许是锄板子太大了。人家一条垄到头了，他才划了一多半，多亏小铁子来接垄，不然吃早饭他都赶不上了。

日头冒红了，往远看，琵琶顶子山头上像扣了一口大玻璃锅，日光把山顶上的积雪照得发出一股蓝瓦瓦的光，把山腰上的柞树晃得刷白，好像是用白铁刻成的。风一吹，哗！哗！分不清是牡丹江的江水响，还是林子响。

小王和有点热了。他挂着锄头，站在地头上喘气。山后面吹过来一阵

---

[1] 接垄：铲地快的人，铲完一条垄之后，回头帮助铲地慢的人铲。

[2] 包工定额：一种比较合理的计算劳动日的方法。办法是：由社员评定某一块地需要多少劳动日，提前完成的还是照评定的劳动日计算，那就增加了每人的劳动日，同理，延期完成的那就减少了每人的劳动日。

风，凉飕飕的，打在他的脸上和胸坎上，怪舒服的。

屯子里响起了钟声，一伙挑着饭桶和圆筐的妇女从屯子里走出来了。小和儿一眼就看见在后面挑着一个圆筐的是妈妈。

正是妈妈送饭来了。她把圆筐里的大碗和酱碟子摆在地头上的大树底下，然后伸直了身子，绷着脸大声说：

"洗手去！那个桶里有水！别把手伸进桶里洗啊，用勺子浇！"

"我大娘太讲卫生啦！"

"这是纪律！"

"对！"

她看到大家都吃上饭了，就慢慢地走到儿子跟前，坐在草帽沿上看着儿子。她担心儿子头一天下地会累得吃不下饭。其实满不是那么回事！小王和自从搬回家来以后，头一回吃得这么多，吃得这么香，把妈妈都闹愣了。

"别吃多了，今个饭做得硬了！"

"没事！"

太阳一出来，天就更热了。没有一丝风，脚底下的热气往上窜，喘气都费劲。人们不像早晨那样吵吵嚷嚷了，只听见忽哧忽哧的喘气声音，和锄头在土里磨擦的刷刷声。

小王和的旁边是三队里岁数顶大的队员老董头子。他和小王和的爸爸在一块扛过活，分房子的时候，他们又都搬到一个院里住，老董头子住在上屋。他只有一个老伴，没儿没女。他当过农会的保管委员，他是百草沟第一个互助组的组员，也是百草沟第一个报名参加合作社的社员。

"我老头子成不了大气候，当不了干部！可是我跟得紧哪，紧跟着共产党！"他常说。

他老了，腰弯得像把弓，汗珠子把小布衫湿得像刚从水里捞出来似的，连裤腰沿子都是汗水。

"文汉哪！"他拄着锄头，喘着气，招呼队长。"杨家屯二遍地什么时候报完？"

"怎么的，大爷，想歇歇吗？"

"废话！我问你杨家屯哪天报完？咱们顶少也得比他们早两天完吧？"

"杨家屯挑战书上说后天报完，连今天还有三天。咱们今天铲完，明天人家就要来检查了！大爷，你老说咱们能铲完吗？"

"加一把力就能铲完！"

老爷子把布衫脱下来，扔在地上，一哈腰，使劲握着锄头，刷刷铲起来。

"干哪，今个就叫它老儿子娶媳妇，大事完毕！"

太阳照在老头子的黝黑的脊梁上，汗水反着光，像油漆过的一样。

"赶哪！赶上这个老爷子！"

"干喽！"

"噢！"

小伙子们有的脱掉了布衫，有的把草帽也扔了；妇女们尖声叫着，就像后面有野牲口追她们似的。

小王和心里很激动，方才那股呆气一下子就没了！他像小时候铲地那样，往手心里吐点唾沫，哈下腰，头不抬眼不睁地铲起来。他这时候脑子里什么也不想，一心想铲得快，想赶过前头那个人。

汗水把他的眼睛渍湿了，像针扎了一下。他甩甩头，使劲闭一下眼睛，接着又铲起来。他前头还有十多个人了，还有七八个人了，还有五个人了！他不管叫他赶过去的是哪些人，也不管在他前面的是哪五个人，他只知道用力铲！

屯子里又响起了钟声，歇晌的时间到了。小王和直起腰，抬起头，一看，他前面还有五个人；他身旁站着满身大汗的老董头子，气喘喘地用眼睛盯着小王和。

"怎么样，洋学生？"

"不怎么样！"小王和扭过脸去，低声说。他看得出来老董头子的眼色有点不对劲，他感到这个老头子就是在逗弄他。

"那就好啊！洋学生！"

"什么洋学生？"他想顶这个老头子一句，可是他看看老头子那一头大汗，看看老头子的黝黑的胸坎，话到嘴边上又缩了回去。

人们把布衫挑在锄杠上面，像扛着一面三角旗，三个一群两个一伙地往屯子走去。妇女们用草帽当扇子扇着大红脸，说笑着，打闹着，像一群山羊，挤挤撞撞地拥成一团，在男人们的前面走着。

队长刘文汉（小铁子）紧走几步，来到小王和的旁边，两个人肩并着肩，在道旁走着。

"小和儿，你铲得不慢啊！"

"不行！差远了！"小王和的脸红起来了，脸上带着一点微笑。

"有几条垄可不大干净！用点心，铲几天就顺手了。"

小王和微微皱了一下眉，斜眼看了一下队长，脸上的笑容不见了。他划地也不是头一回，哪回也没人说不干净，怎么偏偏今天就不干净了呢？

"也许锄头不好使，使不上劲。人巧也得家伙好啊！"

"谁的锄头？"队长把锄头接过去，翻来覆去地看起来。

"我妈的！"

"怪不得这样！你也真够懒的，自己连把锄头也不会收拾？你先用我这把；我把你这把拿回去收拾收拾，锄板子都歪了！"

"我不要！用你的干啥？"

"拿去！"队长的两道粗眉毛差点皱到一块去，他使劲把自己的锄头送到小王和的面前。"你怎么学得客客气气的？"

小王和服服帖帖地接过锄头，没敢抬头看看队长的面孔现在是什么样子，可是他觉得队长的眼光正对着自己的脸。

王福海有不少日子没跟儿子在一起吃晌饭，一来是他太忙，二来是儿子故意躲着他。这回可在一个桌上吃晌饭了，他得跟儿子好好谈谈。他等着儿子先说话，可是小王和好像除了吃饭以外，压根儿就没打算说话。

"今个下地了？"爸爸憋不住了，开了腔。

"嗯！"儿子低头嚼着嘴里的饭，用鼻子嗯了一声。

"那就好啊！"爸爸再也找不出什么话说了。他是个只讲究干活不讲究说话的人，既然儿子下地了，还有什么可说的呢？"那就好啊！"

"吃什么好的？这半天还没吃完？"

刘文汉从外屋往王家屋里一探头，就走进来了。他手里拿着小王和头晌用的那把锄头，坐在炕沿上，笑嘻嘻地跟小王和妈妈说：

"二婶啊，你老这把大锄头简直是拖拉机，咱们这回成立集体农庄可有条件了……"

"小兔羔子！你也不用说嘴。二婶这两年身板不行了，年青时候专门用这号锄头，一下子就是一大片！不信回家问问你爹去！"

"你听听，"王福海对着刘文汉一努嘴，"你二婶吹得多响，把广播台都给顶了！"

"呸！"

"文汉哪，头晌小和儿铲得怎么样？"

刘文汉没有立刻回答，他瞟了小王和一眼才说：

"还行，铲得挺快！铲几天就顺手啦，又不是没干过！"

"哼！"

七

下地的钟声响了，整个歇晌的时间里，小王和并没有合上眼。他干了一头晌活，身上并没觉着十分累，只是有点头昏。歇晌的时候，他就像漂在大浪上面的破木片，一会叫大浪扔得老高，一会又沉下去。

他昏昏沉沉地跟在人们的身后，又下地了。头顶上是毒热的太阳，脚底下是烫人的黑土，四外是闷人的热风，把他弄得浑身就像要溶化了似的，两条腿支着自己的上身都感到费劲。

"怎么回事，洋学生？"

又是老董头子！"洋学生"这三个字就像三根针一样，刺得他从心里往外冒火。

"我不是洋学生！"他冷冷地说。

"抡锄头了，是不是？"

"不知道！"

"哈哈哈哈……"老爷子突然大笑起来，把小王和闹得一愣。"抱屈了，抱屈了！"老爷子高兴起来，往手心吐点唾沫，一面铲地一面哼哼唧唧地唱起来。

号炮三声——咚咚响，

大小儿郎——抖威风！

飞马跑出——一小将，

白盔白甲——白银枪！

坐下一匹——白龙马，

身后插……呸！

他又往手心里吐了点唾沫，一面哼唧着一面往前铲。

"大爷，"队长从前面回过头来，"大声点唱，咱们也听听！"

"嘿嘿嘿……"老爷子不好意思了。"你要听啊，没有了呢！呸！"

突然从后面传过来一阵又高又尖的歌声：

兄妹——对坐——下上一盘棋儿，

学习——文化——写上几个字儿，

你来看哪——红炮打了车儿！

……

"小凤英啊！"老董头子回过身来，把锄头举过头顶，使劲摇晃几下子，大叫起来"唱得好！再来一个要不要啊？——要！"

"不要你的，要她的！"

"别吵，叫她唱！"

兄妹——对坐——开上一个会儿，

二年——回来——就开拖拉机儿，

同志你呀——何必咧大嘴儿！

……

"队长，你咧大嘴儿了吗？"

队长什么也没听见，什么也不想听，他的手都有点抖索了！

"她唱得多好啊！"他想。

"二年回来就开拖拉机，才二年！"小王和暗想："二年算个啥。我再念十年书，还不过三十岁呢！对了，我该到沈阳去念工科，哈尔滨也行！"

他的思想尽在跑野马，可是手里还拿着锄头机械地工作着，人家拿起锄头他也拿起锄头，人家往前铲他也往前铲。不一会，他眼前没有锄头，也没有庄稼苗了，他脑子里尽想着工人和高大的机器的形象。

"赵占魁就是搞工业的，全国谁不知道。赵国有，一下子成了劳动模范，谁能想到。在农村有什么出息，抡大锄头还用识字吗？铲地的时候还用三乘五吗？哎呀，糟糕，怎么把小苗给铲下来了！"

他吃了一惊，从幻想中清醒过来。低头一看，脚前面躺着一棵绿油油的包米苗。他用右脚的大脚趾和二脚趾夹住小苗的根，使劲把它按在土里，又用左脚往它周围扒点土，就像活苗一样。他又哈腰铲下去，刚走了两步，一回身，使劲一脚，把假苗踢出老远。

"撒谎干啥？"

他往四周看看，大伙都在专心干活，没有人注意他。

"刘永茂怎么还不来呢？要是我们俩都能离开这个地方可就好啦！他学会开飞机，我坐着他的飞机落在草甸子上，屯子里的人得怎么说啊！'看人家老王家小和儿，多么有出息啊！'我就跟大伙说……"

"哎，我说小和儿，你这是哪国铲法？怎么把草也留下了？"

小王和又从幻想中醒过来了。他抬头一看，面前站着汗淋淋的老董头子，他胡子上还挂着不少白沫子，也不知道是热的还是气的。

一下子围上来好几个人，七言八语地就说起来。

"这回好啊！到秋后粮食也有了，牲口草也有了！"

"这不是'窍门'吗？得上报啊！"

"少说闲话，没看眼圈都红了？"

"我看他就不大对劲吗！"

刘队长顺着小王和铲的这几条垅走了一个来回，头上的血管都急得胀起老高，转过来转过去，一会看看小王和，一会又看看小苗当间的野草。

"真是的！小和儿，我早晨就跟你说，叫你留点心，你到底怎么啦！"他早就想跟小王和谈谈，每次刚说开个头，就谈不下去了。他总感到自己说得不是地方，费了老大的劲也说不到节骨眼上去。他感到小王和比自己会说，知道的东西也多，自己说不过他。有时候明知道他说的话有毛病，可是一时找不出话驳他，就是勉强说几句，连自己也感到没有劲。可是今天不一样了。他看到小苗当间的野草，就像看到一个人的头上爬着许多虱子那样别扭。他的心一激动，说起话来口也不吃了，声音也大了，越说越有劲。"你没看看，屯里哪个青年不站在前排上，谁落过后？这又不是给别人干活，是给合作社，给自己家干活，糊弄谁呢？你也得想想啊！"

"我早就想过了！"小王和好像受了多么大的委屈似的，他感到这些人是在卸磨杀驴啊，没有一个人懂得他，没有一个人向着他说句话的。"不行就拉倒，还能要命！你寻思我还赖上你们了！"

"你这话说得怎么连点人心都没有！"队长气得嘴唇直抖索，连话都说不出来了。""呸！"老董头子使劲往地下吐了一口唾沫，"难为你怎么念的书，连好赖话都不知道。你想混哪，你生得不是时候！"

"你说谁混？"

"不是混怎么的？谁家苗眼里留草？真新鲜！呸！"

"董大爷，你老别吵吵。"

"刘队长，你也看见了，他不听这套啊！你和他爹说说，管管他，这叫竞赛呀，不是逗娃娃玩。眼看明个杨家屯就要派人检查来了，你看看，他又给弄了个大漏子！这不是一条鱼腥了一锅汤吗？真难为他，六年书是怎么念的？"

小王和这回才想起来，杨家屯的检查组明个就要来了！

在东北这个地方，农村里的人家一到夏天总是开着窗子，年轻人吃三顿饭，差不多都愿意坐在窗台上，为了见点凉风。老人们则不大愿意在这个地方坐，他们说窗户底下有"邪风"，容易受凉。

小王和挂着锄头，坐在窗台上，面朝院子，仰脸看着天上的星星眨眼。他心里也像这些淡黄色的小星星似的，跳来跳去的不得安静。他想不明白，为什么大伙都不向着他，为什么大伙对他不像早先那样亲近。他有点恨老董头子；他觉得这个干瘪老头子是找他的别扭啊。可是他干吗要单找王和的别扭呢？他又想不出来了。

"分地那个时候他是个'老落后'，哪天不是我去找他才来开会的？半夜我还去找过他呢！现在把王和忘了，不认得人了！你有什么了不起，顶多也不过是个抢大锄头的吧，还能上天！可是我怎么就把杨家屯来检查的事忘了呢？一条鱼腥一锅汤！"他自己在心里也说起这句话，他忘了这是老董头子说的。

"小和儿，还不洗脸？"妈妈把洋油灯放在饭桌上面，看看儿子的背影。"洗脸去！"

儿子没答话，把下颏压在锄杠上，直盯着梨树枝夹空里的小星星。他心里闷得慌，像大火烤的一样，连嗓子都有点痛了。他跑到水缸跟前，端起瓢来，咕嘟咕嘟地喝了一个饱，然后又走出来，坐在窗台上，挂着锄头想心事。

"我得快点走，对了，走！"

他的心又飞起来了。他连爸爸回来也不知道。直到妈妈把一大碗黄面团子端到他跟前，他才看见爸爸坐在饭桌旁边，两只大眼睛放着光，正在看他。

"你还想吃饭？你先说说，活干得怎么样，对得起这碗饭不？"

妈妈一看势头不好，忙着在一边接过去：

"你这是何苦呢，饭也不叫他吃了？人是铁饭是钢……"

"得了！还惯呢，你上街听听去，人家都怎么讲的？"

"他讲他的，听蝲蛄叫还不用种菜了呢！没看才多大个孩子，也不能一步登天哪！"

"多大？我这么大早就给地主扛整活了！"

"别提你，那是什么时候，现在是什么时候？"

"现在怎么的，就得当二流子吧？"爸爸气得把饭勺子往稀饭盆里一掼，把饭汤溅了一炕，扭过身来，对着窗台上的小王和，大声说："小和儿，你也不小了，你说句痛快话，到底打算怎么的？你是想成人哪，还是想当二流子？你今个说句痛快话！"

小王和忽地站起来，扭过身，看着爸爸的脸，长这么大头一回用这么大的声音跟爸爸说话：

"我不干这个没出息的玩艺！"

王福海的头上像挨了一闷棍，脑袋里嗡嗡直叫。真没想到啊，活了四十八年，干了一辈子庄稼活，原来是"没出息的玩艺"！这话还不是别人说的，是自己的亲生儿子。要不是有人干这个"没出息的玩艺"，你怎么长大啊，你怎么能上学念书啊！工人阶级是领导，也离不开这个"没出息的玩艺"啊！要真是"没出息的玩艺"，共产党还组织它干啥？他好像头一回和儿子见面，他头一回这么仔细地看着儿子的脸，大额头，厚嘴唇，窄鼻梁……他像谁？爸爸的脸由红变白，像有人突然在他头上浇了一桶凉水。

小王和的心好像要从嗓子眼里跳出来似的，连他自己都能听见胸坎里发出来的扑扑的响声。他不是怕，他现在什么也不怕，他的心像一根拉直了绷紧了的弦，紧张得连喘气都有点困难。他的手指头紧紧地抓住锄杠，骨头都有点痛了。这爷俩隔着一铺炕，一个站在屋地下，一个站在窗外面，就像一对公鸡斗架，你看着我，我看着你，胸坎子一起一落的，好像就等着往一处跳了。

妈妈吓傻了。她扶着饭桌子，看看丈夫，又看看儿子，年轻时候那股泼辣劲又在她身上恢复了。她得拿主意了，现在就得拿出来。

"小和儿，你这书念得可倒好，和你爹像公鸡斗架似的，没老没少了！"

老太太一说话，把老爷子的火勾得更高了。他一回身，操起身边的一个鞭杆子，一蹿就上炕了。

"我这回叫你出息出息！"

爸爸手拿鞭杆子走过去。小王和脑子里一转"跑吧！"可是他立刻又把这个念头压下丢了。他自从上了学，再也没有人碰过他一下，这些年来养成他的自尊心，使他不能在这个时候跑开。可是爸爸越来越近了，他看见爸爸的扭歪的脸，看见鞭杆子上磨白了的地方。他突然直着脖子大叫起来：

"你侵犯人权就不行！"

爸爸一下子愣住了，他像累了似的，两只手垂在大腿旁边，鞭杆子乒的一声磕在饭桌子上面，酱碟子打碎了，碎碟子片掉在炕上，发出清脆的响声。爸爸抖索着嘴唇，费了好大劲才从嗓子眼里挤出一句话来：

"你给我滚！"

妈妈尖声尖气地叫起来：

"小兔羔子，你想把你爹气死啊！"

她拿起桌子上的几双筷子，喘息着爬在窗台上面，用筷子在儿子的肩头上打起来。可是儿子连大气都没出，慢慢地转过身去，低着头走了。

妈妈不打了：

"这个死冤家，你上哪去？你给我回来！你给我滚回来！"

小王和没答腔，他想起爸爸的苍白脸，抖索着的嘴唇，无力的手……眼泪顺着脸淌下来。

八

天黑了，牲口围在井台的石槽子上抢着喝水，把饲养员老林二爷气得直骂。

"这个混玩艺，靠！靠！"

三十匹大马，十五头牛，一到这个时候，就该归老林二爷管了。他把三十匹马分成六伙，十五头牛分成三伙，五头一伙，用缰绳连起来扎好。自己在头前赶着一辆带席棚子的大车，吵吵嚷嚷地就往外走。

桂贞抱着小儿子站在道边上，摇着孩子的小手："叫太爷早点回来，叫太爷……"

孩子啊啊地叫着，小脚用劲往妈妈的肚子上蹬。

"晚上多给孩子盖上点，别睡得太死！""哎！爷爷，明个早点回来，好上百草沟检查二遍地。人家报完了！"

"完了？真快呀！"

"明个早八点集合，你老是检查组的组长，别耽误了！"

"知道了！"

老爷子一甩大鞭子，头顶上发出咔咔的清脆的响声。大车轰隆隆地跑起来，风把老爷子的白胡子都吹乱了。

他老半天也没忘记孙子媳妇和他的小重孙子。重孙子的小手好像伸进他的胸坎里去了，弄得老爷子心里怪痒痒的。

大车直奔百草沟那块草甸子跑去，这块甸子这回是他们两个社的放夜马的地方了。百草沟合作社的人没来，也许他们今天上后山去了，那个地方草长得也不坏，又离屯子近。老爷子把大车赶进甸子里，支起车辕子，把牲口腿绊好，甩几下鞭子，牲口就扑登扑登地跳着，往甸子深处走去。牛脖子上的大铜铃叮叮当当地山响，老爷子坐在大车上，一听到铜铃的响声，就知道他的牲口走到什么地方去了。他从怀里掏出手电筒，对着铃声照了一下，光圈里现出一匹黄马，吓得抖索了一下，蹦跳着跑到黑暗里去了。他又从草垫子底下拿出那支打痕的步枪，拉几下大栓，把子弹取出来，又一个一个地压进去，轻轻地放在身旁。

老爷子挺满意，他手头的家什挺好使，没什么毛病，没事便罢，有事他也对付得了。他感到自己还算硬实，并不老。

他坐在草垫子上面，想找点事干，可是四外漆黑，有什么事可干的？于是，他心里又有点发烦。他手里总得有点活干才好，他就怕闲待着，要不然他早就回家抱重孙子了。他今年七十多了，可是他不服老。每逢从屯子里往外赶牲口的时候，他都故意把大鞭子抽得咔咔山响，他想叫人知道，我老林头不老，精神足够！当社员们举手选他当饲养员的时候，他高兴得连嘴都合不上了。他不在乎多少劳动日，他的小日子过得满好，有一个孙子和一个孙媳妇挣钱就足够了。他高兴的是，人们还没忘了老林头，还看得起他。

"交给我吧，管保对得起大伙这番心！"

老爷子也真有两下子，薅起一把草，用鼻子一闻，就知道牲口爱吃不爱吃。他不给牲口吃锈水塘里的草；不叫牲口吃别处牲口吃过的草。每天早晨把牲口赶回屯子的时候，大家立刻就能看到那群肚子溜圆的马和扬着角神神气气走路的大黄牛，就好像这些牲口头一天没干活，好像打早就是闲着的，就等这天早晨下地了。

"二爷，你老怎么喂的，肚子都圆了！"

"就是那么喂的呗！"老爷子高兴得脸都红了。

可是他怕孤单，他总愿意和大伙在一起，有说有笑的，热闹。他总想有个人和他说话，他要讲讲自己的事，讲讲年轻时候的苦处，讲讲他是怎么样用镐头开山林子。可是，在这么黑的夜里，在这个大草甸子里，有谁和他说话？

牛脖子上的铃铎叮叮当当地响起来，隔一会就听到一声"哞！"

"又打架！"

老爷子拿起手电筒和鞭子就跑，脚底下就像铺着一个大褥子，连点声音都没有。

"多好的草甸子啊！"

老爷子给两头黄牛一顿鞭子，骂了一会，扬扬得意地回来了。他刚走到车旁边，突然听到有人咳嗽。

"谁呀？"

他用手电筒一照，可不是吗，车上坐着一个小伙子，闭着眼睛往一边躲：

"老林二爷吗？别照了，晃眼！"

"谁呀？报报名！"

"小和儿！"

老爷子高兴得不得了，正好有个说话的人，又是亲戚，太好啦！

"小和儿，这个时候你怎么到这儿来啊？"等了一会，小王和不吭声，他又接下去说："今下晚跟二爷在一块打小宿吧，年轻人，练习练习，不吃苦中苦，哪有甜中甜？你妈就想把你装在鸡蛋壳里，又怕凉了又怕热了。咱们那时候，唉！你听，怎么回事？"

两人静静地听着，从甸子当间传过来一阵一阵的扑蹬声。

"是马咬架！"小和儿顺嘴说出来。

"瞎扯！"老头子从车辕上跳下来，从怀里掏出手电筒，"是马叫什么玩艺绊倒了。""我去吧！"小王和想看看到底是谁对，从老爷子手里接过手电筒，高抬着两条长腿，在甸子里跑起来。手电筒像一根黄色的棍子，在甸子当间晃来晃去。

"二爷！"从甸子当间传过来小王和的尖嗓音，"树杈子把白马绊住了！"

"把缰绳给它解开。我说是绊住了吧？"老爷子在黑暗里捋着白胡子，微微地笑了。"快回来，小心狼！"

"不怕！"

小王和用手电筒往天空上射了一下，电筒的光好像和星星的光接上了头，把星星显得更亮了！他又往远处射了一下，电筒的光圈里现出一团矮矮的野樱桃树，像扣在地下的一顶大毡帽，从帽子底下扑拉拉飞出一只公野鸡，拼命地叫着，一头扎到草棵子里去了。

"回来吧！"

"哎！"

小王和呼吸着潮润的空气，把白天的事全扔在脑后了。他紧挨着老林二爷子坐在草垫子上面，眼睛半睁半闭地听着老爷子一个人嘟喃。

"孤山子上边五十垧地全是我开的，你信不？那时候我刚从山东家来，小家底就是一把镐头。那时候百草沟和杨家屯的地全是老刘家门上的，刘虎子他爷爷还活着呢。我是两眼墨黑呀，只好找老地主去。老东西笑脸相迎：'林山东啊，你年青，开孤山子那片地吧，头两年不要租子！'我可乐坏了，真没想到，关东这个地方真是'黄金没腰'啊。我一个秋天加一个春天，开了二垧生荒，山林子砍倒了，露出一大片平地。大土块子刚翻过来，像没煮熟的牛肉块子，都没法下种。什么事也难不住我呀，我把木头棍削个尖，在土块子上面扎个眼，把豆籽往里一扔，这就叫种地。头一年刚把籽种打回来。第二年一垧地打了二石多豆子，头年的饥荒还上了，第二年的籽种也有了。地里的土块子碎了，叫雪一埋，又湿又软，一踩多深。这回可该打粮了。不想老地主又来了'林山东，二年也过了，咱们把今年的租子讲妥吧！''多少？''这是新地，打粮比老地多好几成。……多了也不好，一垧地两石吧！''我的天！都给他就得了！我说什么好啊？'老东西又说了：'那样吧，你再开新地，头二年还是不要租子！'我就刨开了，过二年他就收回去；我再刨，半拉山坡子都开起来了，我可一亩地也没弄到手！"

老爷子不作声了，他的脑子里翻腾着这七十多年的生活，有苦的也有甜的，有酸的也有辣的，他用嘴唇咬着白胡子，长长地吐了一口气，"庄稼人都心软哪，分地的时候还给他们分了一份。杀了他们也不多啊！"

小王和想起他在民办小学时候老师讲的话"咱们庄稼人，不是生来命苦，都是给地主害苦的！"他又想地主的心多狠，又多么会欺骗人，说二年不要租子，到地开出来了就抢过去。"是给地主害苦的！"所以我七岁那年就给地主剥包米，手心上的皮都磨掉了。

"二爷，你剥过包米吗？"

"嗯？你说什么？"

两人又不吭声了，各想各的心事。

牛脖子上的大铜铃叮叮咚咚地响着，就像有人用空铁桶在暖泉底下接水，叮叮！咚咚！在夜静更深的时候非常响亮。

"小和儿，我口袋里有馒头，你吃吧！你姐姐非要给我拿，正好，你吃了吧！"

"我不饿！"他还是接了馒头，在黑暗里啃起来，好像长这么大还是头一回吃着这么好的馒头。

"围着被子睡吧，受了凉可了不得，你妈该骂我不知好歹了！"

提起妈妈，小王和又想起白天的事来了。他想起老董头子的挂着白沫的胡子，刘文汉的紧皱在一起的粗眉毛，妈妈的颤抖的手，爸爸的苍白的脸色……他的心里像煮开了的锅。他把被子推在一边，把手贴在冰凉的板子上。

"妈妈会睡吗？不会，她一定在屯子里找我呢？爸爸呢？他两只手耷拉在大腿旁边。……"想到这，他的眼泪又跑到眼圈里来了。他使劲咬住舌头尖，想让肉体的痛楚把心里的悲痛盖过去，可是没成功，眼泪又淌出来了。他还在咬着舌头，怕发出声音，怕老爷子听见。这回成功了，他没有出声。

小王和在迷迷糊糊中好像走进一座破庙，迎面走过来一个穿大白袍子的人，这个人什么也不说，张着大嘴乱叫：

"啊！啊！"

"你是谁？"

"啊！"

"你是老地主吧？"

"啊！"

"二爷，他来了，抓住他！快！"

"小和儿，别吵，快起来，有狼！"老爷子使劲推了一下小王和，把他推醒了，对着他的耳朵小声说：

"你拿着手电筒，照住它的眼睛！"

"你老会打枪啊？"

"二十多年没打了！不要紧，别怕！"

小王和跳下来，感到身上有点冷。可是他顾不得这个了，老爷子拖着大枪，已经走了老大一段路了。他忙着从后面赶上去，悄悄地往牲口群那面走去。

牛脖子上的铜铃乱七八糟地响着，马使劲喷着鼻，用蹄子刨地，拍拍山响。突然发出一阵怪叫：

"呜——"

"狼嚎！"小王和抖索了一下，身上起了一层鸡皮疙瘩。他想看看老林二爷子的脸色，可是他除了听到前面的脚步声以外，什么也看不清。

牲口群突然静下来了，好像有人用一个大被子把牲口群给蒙上了。

"快走！"

老林二爷咔嚓一声推上子弹，哈腰往前跑。小王和忘记了害怕，也跟着跑起来。刚到牲口群前面忽然看见两点黄色的微光，好像两颗珠子悬在半空中。

"对准它的眼睛，对准了，照！"

小王和一条腿跪在地下，把手电筒对准了那两颗黄色的珠子，一按，光圈里出现了一只灰色的老狼。

乓！

"呜！"灰狼使劲往上面一跳，扯脖子大叫一声，摔在地下，不动了。

"打上了！打上了！"

没打上。灰狼一摇头，又跳起来，晃晃荡荡地跑进树林子里去了。

"跑了，它又跑了！"小伙子恨不得跑上去把它按住。

"哈哈哈！"老爷子大笑起来，"这回它可吃够了，再也不想回来了！"

牛脖子上的铜铃又慢慢地响起来，从甸子当中又传来一片吃草的刷刷声。

这一老一少洋洋得意地走回来，困劲全没有了。

"我眼看打上了，它一蹿高！"

"那是吓的，你往前去它就跳起来咬你，可坏了！"

"咱们该进去找找！"

"别找了！好好歇歇，明个还得上你们屯检查二遍地呢。"

"检查什么？"

"你说什么？你们屯二遍地今个报完，比咱们杨家屯快两天。别看报完了，也得看看地铲得怎么样啊。"

"啊！"

"不用'啊'别看你们地铲得快，增加单位面积产量你们可不行！"

"那也不见得！"小王和从来也没有想到百草沟会叫别的屯子赶过去。他不知道社里的人想没想过增加单位面积产量的问题，可是他相信百草沟的单位面积产量决不会比杨家屯的少。

"你小伙子也别太神气了，我说你们不行就不行！"老爷子在杨家屯住了五十来年了，他知道哪间房是多少根柱子，他知道谁家跟谁家是什么亲戚。虽说杨家屯的屯子有点洼，夏天一下雨就满处是泥浆，可是老爷子也感到比别的屯子强得多，他感到杨家屯的街道比什么地方都平坦，走道不用睁眼睛，管保摔不着。杨家屯的房子太古老了，有的窗子快贴地面了，小伙子们天天张罗搬屯子，可是在老爷子看来，这也不算什么，房子古老住起来暖和，他感觉别的屯子都比杨家屯冷，只有回到杨家屯才感到心里松快一些。去年杨家屯没选上模范村，老头子悠了好几天火，后来听说选上了一个县模范，这才有了笑容，心里又松快了。"你们屯的小伙子今年可不行啊！"老爷子洋洋得意地说。

"这回铲地不全靠小伙子吗？要不然怎么能比你们早两天报完？"小王和这时候把白天的事全忘了，好像他根本就没把小苗铲倒，根本就没留下野草，根本就没挨骂，没和爸爸吵架，他连没吃晚饭的事都忘了。

"谁和你讲铲地？"老爷子一点也不想对这个小伙子让步，"我是说你们增加单位面积产量不行！"

"怎么不行？"

"……那我不能说！"老爷子想起孙子媳妇嘱咐的话，立刻就打住了。

"你老说不出来吧？"

"什么？"老爷子心头起火，"告诉你吧，咱们屯子成立了青年生产组，专门莳弄孤山子那几十坰地，光肥料就上了好几袋子，还要往上追肥呢！你们晚了！嘿嘿嘿！"

老爷子把杨家屯的"秘密"给揭开了。他看看瞪着大眼睛的小王和，感到这一仗又打胜了，嘿嘿地笑起来。小王和愣了一会，想起屯子里小伙子们天天叨咕的"秘密"，这回叫他打探出来了。不行，他得问明白，从哪整来的肥料，谁给出的主意，他故意一撇嘴，用鼻子哼了一声，满不在乎地说：

"有什么出奇？"

"到秋后就出奇喽！"

"上肥料有什么希罕？县联社有的是！"

"你说这话就外行，县里有肥料也不能给你们呀，得先给朝鲜人的合作社，人家种水田。别想那个好事喽！"

"你们从哪整来的？"小伙子再也忍不住了，他拉住老爷子的手，就像要从老人的嘴里把话挖出来似的。

"从三道沟朝鲜人的合作社里借来的。"

"他们借吗？"

"你姐姐先找他们青年团，青年团的干部又去找主任……详细情形我就不知道了！"老爷子忽然想起自己说的话太多了。于是就低头抽起烟来。

"你们追肥用什么？"

"我怎么知道？"

"你老瞎吹就是了！"

"瞎吹？"老爷子又冒火了，"用黑土，不信你去问问！"

小王和早就信了，他心里早就承认百草沟的小伙子们走慢了一步，可是他嘴头上怎么也不肯认输。

"你们莳弄几十垧地顶啥？我们多铲几遍就有了！"

"铲吧，明个就知道你们的能耐有多大了！"

小王和忽然想起来，他铲的那几条垅还有野草呢！真是一条鱼腥一锅汤啊！

九

没等天亮，合作社俱乐部前面的大院里就挤满了人。今天杨家屯的检查组就要来检查质量了，全体社员都得下地去覆查，免得叫人家挑剔。

后院的人也都起来了。李主任、刘文汉爷两个，还有老董头子，围着王福海说话。刘昌发缓缓地低声说：

"二弟呀，你这个脾气得改了。孩子一年比一年大了，不能再吵吵闹闹的了。"

"他死了我偿命！想当少爷可不行！"王福海和他老伴虽说一宿也没睡觉，可是嘴头上是不能服软啊。本来吗，他说的哪点不是正道。

"二叔，你老别着急，等覆查完了我再出去找找，丢不了！"刘文汉感到小王和这件事和他有关系，他要是不和刘昌发说呢，他们爷俩也打不起来，小王和也不会跑了。"怪我工作没作好，我是团支书，又是队长，本来该好好地和他唠唠。"

"小铁子，不是你们的工作没作好，是我的工作没作好！我当队长，天天劝人家努力生产去，可自己的儿子是个二流子！丢人！"

"你这个断语下得还早点！"李主任用眼睛看看身旁的人，绷起脸来说。"咱们工作没做好，是没弄明白这孩子的心情啊！有时候咱们就糊涂，寻思站在台上一号召——'大伙都努力生产啊！'——这就行了。这要是放猪放马可能行，对人可不行！不用说别人，就拿我说吧，土地改革那年，区委的陈同志找我开会我都躲起来，就没曾想还有人能把刘虎子打倒。分了果实以后，我还没有开窍。直到刘虎子当了胡子，回屯子打了我一枪，我才明白过来，地主不讲良心，要想像个人样就得人伙同心协力才行！找一明白过来，棒打不回了！咱们怎么就没和他好好唠唠，和他说明白，合作社里就缺自己的念书人，他们就是宝贝啊，有一个要一个。你们寻思以后的庄稼人好当吗？不好当啊！过年咱们社就要使播种机，就得用新法种地，凭咱们这些老头子行吗？"

"这话是说给我听的啊！"老董头子在旁边低声嘟喃着。

"说给咱们大伙听，连我也在内！"

"说一千道一万都是青年团工作没干好，寻思他什么道理都比咱们明白，有话也不敢放胆子跟他说，怕说错了。到底闹起来了。"刘文汉心里很不安，要不叫李主任拦住，他还要检讨呢。

"走吧，回来咱们再好好核计一下，先别说谁对谁不对。要检讨我得打头，对不？"

"走啊！"

刘文汉独自一个人走出围墙，向昨天他们铲过的包米地奔去。他得把小王和铲过的几条垅再铲一遍，不然他们这个队这天就没法向杨家屯的检查组交代，也没法向社里的人交代。昨天晚上他们一家三口人都没大睡觉，爸爸陪着王福海老两口子坐了一宿，刘文汉和桂兰兄妹两个在外面找了多半宿。

王福海家一宿也没熄灯，老两口子一会高声一会低声，嘀咕了一夜。刘昌发不得不陪着他们坐着。半夜的时候，刘昌发回到自己的屋子里，告诉儿子：

"到外边找找去，这时候野牲口挺多的，别弄出事来。"

刘文汉从墙上摘下一把镰刀，刚想往外走，桂兰从里屋探出头来：

"等一会，我也去！"

她也拿了一把镰刀，披着小棉袄，跟着哥哥走出来。

哥俩先到合作社的办公室，点上吊灯，在大院里走了一圈，人影也没有，这才在屯子里找起来。他们这是第二次来找了。他们知道小王和的脾气，他决不会没来由跑到亲戚朋友家去过夜，发生了这件事，更不会去了。他们以为小王和一定藏在什么地方，不愿意见熟人，等天黑了再一个人回家。他们从前街走到后街，从包米仓子找到木柴垛，连鸡窝都看了，还是没有。哥俩站在屯子当间的井台上，呆住了。

“我看屯子里没有，你说呢？”哥哥问妹妹。妹妹没答话。她痛心，她后悔，那天要是不跟他发脾气，也许他就不会跑啊。

突然从草甸子里传来两下清脆的枪声。桂兰打了一个寒战，一把抓住哥哥的衣袖子，抬腿就往草甸子跑。

“快去看看！”

他们俩跑出围墙，顺着大道往前跑。刘文汉手里提着吊灯，想跑到前边给妹妹照个亮。可是小桂兰就像一枝刚离弦的箭，刘文汉累得哼哧哼哧直喘，还没追上妹妹。他一着急，把镰刀插进腰带子里，憋口气跑到妹妹的身旁：

“等等，我给你照着点，别摔了。”

桂兰还是没答话。她不要亮，要亮干吗，她闭上眼睛都能跳过道上那几道小河沟子。

哥俩刚跑到甸子边上，吊灯灭了。刘文汉一把拉住妹妹：

“站下听听！”

四外漆黑，草甸子像一个大湖，好像没有边也没有底，啥也看不见。从甸子中心传过来叮叮咚咚的铃声。

“没事，铃铎还响呢。”

“别作声，听着。”

桂兰打住哥哥的话，迈过道旁的壕沟，往甸子里走了几步。她大气也不出，静静地听着，从很远的地方传过来一阵呼呼的响声。

“哥哥你听，是狼嚎吧？”

“不是，是风吹树林子响。”

“这回呢？”

“啥也没听见啊！”

桂兰又往前走了几步，哥哥抓住她的胳膊没放。他知道得挺清楚，这么大的草甸子，在这么黑的夜里，别说是两个人，就是二十个人也不容易找到一个人哪！

“咱们回去吧，桂兰，甸子里没什么事。刚才是放枪吓唬狼，回去吧。”

“再等一会！”

刘文汉感到妹妹在抖索，肩头一动一动的。

“你哭了？”

“没哭！”她擤了一下鼻子，回答。

“别哭，丢不了。他也是大小伙子了。”

“我没哭。咱们回去吧。”

哥俩摸着黑，慢慢地往回走。他们没把找人的事告诉老王家，怕找不到人反倒叫两个老人担心。他们悄悄地把吊灯送回合作社的办公室，回到自己的屋子里。

刘文汉把妹妹送进里屋，给她盖好被子，回到外屋，衣服也没脱，昏昏沉沉地就睡着了。他好像自己合上眼不大一会，就听见窗户外头有人说话。睁开眼睛一看，窗户纸都发白了。

“桂兰，快起来！”

里屋没人答话，他探头进去一看，炕上没人了。

“起来晚了！”他想。

不，他起来得并不晚，只是比往常晚了些。往常他比自己的队员总要早起来一会，今天队员起来得比他早，弄得他像赊了账没还似的，挺不好意思。再加上昨天夜里李主任在院子里说的那番话，他感到心里像楔进一个钉子，一阵一阵地像是痛，又好像有点闷得荒。他把队员的工作分派好以后，一个人扛着锄头，在茅道上走着。茅道两旁全是一人多高的柳条子，人走在当中就好像走在两堵墙当间，看不见外面的人，外面也看不清里面。他现在愿意一个人在这里走一会，他得好好想想，他对小王和的做法是对呢还是错了，对在哪，错在哪，得心中有数。他先想到对的那一方面，然后再找出不对的那一方面。两个方面都找出来了，但是他还是弄不明白，到底哪一方面为主。

“我作为一个党员，又是团支书，又是队长，难道叫一个人走正道是不对的吗？对！可是我为什么没早点跟他说？为什么见着他就有点腼腆？为什么昨天在地里有点恨他呢？我是不是跟他个人过不去？不是！”

他把李主任的话在心里温习了几遍，好像明白了，可是一深入追究，又不明白了。

"……不明白他的心情！"

他总是认为自己明白小王和的心情。小王和不想干活，学懒了。想到这，他突然站住了，想往外看看，可是树条子遮得密密实实的，什么也看不见。他长出一口气，觉得他心里这种念头幸而没叫别人看出。他为了自己有这种念头感到痛苦。他这时候怎么也想不出小王和会不愿意下地干活，小王和学坏了。他想起昨天头晌大伙比赛的情形，觉得小王和昨天头晌干的不坏啊！

他又把团里的和团外的人在脑子里数了一个过儿，连自己也在内，他一点一点地明白过来：

"除了刘虎子以外，都说跟着共产党走，可是有的人走大道，有的人走小道；有的人走直道，有的人走弯道。要是大家都走大道和直道可多好啊，那该省多少事，省多少心！可是那时候还要干部干啥用？"

头天晚上睡得太少了，骨头好像有点发硬，两只眼睛有点发涩。他从肩头上拿下小王和用过的那把锄头，在头顶上抡了一个转，两只手抓住锄杠的当腰，飞快地把它旋转起来，就像戏台上的武生抡枪使棒那样。锄头叫树条子缠住了，当啷一声掉在拖上。

"唉，真差劲！"他自己笑了。

真有效，困劲没有了。他用锄头把树条子拨开，跳过小沟，走进地里。太阳刚从山后往外探头，照在包米苗的嫩叶上，照得叶上的露水珠闪闪发光。他走到昨天小王和铲过的几条垅，刚刚要哈腰铲地，忽然看见地头上有一双鞋。他这才注意到在前面有一个人正在铲着。

"他回来了！"刘文汉差一点大叫起来。他压低了声音说："小和儿，你回来了？"

小王和一愣，回头一看，就是刘文汉一个人，他安心了。他脸微微一红，紧跟着他就绷起脸，好像满身是理地说：

"我不能连累大伙！"他知道杨家屯的检查组吃完早饭就来。他天没亮就下地，把裤带勒紧了，等东方有一点发白，刚能看见小苗就铲起来了。他想在人们下地以前把这几条垅铲完，他不知道社里这天早晨要大复查。

刘文汉把两条腿一甩，夹鞋在半空中转了几圈，规规矩矩躺在小王和的鞋旁边了。他飞快地铲起来，想要和小王和取齐，两人好唠唠。

"哎，昨下晚你跑哪去了？"刘文汉在后面大声问。

"打狼去了！"

"跟谁？"

"老林二爷。"

"怪不得枪响。打着没有？"

"打伤了，"他不愿意说没打着，"躺了一会，跳起来就跑了。"

"真差劲！"

一前一后，一问一答，好像什么事也没发生过，日子过得满太平。铲完了一条垄，刘文汉才把小王和追上，回来的时候两个人就肩并着肩了。

"小和儿！"

"嗯？"

他们俩都知道现在要有一番郑重的谈话，他们心里都紧张起来了，一个小心地叫着，一个小心地答应着。两人互相看了一眼，又一块把头扭过一边去。

"不是我见面就批评你，昨下晚的事你办得不对啊。二叔说的话没错啊，你怎么能跑了？闹得屯子里人一宿不安宁。二叔和二婶一宿没睡觉。"

小王和又想起爸爸的苍白的脸，下垂的胳膊……他把全身的劲都运到两条胳膊上去了，他想用这个办法把心里的疙瘩打开，可是不行，越想越难过。

"他要打我吗！"小王和好容易找出个安慰自己的理由，可是这理由连他自己都不信服。"

"你太不了解二叔了！"刘文汉知道王福海动鞭杆子理亏，可是他想过这件事，如果有人指着他的鼻子说，种庄稼是落后的玩艺，他或许也会抢那个人一巴掌的。小王和不应该不了解种庄稼人的这种心情。

"他说我是二流子，这对吗？"小王和气昂昂地说。"我在社里用不上劲，我不能白念六年书啊！"

"我有的时候作梦都想，多念几天书多好啊，不用多，有你那两下子就行。什么播种机，什么丰产经验，都不怕了！可是你可倒好，说用不上劲。你学得懒了……"刘文汉一下子顿住了，他怎么又说出这些话来了？他一转念，去他的，都说出来，不对再改好了，便接下去说："你想少干活多享福，你想把大伙扔开，从困难旁边溜过去，找个旱涝包收的事作作。"

"你瞎扯！"小王和尖着嗓子大声说，"我是想参加工业建设，比干这玩艺强得多！"说着话，他把手里的锄头使劲在刘文汉的面前摇晃几下子，扭过脸去吐了一口唾沫。

"你别寻思我不明白，我也知道工业建设重要，可是办合作社就是落后的玩艺吗？你想想，去年冬天省里来的工人代表团送来的大旗上怎么写的？'农民是工人的好帮手！'他们怎么没说，'大伙都去进工厂，别干这个落后的玩艺'啊？他们怎么没这么说呢？他们要是这么说，我马上捆起行李来就跟着他们走！我不能开机器还能搬砖头，还能扛大木头！"刘文汉激动的脸在抽搐，嘴唇也有点抖了。这话他在跟小王和说，也在跟自己说。他又想起去年秋天中央人民政府访问老解放区代表团到百草沟那天，大伙高兴地淌着眼泪到屯子外面去接这伙毛主席派来的人。一个白胡子老头说："毛主席向你们问好！"是啊，毛主席也没忘记农民。

"要是党认为种庄稼落后，早就把我派到别的地方去了，还用说吗？我是党员！"

"你别寻思我怕劳累，"小王和不像刚才那么发火了，他今天和往常不同了，他一时驳不倒刘文汉的话。"早知道在家抡锄头，何苦又去念书？"

"你呀，真胡涂！"刘文汉突然想起李主任在院子里说的话，"你寻思这年头庄稼人好当？你知道过年咱们要干啥？"

"顶多用几个新犁杖，还能怎么的？"

"什么？你可没说对，要用播种机了，还要用新法种地，"他用自己的锄头碰碰小王和的锄头，"要到后年呢，往后呢？"

"哪辈子能用拖拉机？"

"沈阳有个高坎村，人家早就用上了！"

"反正咱们俩有一个对的！"

"这话不假！"

太阳升得高高的，他们铲完了这几条垄，又在地里检查了一会，才回到地头上穿鞋。

"回家吧！"刘文汉这回高兴地看着小王和把鞋穿好，又催了一遍，"走吧！"

他们刚想拨开树条子，突然从外面跳进一个姑娘，手里还拿着锄头。

"桂兰，你来干啥？"刘文汉刚说出口，小桂兰的脸就涨红了。她窘住了。她本想把小王和铲的地铲一回，想不到别人占先了。她一仰头，高声说：

"我是复查来的，不行吗？"

"怎么不行？"哥哥不愿意叫妹妹难过，忙着说，"太好了！"

小王和的心像猫抓的一样，头也没敢抬，连耳朵边也都红了。他想：

"她算把我看成二流子了。你们看，她连耳朵都气红了，一眼也没看我！"

一〇

杨家屯的检查组在地里绕了半天，一个不字也没说出来。组长老林二爷子临走的时候还到王福海家坐了一会，喝了一碗茶：

"百草沟不含胡，杨家屯这回是碰到好对手了。要分高下，还等秋后见吧！"

老爷子还给孙子媳妇捎回去一双线呢夹鞋，是妈妈给闺女做的。

当天晚上，百草沟先锋社要开社员大会，家家都提前吃饭；王福海家也提前了。

小王和捧着碗坐在炕梢吃，爸爸一个人坐在饭桌跟前吃。妈妈午饭吃得晚了，晚上不想吃，一个人坐在地当中的条凳上，闷着头纳鞋底子。小王和很快就把一碗饭吃完了，他想吃第二碗，可是他不愿意到饭桌跟前去。他捧着空饭碗，犹豫了一会。

"你给小和儿盛饭哪，"爸爸看见了，忙着和老伴说。

"我自个盛！"小王和自己盛了第二碗饭，又回到炕梢吃起来。

"你也吃点菜呀，"妈妈抬起头来，鼓励儿子说，"往前去！"

他只好蹭到饭桌前面，低着头吃饭。一只大手推过来一个菜碟子，跟着又推过来一个蓝花大碗，里面是嫩绿的蔬菜和小葱。小王和没抬头，他看到这只青筋突起的大手，知道是爸爸的手。他的嗓子眼里好像有什么硬东西梗着似的，鼻子也发酸，眼前模模糊糊的，又出现了爸爸的苍白的面孔，下垂的胳膊。他用碗边顶住嘴唇，没叫眼泪掉下来。这时候，听见院子里有人高声说：

"老王家吃什么'犒劳'，怎么连个声都不吱啊？"

说着话，李主任迈动着两条短腿，走进屋子里来。

"三哥来了，一块吃点吧！"小王和妈妈一看有客人来了，好像从肩头上搬下来一块大石头，立刻话就多了。"不吃饭就抽袋烟吧，这还是蛟河烟呢！"

"是吗？"李主任从小王和妈妈手里接过烟袋，使劲抽了一口，仰起脖子往外一吐"吁！好！"然后就高声笑起来。

"你的忘记性真大。"爸爸憋不住也笑了。他跟老伴说："这些烟不是他拿来的？"

"哈哈哈！"李主任笑得直咳嗽，把烟袋锅里的烟末子都抖出来了。"哎呀，弟妹待人总是这么周到，怪不得大伙都愿意到老王家串门。"

这个老头一进来，就像多了十口人，屋子里顿时热闹起来。小王和上下打量这个矮小的老人，总觉着他身上有什么和别人不同的地方，不是因为他那两只眼睛总是很有精神，也不是因为他有两撇苍白胡子，这股劲是在心里，别人没有。

"小伙子，你看我半天了，该我看看你了。"李主任的眼光正好和小王和的眼光相遇，小王和感到这个老人的两只眼睛里射出两道特别明亮的光来，这道光在人的脸上晃来晃去，好像要钻进人的心里，好像它立刻就要把人的心事照个透明。

"唉！"李主任长出了一口气，"你们不知道老人的难处啊！"他的眼角堆起了不少皱纹，显得更苍老了。可是他马上一伸腰，眉头一皱，又是两眼发光的李主任，从他的脸上是没法捉摸他有多大岁数的。

"你们爷俩讲和了吧？"

"啧，啧，"妈妈这回把话匣子打开了，"老人古话说得好，父打子不羞，君打臣不羞。打吧，像他二舅想打还打不着呢，绝户棒子！"

王福海使劲瞪了老伴一眼，没答言。李主任坐到王福海旁边，声音挺低，可是挺郑重地说：

"福海，别看是亲生儿子，也不能当牲口待。得讲理，叫人心服口服才行。"

王福海磕打磕打烟袋，慢吞吞地说：

"不管怎么说吧，想吃闲饭是不行啊，现在不是那个时候，我丢不起人。"

"哎，你这话说得还贴点边。"李主任把烟袋往腰带子里一别，站起来说，"走吧，咱们开会去吧。今下晚社员都去听听，算算这几天的劳动日，大伙心里也好有个底。走啊，小和子，怎么不动弹，你不是社员吗？"

俱乐部早就叫人给挤满了。小伙子们有的坐在窗台上，有的坐在条凳上，有的就坐在门坎子上。老人和妇女都坐在炕上。靠后窗户有一个紫漆的方桌子，在屋子里显得挺刺眼，是斗刘虎子的"果实"。桌子上面，从棚上垂下来一根铁线，吊着一个保险灯，把屋子照得通亮。有一个四十来岁的人，耳朵上夹着一个铅笔头，正在翻弄着一个长方形的账本子。这就是百草沟的会计张振才。张会计原本不是种地的，当过几天小学教员，在伪满村公所当过"文书"，后来又在刘虎子家当过几天"帐桌先生"。

分地的时候也分给他家一垧多地。成立互助组的时候，他比谁张罗得都欢，他说这是共产党拉帮不会种地的。他下地了，真卖力气，光着脚丫子，在地里走来走去，就是没人要他铲地。他岁数虽然不大，可是眼睛的视力不大好，动不动就把小苗铲掉，把水稗子给留下了。

他早就知道要建立合作社，那是他从"农民报"上看来的。他特地跑到村政府借"合作社章程"来看，后来他就往外扬风。

"合作社家大业大，没个好会计可不行。"其实他早就打听明白了，当会计的一样挣劳动日，不比别人挣得少。

"当会计可不是闹笑话，得懂簿记，得懂算术。"

吵了几天没人理睬，他有点慌了，忙着找李主任：

"李支书（他是党支部书记），没人当会计我当。不是走社会主义吗？我尽义务！"

"咱们为什么要叫你尽义务？"

"那就看大伙的意思了。"

"讨论讨论看吧。"

"李支书，也不是我吹，不论是'现金出纳'，不论是'总账'，我做起来虽不说是圣人吧，尽可以和别人比比。"

从那以后，"圣人"这个外号就传开了。

现在，"圣人"把脸贴在账本子上，好像要用鼻子闻闻自己写的字是什么味。

"各队的队长看看自己人来全了没有。"

"早就全了。就等'圣人'开讲了。"

会计连头也没抬，他对别人管他叫"圣人"并不生气，有时候他还感到有点得意，他以为这是人家捧他，看得起他。

"张会计，先把这二十一天的劳动日给大伙念一遍，一个一个的，慢着点。"

张会计嗽几下嗓子：

"二遍地铲完了，咱们又胜利了。我把这个月的劳动日念念，看对不对，要真有不对的地方呢，同志们只管提，批评才能……"

"明白了，念吧。"

"着什么急？咱们先就劳动日多的来念。头一名是三队长刘文汉，二十一天共得劳动日三十一个半，平均每天是十五分。"

"好！"炕里有个妇女尖声叫好，屋子里的人也都跟着叫起来。李主任捋着小胡子，上下眼皮都眯到一块去了。

"不光是刘飞刀啊，也是刘飞锄啊，这么干可不坏，冬天也得上县了！"

张会计也挺得意，他总以为大伙叫好有他一份，高兴得脖子都红了。

"大家静静，"他装腔作势地皱一下眉头，接着往下念，"共得二十七个劳动日的是七名，其中有妇女一名，刘桂兰！"

劳动日越念越少了，到末了，"圣人"把账本子往桌子上一扔，抬头跟大伙龇牙一乐：

"最后还有一个人，共得劳动日八分。咱们的新社员，高小毕业生，王和！嘻嘻嘻！"

"嘻嘻嘻！"

炕上有人笑，地下也有人笑；窗户外面有人笑，门外也有人笑。不是高声大笑，是偷着笑。小王和的脑袋里轰的一声像挨了一家伙，屋子里的东西和人在他的眼前直打转。

"王和呢？"会计高兴极啦，他瞪起呆呆的近视眼，四外看。"站起来叫大伙瞧瞧，新社员吗！"

"行啦！"李主任突然从炕沿上跳下来，走到会计跟前，提高了声音说，"说这些用不着的话干啥？把你自己的工作先干好吧。"

"其实我也是为了他好，小孩子，就像一匹小马似的，离不开鞭子。"

"不是马，是人！这根鞭子合作社用不着，你收起来吧。好了，大伙静静。刚才张会计把这二十一天的劳动日也念了，大伙也听见了，有多有少。咱们得仔细捉摸一下才行，多是怎么多的，少是怎么少的，这里有什么窍门没有？"

"那还用说吗，年青力壮的就干得多点，年岁大点的就干得少点，妇女更不用提了。"老董头子坐在炕头上先发言了。他年青的时候也是有名的好手，可是从来也没有像现在的年青人干得那么多，他真想让他退回到青年时代，好和小伙子们较量较量。可是他老喽，他连第二等都没站住。可以使他安慰的，他比同样岁数的老人干得都多，他比一般的妇女干得也多，谁说老了，没老呢，还能干二十年。

老董头子身旁坐着的都是妇女，他末了这句话把妇女惹翻了。她们就像打破了窝的马蜂子，又像冬天粮仓底下的家雀子，乱七八糟地叫着，把老头子给围上了。

"妇女不行？不行也比你多啊！"

"薅谷子都是谁薅的？"

"讲薅谷子干啥？抢锄头也不含胡啊。小桂兰才十七岁，不是挣了二十七个劳动日？你这么大个人挣多少？"

　　"桂兰，出去说说，去！怕啥，去呀！"炕头上一下子站起来一群妇女，像众星捧月似的，把桂兰子推到地当中。

　　"跟大伙说说！"

　　小桂兰从来也没想到会有这个事，她吓得愣住了，她实在想不出跟大伙说些什么好。

　　"我没啥说的，"她往后退，"我不去！"

　　"桂兰哪，"李主任也鼓励她说，"出来跟大伙说说，有经验叫大伙知道才行，别独吞。"

　　"我没什么经验哪！"小桂兰使劲用脑子想也没想出什么经验来。

　　"那么你的活是怎么干的呢？"

　　"我？"桂兰又说不出来了，干活就是干活呗，"头天晚上把锄头刮一下，第二天扛着就走呗！"

　　"呵呵呵……"人们笑了。

　　小桂兰臊得眼泪差点没淌出来，忙着往后一退，正好踩在小王和的脚上。她哎哟了一声，回头看了一眼，红着脸就跑出去了。

　　"呵呵呵……"人们笑得更厉害了。

　　"别笑，先别笑！"刘文汉站在吊灯底下，绷着脸高声说，"我不是替我妹妹争面子，要我看这里就有一条经验。"

　　"什么经验？"

　　"你们都是头天晚上在家刮锄头吗？"

　　"对呀，这可不是一条经验吗！"老董头子一拍大腿，明白过来了。"咱们头天晚上谁顾得刮锄头，都是在地里现对付。不怕慢，就怕站，一天刮锄头的工夫加到一块该多少啊？我说主任哪，咱们'纪律公约'上该填上这条，下地以前把家什收拾好，别等下了地再耍把式。"

　　"休息的时候刮锄头，干活的时候就不用打站。锄头刮得飞快，铲起来又深又省劲。怎么能不快呢？"刘文汉把妹妹的经验总结了一下，坐下了。

　　桂兰爸爸不大在会上说话的，他总觉得自己干起活来比说话更有把握，反正说话的人多着呢，何必他这个笨嘴胖腮的人来讨人烦呢？可是这天他也想说几句，一来是大伙称赞自己的女儿叫他高兴，二来他也想到有一件事非得跟大伙讲讲不可。

"经验是给勤快人预备的，"他开门见山就说出来。"经验再好，你不想好好干，想少作一点多得点，想坐在炕上等馅饼往嘴里掉，我看什么经验也没用！"

"这话不假，"李主任挺满意刘昌发这一番话，他连声赞成，末了补充了一句，"师傅领进门，修行在个人！"

"咱们该投稿上报，"张会计也和大伙一样高兴，他随时随地都想给百草沟争点面子，愿意把屯子里的大事小事都宣扬出去。"还得说妇女，小小丫头就能创造经验。"

"你专会捧妇女啊！"窗户外头有人突然说了一句。张会计像给人刺了一下似的，跳起来，对着窗子高声叫：

"这是谁说的？我看你一点觉悟也没有！你去打听打听，'成记号[1]'的妇女是怎么发动起来的？"

"是给她们多记劳动日发动起来的吧？"

"你这叫血口喷人！"张会计脑门子上都冒汗了。他对着窗户使劲眨巴眼睛，可是他怎么使劲也看不清是谁，他只影影绰绰地看见一个细长个子。他刚想坐下，二队长王福海走过来了。

"我说张会计，"王福海直盯着会计的大红脸，"提起妇女，我想起一件事。你把你老婆李秀芬得的劳动日再念一遍，我刚才也许是听马虎了。"

"刚才不是念了吗？"张会计轻轻地抖索了一下，他使劲干咳一声，又把脸绷起来，慢慢地把账本子打开，"李秀芬是这个……十五个半劳动日，二十一天平均每天这个……"

"你没算错吗？"王福海皱了一下眉头，把脸扭过一边去。

"错？"会计的脸变白了，可是他还是装得挺自然，"错不了啊！"

"给我看看！"

---

[1] 成记号：吉林省敦化县的一个村子，这个村子组织妇女参加生产有很突出的成绩，曾向全东北各地区的妇女提出挑战。

王福海接过账本子，一眼没看就递给身旁的李主任了。

"你看看吧？"

"我用不着看了。"李主任又把账本子扔回桌子上。"李秀芬没错儿，人家整天背着个孩子，辛辛苦苦地在地里干活，是不含胡啊。毛病出在笔头子上……"

"哎呀，李主任，你这话说得可不好听啊，往后叫我怎么工作？"

"福海，你给大伙算算吧。"

"李秀芬这二十一天是一天也没耽误，头十天她一天是四分，以后四天每天是六分，再以后每天是七分，一共是……是多少来着？

"十一个半劳动日！"

"对，是十一个半劳动日！怎么会算出十五个半劳动日来呢？"

"王队长，刚才我说了你儿子几句，也是为了他好啊，你怎么跟我挑起眼儿来了？"

"你胡扯！"王福海把拳头握得紧紧的，可是他没举起来。他感到自己的儿子不争气，理亏。可是他又一转念，这管儿子什么事呢？儿子不好我宁可不要他，决不能眼看着大伙吃亏。"小和子不学好，我就不是他爸爸。可你要想偷大伙的，我也不饶你。"

"这不能怪我啊，"张会计服软了，他知道想唬住这个老头子是不行了。可是他还有最后的一招。"你当队长的怎么报，我就怎么往上填，记错了怎么能往我身上推？"

"你说得也对，"王福海把手一伸，"你把我交给你的底子拿来吧，叫大伙看看，错了我就受罚，要是没错呢？啊？"

"现在叫我上哪弄底子去啊？"

"你简直不是人！"炕里突然站起来一个瘦小的妇女，怀里抱着一个吃奶的孩子，正是张会计的妻子李秀芬。她气得在炕上直跺脚，"为了几个劳动日你也丧尽良心，呸，我看你以后怎么见人！"

她刚说完话，抱着孩子就跑出去了。"圣人"的脸都发青了，耳朵上夹着的铅笔头也掉了，伸着两条胳膊，嘟嘟喃喃地说：

"你看！你看！"

散会的时候已经是小半夜了。人们渐渐散开了。小王和一个人还站在屯子当间，看着天上的星星在想什么。

"小和儿吗？"李主任拍拍小王和的肩头，又像是商量，又像是命令，"不困吧，咱们爷俩转转去！"

李主任领他到马槽前边站了一会。马和牛都放到后山去了，槽后只有一头闭着眼打盹的小毛驴。李主任拍拍小毛驴的头，低声说了些什么，然后领着小王和走了出来。

"这年头的庄稼人不好当喽，难哪！"李主任边走边说。"我和你爹没念过书，咱们这一辈的都没念过书，现下可要好瞧的了。像"圣人"那样的才站在门坎上边，还没进屋呢，算不得自己人。可是你不用他又怎么办呢？我们这些老头子刚对付能看个小报啥的，可是这几百号人的工帐怎么能用脑子记住？我有时候就想，光说走上社会主义，难道扛着锄头进社会主义？不行，咱们得爬一座大山啊！山脚下是单干户，半截腰是互助组，再往上一点是合作社，山顶上才是集体农庄。你困不？"

"不，一点也不困！"

"去年使一轮一铧犁，今年就用铲蹚机，过年就用播种机，后年就用收割机……一点一点往上爬，等爬到山尖上的那天，才能用拖拉机。这条道不好走啊，不比斗地主容易，也许还难！斗地主那阵子，只要立场稳，紧跟着共产党，有枪杆子，有印把子，就有把握。可是现在不行了，那么多事连听都没有听说过，真叫人又高兴又着急，真想一下子都学会了才好！"

小王和扭过头来看看这个老人的脸，在星光下面，他感到老人的目光正在注视他。

"小和儿，你知道咱们现在缺什么，缺少文化，缺少念书的自己人。咱们社一定得有自己的念书人，他得给大伙带来知识，不是张会计那样的缺德货，要咱们自己人，和咱们一块前进，一块过日子。"李主任用两只手按在小王和的肩头上，提高了声音说："孩子，你和大爷说说，你愿意走哪条道？你要嫌庄稼活太苦，我也不能强留你！可是你要……"

李主任不能再往下说了，他感到小王和的身子在抽搐着。

小王和的嘴唇抖索起来，眼泪在眼角里噙着就要掉下来了，耳朵里又响起了会场上的轰轰声，眼前又看到了张会计笑得直抖索的大圆脸……他好容易才说出一句：

"大爷，人有脸，树有皮，我也是大人了……"

他再也说不下去了。

——

春节到了，这年的春节是个胜利的春节，是合作化的胜利，是新生活的胜利。

杨家屯给百草沟先锋农业生产合作社送来一面长方形的红缎子锦旗，上面用丝线绣了两行大字"学习先锋农业生产合作社精耕细作的好经验。"这年，百草沟平均每垧地打了十三石七斗粮，比头年增加了三分之一；比杨家屯每垧地的平均收获量多打九斗粮。可是杨家屯青年小组莳弄的十五垧地，平均每垧打二十一石九斗粮，比百草沟的任何一块地都多。他们在"工作总结"上说明"明年将在全社推广这个耕作方法。"杨家屯在送来锦旗的时候，同时也把这份"青年生产小组一年工作总结"送来了，请百草沟的同志们"多批评"，"多指导"。百章沟的青年们感到自己在这方面是落在后面了，他们决定要向杨家屯的青年学习。为了表示敬意，他们从城里买来了一个一尺多高的毛主席胸像，外边罩着一个方形玻璃匣子，在匣子的横头上，贴了一条红绸子，上写"学习胜利社青年生产小组的丰产经验"，送到杨家屯去了。

不管怎么说吧，今年这一仗又打胜了，百草沟的人们像喝醉了酒似的，不管是亲近的还是疏远的，不管是亲戚还是朋友，见了面就咧着嘴笑，往往说着下面的话：

"打的粮一年比一年多了！"

"这回还不知足？"

李主任可不这样，他虽然还是像往常那样飞快地跑来跑去，可是眉头上总结着个大疙瘩。大伙也知道他的脾气，别人发愁的时候，他能像一盆火似的把人给烘化了，可是别人高兴的时候，他就想起心事来了。

"李主任，歇几天吧，反正今年是打胜了。"有人说。

"说得真轻巧！"李主任绷着脸说，"过年咱们就要落后了！"

"这话说得多丧气。"

"早点说破了更好，免得到时候丢人。你们也不想想，人家青年生产组一垧地打了二十多石粮，过年在全屯一推广，你还能赶得上？"

"咱们是动手晚了。小和儿回来说的工夫二遍地都铲完了。今年咱们屯不也可以成立青年生产组吗？百草沟的小伙子们哪点比杨家屯的差？"

"得好好想想，别蹲在小粮食囤子后边睡大觉了。"

春节前几天，李主任进城了。大伙都寻思他是办年货去了。到三十早晨他才回来，却还是空着手。进屯子就吵吵：

"俱乐部门前怎么没插点松枝？"

"屯子附近的松树要保护好，不准攀折。"

"不会坐爬犁往山里去吗？"

"一早就去了。"

"对！"

李主任在屯子里走了一圈，指点指点这，说说那，要不是闺女凤英来叫他，还不知道什么时候回家呢。

"爹，我不敢杀呀！"

"什么？"

"那只公鸡呗！"

"我来！"

李主任回家杀鸡去了。

北满这个地方过春节有个特殊的风俗，三十晚上，家家户户门前都要点起一个火堆，把屯子照得通红。不知道这是什么人留下的规矩，反正这个规矩是传下来了。这些年来，火堆一年比一年大，一年比一年旺，一个屯子就好像一颗大星，把周围的大地照亮了一大片。

李主任的脸，不知道是喝了酒还是给火堆照的，从耳朵到脖子全变成红色了，连他那两撇小胡子都有点发红了。他在几个党员家里串着，大声说着他进城的收获。

"这回和杨家屯竞赛可不怕了，你们看看，天书——丰产经验！"

他用右手从怀里掏出一个向县政府要来的文件，往左手上拍打几下子，得意地笑了。

"什么经验？"有人好奇地问。

"一垧地打四十五石！天哪！"

"没听说过！"

"咱们开个会好不好？"他低声和党员们合计，怕他们的老婆听见，因为三十晚上都得全家团圆，妇女们讲究这个。

没有人不赞成，大伙都想知道这四十五石是怎么打的，又加老长的夜，把人闲的像热锅上的蚂蚁，坐也不好站也不好，趁早开个会吧。

"在刘文汉家开，我先去了。"

刘昌发家和王福海家在一块点了一个火堆，大火把窗纸都照红了，玻璃上的剪纸给照得分外鲜红。小王和和桂兰站在火堆旁边，一会用棍子通通火堆，一会又扔上几块白松柴爿。

"我得把高小一年级的功课补完。夜校里初小的功课都快学完了，要赶过我了，我还怎么教啊？总觉着不够用，不够用！"

"补吧，你信着我了？"

"你还是这么别扭，哎哟！"

白松柴迸起一片火花，落在桂兰的头上，吓了她一跳。没等她用手扒拉，火星就灭了。

"咱们今年也得成立一个青年生产组，你说呢？"

"怎么都好！"

"你心里想什么？"

"你这是鸡蛋里挑骨头！"

"你寻思社里没你就过不了啦？将来孩子们都念书，庄稼人都识字，不光念高小，还要念中学，念大学，就缺你一个？哼！"

"你这话是说哪去了？"

李主任哼着小调，从前院走进来，后面还跟着好些人。他走到火堆跟前，隔着火光，把这两个人端详了半天。他喜欢孩子，喜欢和年青人打交道，他一看到这些年轻人，心里就想："老辈人辛辛苦苦一生都是为了你们啊！"但他一次也没说出口过，他不好意思在人前夸功，他很明白，将来会有人记住他们这些老辈人的。他想起来了，应该叫年轻人听听，看看他们有什么意见，年轻人脑子活，一点就通。

"小和儿，跟大爷来！桂兰，去把团支委都请来，咱们爷们也该过个团圆年啊！"

党员们都坐在炕上了，后来的团支委只好坐在地当间的条凳上面。炕当间放了一张炕桌，桌子上有一盏带罩的洋油灯。院子里的火堆一会亮一会暗，窗户纸也跟着一会红一会灰。

"……县委刘书记说得明白，要想叫合作社扎根，头一条就要多打粮食。工人要粮食，解放军要粮食，咱们自己更不能缺粮食，不想法多打粮怎么得了？这个文件是我从县政府要来的，里边都是丰产经验，大伙听听，看能不能吸收。小和儿，你给咱们念念。把灯捻亮点，让小和儿上炕来念。"

小王和本来和屯里这十几个党员都挺熟，团里这五个支部委员就更不用说了，都是从小的朋友。可是这天晚上他就觉着不自在，觉着这些人坐在这里理直气壮，四平八稳的；一想到自己呢，像比人家矮一头。他感到脸上发热，身上的棉袄也瘦了。他低头坐在炕沿上，面对着灯，看着桌子上放着的小册子。小册子是白皮的，当间印了一行大字，"大力推广丰产经验"，左角上还有一行小字，"××省人民政府农业厅翻印"。

"慢慢念，沉住气！"刘文汉给他打气。

"……'等距宽播，间苗保苗，分期追肥'的耕作方法，在使用旧农具和旧有的耕作情况下解决了增产的关键问题。"小王和像在课堂里念书一样，高声念起来。

"这么长一句？"

"断开句念不好？"

"书上就是这么写的！"小王和在嗓子眼里咕噜了一句。他偷偷地扭个头一看，刘文汉皱着眉头，正在用纸捻通烟管。他的脸上更红了，身上也感到热了，嗓子眼里像堵了一个硬东西，舌头也不听话了。他念完了以后，连自己也不知道小册子上头到底写的是什么，他只知道后面没有字了，完了。

"小和儿，给大伙讲讲吧。"李主任对着小王和一努嘴，好像在说"讲吧，有我啦！"

小王和的头上有点湿漉漉的，有一颗汗珠停在他的眉毛上，弄得他额头上挺痒。屋子里没有人说话了，只听到抽烟的嘶嘶声。

"等距宽播，就是：距离相等……种得宽点……"

"怎么回事？"

"等距就是……"就是什么？连小王和自己也不知道。

"距离相等这句话我明白，"有人说，"可是得怎么相等呢？"

"光说宽播不行，豆子得怎么个宽法，包米得怎么个宽法，麦子又得怎么个宽法，得有个准数才行！"

"小和儿，"刘文汉一拉小王和的袖子，低声问，"你刚才念的'株距二寸'是怎么回事？"

"株距……就是这棵苗离那棵苗二寸呗！"

"是横着算哪，还是顺着算？"

"……我也不明白！"

"真够呛！"也不知道他说小册子不好懂够呛，也不知道是埋怨小王和没讲明白够呛，反正他又通起烟管来了。

"同志们，"桂兰从条凳上站起来，回头看看身旁的伙伴，涨红了脸说："党支部的会议本来没有我的发言权，可是我有个建议。咱们今年该成立一个青年生产组，带头吸收丰产经验，用新法种地。别看丰产经验不好懂，咱们不能灰心。要我看丰产经验就是难，要不怎么能多打粮。我的话完了。"

"这丫头，一开口就是青年，老头就不活了？咱们是没明白，要是讲通了，大伙会用了，老头青年不都得往前干吗？我看这屋里没有什么老头！"

"我今年才二十八岁，谁是老头？"

"我今年五十了，"李主任站起高声说，"和小伙子有什么不一样的？啊？"

广播台上的钟声突然响了：

当！……当！……

"哎，大年初一到了！同志们，这会是大年初一啦，刚过一分钟！"

当！……当！……

俱乐部门口的大鼓也响起来了，咚……咚……地面都有些震动了。

"暂时休会！"

炕上的老头也忘了装样子了，扑扑腾腾地就往地下跳，和青年在门口挤成一团。

"我的鞋呢？死丫头，挤啥？"

"这小子！"

他们一直跑到俱乐部门口，和秧歌队会合到一块了。

"一，二，三！扭啊！"李主任不知道什么时候把鼓捶子操起来了，使劲摇晃着脑袋，把大鼓打得震天响。

"扭啊！"

什么青年，什么老头，什么秧歌队，人们混成一团。叫啊，跳啊，笑啊！人挤人，人撞人，有的人把帽子抛丢了，有的人把腰带子扭丢了；听不见别人说什么，也听不见自己说什么。可是不管怎么乱，大伙都迈着一种步伐，都听着大鼓的鼓点，就像作着一种特别的操法啊。

小王和站在人群外面，呆呆地想：

"这是怎么回事啊？"

从人群里跑出一个人，一把抓住他的手，使劲把他拉进去：

"愣什么，扭啊！"

他醒过来了，使劲抓住桂兰的手，高声说：

"大伙都变了！"

"啊？扭啊！"她什么也没听见。

小王和跟着人群转，和大伙碰撞着，推搡着，什么事都忘了，好像叫大伙把他烘化了。他不知道桂兰在什么时候离开他的，他也没想这事，他使劲摇着胳膊，用脚踹着雪地，一会冲到圈子外面，一会又冲进来。人群忽然变成单行，好像当间有一个纺锤似的，卷啊卷，把他卷到当间去了。他高举两只手，用右脚的脚尖点地，左脚一使劲，滴溜溜地转起来。他的头上淌着大汗，皮帽子上挂了一层白霜。

"好啊！"

人们排着单行，涌向前去。大鼓响着，等着队伍过去，好跟在后面。小王和走到大鼓旁边，看见李主任对他招手，他忙着走到他跟前说：

"李大爷，你老怎么不打鼓了？"

"啊？一点也听不见。咱们走走去！"

李主任扶着小王和的肩头，走出屯子围墙。屯子里射出的火光正好照在他们的后背上，前面雪地上现出两个细长的身影。

"学会丰产经验，推广新农具，用不上三年，咱们全屯搬家！日本鬼并屯盖的这个破屯子咱们就一把火！"李主任用右手划了一个圆圈，好像他这一下子就把屯子平了。

"把旧屯子平了，把地界打开，叫百草沟变成粮食沟！"

小王和感到李主任的手在他的肩头上直抖，喘气的声音也大了。

"小和儿，你看出来没有，这年头庄稼人不好当了！"

<h1 style="text-align:center">一二</h1>

妈妈刚起来做饭，小王和就起来了。他带上皮帽子，穿上爸爸那件黑羊皮袄，往外就走。

"大正月的，你又上哪？好容易安定几天，你又蹲庙台去？"妈妈赶到门外，拉住儿子。

"妈，松开我，我有事。"

妈妈看着儿子满面红光的样子，放心了。

"早点回来！"

"哎！""

小王和把衣襟撩起来压在腰带里，顺着大道向镇上直奔。走到甸子边上，站了一会，想看看那天晚上打狼的地方，想看看野樱桃树，可是他什么也没看见，到处是白茫茫的大雪，好像连点尘土都没有。忽然从大雪覆盖下的树林子里钻出一只金黄色的火狐狸，对着小王和发愣。

"我打你！噢！"小王和跺着脚吓唬它，它像没事似的，鼻子贴着地皮，飞快地走进树林子里去了。

小王和走近杨家屯，把大皮帽子使劲往下一拉，盖上半拉脸，抬腿就跑，一直跑过屯子口，他才站下喘口气。他怕叫姐姐桂贞看见。他现在对谁也不能说，总得办妥了才能公开，就像杨家屯的青年生产组似的，到时候才告诉别人，何必不下雨就乱打雷呢？

不到十点钟他就到了镇上了。他走过学校的黑大门，走过区委会的青砖房，来到"农业技术推广站"的大院前面。推广站的院子是正方形的，四周全是两丈多高的榆树，树枝上满是一条条冰结成的树挂；树下面搭了一圈木棚子，里面摆满了浅蓝色的农具。小王和光认得一铧犁，另外的他就叫不上名字了。他看见有一架机器两边是大铁轮子，当间有一排铁盘子，后面还有好多铁环子。他又看到一架机器前面像理发匠用的洋剪子，旁边还有一个铁座子。他用手按按那个铁座子，感到它有点颤动，像有弹簧。他一迈腿跨上铁座子，使劲在上往下压了几下。

"同志，你下来"从门里跑出一个姑娘，狠狠地看了小王和一眼，"你下来！"

他乖乖地下来了。

"你找谁？"

"我找推广站，找陈国栋！"

姑娘把他领进办公室，指了一下门后的条凳：

"你在这等一会吧；别上收割机上坐着。"

"那玩艺是收割机？"

"对了。"

姑娘正眼也没看他，扭头就进屋去了。小王和隔着玻璃往屋子里看，人挺多，不知道是开会呢还是干什么。他看到墙上有不少挂图，有的画着大白菜，有的画着包米；有的画着几个大豆角，上面还有一条灰色的虫子。

"王和！"

"陈国栋！"

陈国栋还穿着军衣呢，胖得把军衣撑得溜鼓，像一个大馒头一样。

"你更胖了。"

"是吗？"

陈国栋本来是小王和的同学，二年前参加军校，学习炮兵观测。因为个子太小，学不到半个月，组织上就叫他升学。他这就穿着军装到农业技术学校学习去了。

"学什么都行，只要对人民有贡献，什么都好。你说呢？"陈国栋每回遇见老同学，他都要说一番这样的话，好叫人家明白，不是军校不要他，是他服从分配。他不愿意脱军装也和这个有关系。

"那还用说？你要不改行我还不找你呢。"

"什么事？"陈国栋显着挺高兴。替老同学出点力，他甘心情愿。"你有什么为难事？"

"我想打听一下丰产经验的事，咱们社今年要推广。"他忽然想起来，为什么说"咱们社"，自己又不是社的干部。又转念一想，不说"咱们社"说什么？难道他是给社里捎信的外人？

"啊哈，我明白了，"陈国栋迈动着两条小短腿，围着小王和打转。"你是百草沟的'农业技术手[1]'吧？怪不得这么关心丰产经验！"

"不是……"

吃晌饭的铃响了，屋子里的人都走出去吃晌饭去了。陈国栋也跑了出去，不一会又跑了回来，手里拿着一打尖饼和一盘辣椒酱。

"咱们赶着吃赶着唠吧！"

小王和真饿了，反正屋里没外人，吃吧。

"丰产经验得和当地的经验结合，不能硬搬。你喝水不？"陈国栋给老同学倒了一碗水。"丰产经验还能给用新农具种地打基础。"

他讲米丘林，讲李森科，讲苏联的轮种制，然后才讲到中国的丰产经验。这该多新鲜：植物能变种，小麦能连年生，一辈子就种一回小麦，年年

---

[1] 农业技术手：在农业生产合作社推广新耕作法和使用新农具的人。他们多半都是高小毕业生，是在农村中革新技术的重要力量之一。

有麦子吃，多美啊！

"你没看见推广站的同志全在家吗？正在研究这件事呢。"

"咱们社的同志弄不明白到底该怎么种，比方说吧，这株距二寸……"

"你等一会！"陈国栋爬上一把椅子，灰墙上摘下一张图表。他走到小王和的眼前，把尖饼挪开，把图表铺在桌子上。

"看见没有？这是种谷子的办法，这是种麦子的，这是种包米的……"

窗户纸戳破了，小王和这回才明白过来。

"这张图表从哪买的？"

"没地方买，是咱们自己画的。"

"有这张图就好了，瞎子也能明白。"

陈国栋挺为难，这张图是几个女同志费了两天工夫才画出来，他怎么能轻易把它往外借。他没法答话，干脆，什么话也不说。

"我得走了。道上有狼，太晚了不保靠！"小王和一看陈国栋没答腔，就知道借图是没指望了。走吧。他拿起帽子，把图表又看了几眼，往外就走。

"等一会！"陈国栋对小王和一招手，转身就到里面的那个屋子里去了。不一会，走出一个三十多岁的中年人，脸上一片青胡楂子，嘴唇红红的。他把小王和上下打量了一会，高声说：

"你们李主任简直是小鬼啊，又跑到前头去了。好吧，成全你们一下，把图拿回去吧。日子多了可不行！"

"两天行吧？"小王和忙着下保证。

"你寻思都是高小毕业生呢，半天就学会了？咱们说定，四天，多一天也不行！可有一样，回去跟李主任说，就说王站长说了，无论如何得把你们推广的经验总结一下，报上来，咱们两不亏！"

"写个借条吧！"方才把小王和从收割机上撵下来的那个姑娘没好气地递给王和一张纸。

小王和这回脸都没红，顺顺当当地写好了借条，落款是"先锋农业生产合作社，第三生产队，王和。"

天太短了，小王和赶到百草沟，屯子里早已点上灯了。他走得挺热，贴身的衣服全湿了，汗水把皮帽子上的毛湿成一缕一缕的，露在外面的毛上都冻冰了。

他走过俱乐部，探头往里一看，屋子里挤满了人，正在等着开会呢，就是没有李主任。他没回家，夹着图，在屯子里找开了。到底在马棚旁边的铡草栏子把李主任找到了。小王和把图表往主任的眼前一送，没头没脑地说：

"这回好了，有图了！"

"什么图？"

李主任看了小王和一眼，接过图表，拿到吊灯底下看起来。开头他没明白，鼻子里直嗯嗯，脑袋直晃。等他看明白以后，高兴得小胡子直抖，哎呀了好几声：

"哎呀，哪弄来的？这玩艺棒啊！你从哪弄来的？"

小王和从头到尾把这天的经过说了一遍，乐得李主任使劲把这个满头冒热气的小伙子拉到自己前面，在小王和的肩头上拍打两下子：

"这小子，真敢干哪！干得对，太对了！正好今下晚开大会，你给大伙讲讲！"

"还是你老讲吧。"

"你怕什么？信不着自己？"

李主任一到俱乐部，立刻就把图表钉在墙上，惹得人们都围上来了。识字的年轻人小声叨咕着，不识字的老人们就偏过头来，耳朵对着人群，想听听上面写的是什么。

"大点声！你们不念就躲开，叫小王和给咱们念念。"

"我来，我来，"张会计自从受"警告"处分之后，总想在人前卖好。他一听有人叫念念图表，忙着大声念起来：

"丰产……经……验图……这个图表……"

"什么？"

"丰……产……"

"大伙坐下吧，一项一项来。"

管委会[1]向社员报告了垫购牲口和农具的经过，报告了上山拉柴火的经过，通过了赊购四台铲蹚机的提议。刘昌发批评了管委会：

"谁家都养几口猪，可是怎么没人叫大伙用干草垫圈呢？过年开春能起出来多少粪？"

"批评得对！"李主任给他打气。

"咱们合作社就像居家过日子一样，什么东西都值钱哪。破家值万贯！"

一句话把大伙提醒了，有人提出社里马套太费，夹板子也费。

"用自己的东西用起来是一个样子；社里的东西用起来又是一个样子，好像大风刮来的，坏了一扔，又买新的。没想想，那都是谁的钱？大伙的！"

等人们都说完的时候，李主任才站起来说话。

"咱们千万别叫小粮囤子弄迷胡了。先别知足。你寻思糟蹋点没啥，可曾想想一粒粮都是大伙用血汗挣来的，容易吗？再说咱们这才刚迈步，早呢！你看看，人家那个地方，"李主任回身用手一指墙上的图表，"关里一垧地打六十多石麦子；北边一垧地打四十多石谷子！"

一下子把人们抓住了。妇女们把孩子哄得一声不响，老头子们磕打烟袋也是轻轻的，很怕弄出声音来。有人轻声叨咕：

"那年咱们家一垧地打了十石谷子，把我妈乐得好几宿没睡觉。在那个年头，一垧地打十石谷子就算顶天了！日本鬼子听说了，说要拿到'国都'去展览，连籽都没留下，全完了！"

人们是又惊又喜，盼望真有这回事，又有点疑心。

"那么他们是怎么个种法呢？"炕上有人小心地问了一句。

"小和儿，你给大伙讲讲吧。"

小王和刚站起来，一下子就看到张会计的油光光的四方脸，不由得发窘了。他刚说了一句"同志们"，下面就不知道怎么说好了。他停了一会，往四外看看，这回遇到的不是张会计，是李主任的支持他的眼光，是桂兰的柔

---

[1] 管委会：农业生产合作社的管理委员会。

和的眼光；是人们的信任的眼光。他脸上的红晕消失了，就像在课堂上回答老师的问题一样，大声地讲起来。他讲植物变种，讲小麦"连年生"。可是他还有自己的想法，他说将来李子树上也能结梨，黑枣长的像鸡蛋那么大。到后来，他眼前没有张会计了，也没有李主任和桂兰了，他眼前除了那一片奇怪的果园之外，什么也没有了。

当他讲到丰产经验的时候，他很自然地想到李主任在三十晚上讲的那番话。他感到李主任说的话很有劲，恐怕再也找不出比这个老人说的话更好的了。于是在他讲完"图表"之后，就加上一句：

"学会了丰产经验，不出二年（他给缩短了一年），咱们就搬屯子，盖瓦房（这个地方连一座砖窑还没有呢！），那才叫幸福生活呢！"

他看到一张张兴奋的脸，有的人在微笑，有的人在轻轻地点头。他也笑了起来，感到人们再不会有什么怀疑的了，这一下子算明白过来了，说服了。

"我说小和儿，"老董头子从炕里蹭到炕沿边上，把烟袋往炕沿上磕打几下子，问："你刚才念叨一垧地是几石？"

"四十五石。"

"是麦子是谷子？"

"谷子。"

"吹气哪？"老头子突然提高了声音说，"你就把小苗种两层吧，顶多打二十石！吹牛也得有个边！"

"你老看图……"

"我不用看！"老头子一摆手，大嚷大叫地说，"我种了一辈子地，快上阎王爷那报到去了，什么事没见过？你就是种在牛屁股眼上也打不了四十五石！你就别跟我装明公！"

小王和的脸像挨了几巴掌，连脖子都红了。他不知道应该怎么回答，你们看，他连图表都不信哪！

"这话有'道理'！"有人往老董头子那边靠了。

"这就是政府鼓励你，叫大伙努力生产，报效国家。"有一个老人"明白过来"了。

"没看见过！"老董头子一看有人拥护，有点洋洋得意了。

　　刘文汉站起来发言；

　　"大爷，你老没看见过的事可太多了。谁在早先看见过扛大活的住上地主的大院？可你老也搬进来了！谁早先看见过合作社？可你老也入了！谁早先家里有过两月的粮食？可现下你老也有个小粮食囤子！这得怎么说呢？"

　　"你这是把话扯哪去了？"老董头子直咳嗽，也不知道是叫烟呛的，也不知道是叫刘文汉用话顶的。"不听老人言，吃亏在眼前！"

　　这工夫从门外走进一个又黑又瘦的小伙子，笑嘻嘻地对着老董头子说：

　　"我大爷说得也对，你比方说吧，我大爷没翻身那工夫一年到头也不吃饺子，人家没看见过吗！现下看见了，才敢吃！"

　　屋子里的人哄堂大笑起来。

　　"呸！'乌木筷子'，不用你说嘴。不是老董头子把刘虎子打跑了，你现下还有今天的好日子过！"

　　"你看，我大爷摆老资格了！"外号叫"乌木筷子"的小伙子伸长了黑黢黢的细脖子，向老董头子作鬼脸。

　　"别没深没浅地乱说！"李主任把"乌木筷子"瞪了一眼。小伙子一伸舌头，钻到人群里去了。"有什么意见都说出来，真金不怕火炼！"

　　刘昌发在一边慢头小语地说：

　　"没看见过怕啥？你学会了，多打了粮，那不就看见了！"

　　"话不是这么说啊，"老董头子怎么也想不通，"往年咱们种得那么密实，能打多少粮？要照他们那么干，大老远一棵苗，秋后能打回籽种来？"

　　"唉，这个老爷子！人家不是说得明白吗？苗离得远，穗才能长大，才能多打粮！"

　　"那要长不大可怎么办呢？"

　　"人一家种的都长大了，咱们种的怎么就长不大？"

　　老董头子不说话了，他这回没话说了。

　　小王和轻轻地喘了一口气，心里一块石头往下沉了。老董头子这一派人没话说了，大概这就算打胜了吧。忽然从炕里传过来一个人的低低的说话声：

　　"……不能和人家比！关里一家种二亩地就够吃了。咱们一家得种二十亩！"

小王和抬头一看，原来是自己的爸爸，王福海。屋子里没有一个人答言，谁都知道王福海是屯里种庄稼的第一把能手，他说的话一定有道理。

"二叔，"刘文汉小心地说，"咱们先不说关里，就说北边……"

"小铁子，你是没去过那个地方。北边是新开的大荒片子，咱们这是多年的瘦地！"

"你老说这些经验是瞎扯？"

"一个地方一个令！这不像成立合作社，立场稳就行。先别干这个没影的事。弄不好，到秋后连谷草都没了。"

"这样吧！"刘文汉站在地当间，眉毛往上直竖，说话也不利索了。"今年咱们三队开头，大伙先看看，二叔你老也看看。"

还没等刘文汉说完话，王福海也站了起来，大声说：

"我不是怕自己吃亏！这是社里的地，不是你的，也不是我的，这是大伙的！不要一时高兴……"

"对喽！还得跟着牢靠的人走，别冒冒失失的！"老董头子教训起人来。"就算是经验好吧，等人家推开了，真好使了，咱们再推也不晚哪，何苦抢那先？小年轻的，嘿！"

小王和的耳朵里嗡嗡直叫，也听不清谁在说什么。他替刘文汉难过，他又替爸爸害臊。他突然站起来，也不知道从哪来的那么股劲，大声对着炕上的人说：

"我爹说得不对！"

屋子里一下子又静下去了。王福海的脸一阵红一阵白，低下头，找起烟袋。

"弄不好，秋后少打粮不也是大伙的事吗？"

一三

李主任莫名其妙地跟着桂兰走进俱乐部，一下子就叫小伙子和姑娘们给围上了。

"你们想怎么的？要吃我？"李主任故意皱着眉头，装得挺厉害。可是人家一看他那隐藏不住高兴的嘴角跟小胡子，就知道他的心情满好。

"主任，今个是请你来参加青年生产小组成立大会的。"

"谁批准的？啊？"

"现在就请你老批准吧。"

"哼，先斩后奏！"

李主任嘴上虽然这么说，可是心里是挺高兴的。他坐下了，他把身边的年轻人看了一个够，眼角上的皱纹松开了，脸上也发光了。他忽然看见自己的闺女凤英瞪着两只圆眼睛，正在看着他。他也看到了桂兰、刘文汉、"乌木筷子"、小王和……李主任笑着说：

"早就该成立这么个小组了。"

"那么说你老批准了。"

"等等，等等，"李主任又把年轻人按捺住，回头向刘文汉，"小组一共几个人？

"先定十个人，头一年不要太多。别人还得分到生产队去。"

"对！生产队也离不开年青人，得在队里带头。"

"青年生产小组也是带头的。它带头推广丰产经验，使用新农具。"

"对了！组长是谁？"

"桂兰！"

"死丫头，这回可用上你的机灵劲了！"

"你老看咱们占哪块地好？"

"西山下面那块地好……"

"不要！"桂兰回头看看身后的伙伴，"咱们不要好地。种好地谁还不能多打粮？给咱们山腰那二十五垧地就行。"

"别后悔！"

"咱们会不会后悔？"桂兰回头问大伙。

"那块地也不坏啊。该要西下洼子那块。"

"你们上草甸子去种吧，"主任不耐烦了。"别寻思这是几个人的事，你们要是垮台了，全社就得垮台，明白不？给你们山腰那二十五垧地，到时

214

候拿成绩来好了！"

李主任刚想往回走，忽然想起一件事。

"桂兰，小组里有小和儿没有？"

"怎么能没有他？"

"眼下得把他抽出来，上区受训去。"

他递给小王和一个油印的通知，上面写着："……希你社派青年一名，参加第二期农业技术手训练班。时间为一个月。伙食费由社内解决。……"

"我不是农业技术手啊！"

"回来不就是了？"

老董头子赶着大车，把小王和送走了。

小王和一走，桂兰有好几天心不定。她好像忘了什么事，可是又想不起来；她又像丢了点东西，可是也想不起丢了什么。她头一回把饭烧糊了，惹得哥哥挺不高兴。

"可倒好，加材料了，糊香糊香的！"

"嫌不好就找别人做啊。你早就该把凤英娶过来。爹，你说呢？"

"就怕人家不愿意啊！"爸爸说。

"不愿意？他身上的背心是谁给买的？别寻思别人不知道。"

"吃饭吧。"哥哥低下头，使劲吞了一口饭，脸巴子鼓得像吹喇叭的一样。

桂兰感到自己心里空荡荡的，不是妈死的时候那股劲，也不是离开学校时候的心情。有的时候，她的心就像鸥掠鸟一样，忽忽悠悠地飞到半空里去了，自己感到又舒服又有点骇怕。有的时候，她又忽地沉静起来，除了干活之外，什么也不想，什么也想不起来。不管是她心情兴奋也好，沉静也好，面前总是有一个熟悉的影子，这个影子越来越分明，到末了就变成小王和的有点过于严肃的面孔了。

"这是怎么回事？"

她有的时候试着想别人，想哥哥的面孔，凤英姐姐的，爸爸的，桂贞姐的……但是一到末了，总是小王和的面孔在眼前晃荡。

"桂兰！"外面又有人来叫。总是不等吃完饭就来找。

"哎，来了！"

"这么干，不出十天就得爬下！"爸爸看着闺女的背影，嘟嘟喃喃地说，但是他从来也没当孩子的面说这个话。

北方有一句俗语：头三脚难踢，开头难。青年生产小组现在要干什么，怎么干法，谁去干，除了杨家屯给的一份总结之外，没有人有经验，只能自己想主意。他们想在俱乐部里要一点地方，在一起看书，学习，在一起干点什么活。可是俱乐部只有三间房，一开大会，就把他们挤得到处跑。有的时候他们正在学习，跑来几个人在外面吵着算起帐来，只好搬到李凤英家里。她家就是爷两个，李主任成天不着家，倒也清静。

过去多省心哪，扛起锄头下地，到时候回家休息，完了再下地，只要努力干活就行了。现在可倒好，干活以前还得学习。又是"选种"，又是"密植"又是"病虫害"，脑袋都要胀或两半了。桂兰不得不把那本小册子拿回家来看。

"'漂去秕粒'，这是怎么回事呢？"

她翻开四年前从城里买来的一本字典，找到"秕"字，下面写着："有名无实也。"

"什么有名无实？"

她气得把字典扔在被子上，过会儿还是把它捡起来，放在膝盖上，闭上眼睛想起来。

"把种籽放在水里，漂起什么？对了，没长成的虱子就漂上来了！"

她这一夜睡得挺熟。

青年生产小组现在剩九个人了，六个小伙子，三个姑娘。姑娘们都听话，和组长抱成团，说干什么就干什么。可是小伙子们难对付。他们以为一入青年生产组，立刻就能坐在新农具上，干些"像样的"工作。不料头一件事就是坐在炕上"选种"。像个耗子似的，不是挑包米就是挑麦子，还硬说这叫"带头"。他们感到干这个活就像叫男子汉绣花一样，又别扭，又丢人。他们不叫小组长左说右说的，早就干别的去了。

人要是三心两意的，管保作不好工作。小伙子们的工作就不如姑娘们干得好。他们每个人挑的种籽都不如姑娘的多。这还情有可原。姑娘的手本来就巧，干活利索。不仅这样，小伙子们挑的种籽还不大干净，他们没有把麦种里的细长的蚰麦[1]完全挑出来，姑娘们总能在他们选好的麦种里找出蚰麦来。

有一回，一个姑娘从"乌木筷子"的麦种里挑出好几粒蚰麦，用手捧着，大声吵吵：

"看看小拴子挑的麦子！眼睛看什么啦？"

"看你啦！"

"呸！"姑娘脸红了。

"小拴子，你这是干什么？秀珍这是批评你呢，干吗不干不净的？"李凤英在一旁答言了；她们这三个姑娘说往东都往东，说往西都往西，总是站在一条线上。

"批评也行，"外号叫"乌木筷子"的小拴子不那么硬了，"态度得好点。"

"你工作不好，还得叫别人给你叩头？"

"这是什么话？"

"正经话，"组长发言了。"你们再挑一遍吧。当天的活当天干完。"

"你看……"

"再挑一遍。"桂兰只要把话说出口，就不大容易驳回去的。

"都点灯了，肚子直叫唤！"有个小伙子在炕里低声说。

"不行，"组长仰起头，绷着脸，坐下了。"咱们也不走，等你们挑完了再吃饭。你们看好不好？"

"我不能跟着他们挨饿。谁犯错误谁担着，别往回缩。"叫秀珍的姑娘噘起嘴，嘟喃着。

"行啊，你怕饿就先回去吧。"组长连正眼也没看她。

"我怕饿？我只是这么说说罢了！"秀珍也坐下了。

小伙子们想不到组长会来这一手，你看看我，我看看你，一句话也说不出来了。

---

[1] 蚰麦：和普通麦子相比，麦粒细长，磨出面来发黑、发黏。虽然成熟时间较早，有一定的抗灾力，但是产量小，不拣去会影响正常麦子的丰产。

"你们都回去好了，"小拴子低着头说，"又不是你们的事，牵累你们干啥？好汉作事好汉当！"

　　"别说好看话了，干吧。"秀珍气昂昂地把小拴子面前的麦籽抓过来一把，飞快地挑起来。"你看，又找出一粒蚰麦。人家说他还不高兴。"

　　小伙子们也只好坐下了。

　　"挑吧，这也不是什么干不了的事。"

　　"活倒不累，就是耽误了大家的工夫，"小拴子心里有些不安，还有些不受用，嘴里喃喃地说。"我看哪，将来是洋人看戏，白搭工！"

　　大家都没注意，只有桂兰心里一动。她这几天就觉出小组里有问题，平常这些人都是生产队里的好手，为什么入了小组就总是出差子呢？他们为什么不像在地里干活时候那么欢，好像有谁逼着，勉强干着活，打不起精神。小拴子这句话在她的脑子里转着圈。

　　"小拴子，你说什么？"

　　"洋人看戏！"小伙子在鼻子里哼了一声，轻轻地咧开嘴，露出白牙。

　　"谁跟你说的？"

　　"哪年麦地里不长蚰麦！去年我二舅从榆树县换来的麦籽，不也长出蚰麦？"

　　"你二舅老曹头是单干户，你就信他的？"秀珍狠狠地瞪了"乌木筷子"一眼。

　　"没有你进步啊。"

　　"没有我进步你就学着点。"

　　"学你什么？学你铲地累得掉眼泪？"

　　"呸！"

　　桂兰没理他们斗嘴，反正他们俩早就好，屯子里人谁都知道。她想知道的是另外一件事，为什么他说"选种"是白搭工。是不是真的会白搭工呢？

　　"小拴子，你说麦地里非长蚰麦不可？"

　　"多少都得有点。"

　　"都挑出去呢？"

　　"也得有。"

"你这话可有点玄，是天上掉下来的？"

"我二舅种了三十多年麦子。他说蚰麦是洋麦子变的。信不信由你们。"

"你们听听，"秀珍气得直叹气，"还迷信呢！"

"什么迷信？我想干点正事。"

"选种就是正事！"桂兰这回才明白过来，原来他们以为这不是一件正事。"杨家屯的麦子为什么打得多？人家洋麦种里蚰麦少，不怕旱，熟得早，又打得多。籽粒选得好，当然打得就多。人家去年就选种。"

"到底还有蚰麦吧？"

"今年人家就不会有！"

"原来青年生产小组就是选种啊？"

"你连这点事都不明白？青年生产小组种的庄稼不选种，那还带什么头？增什么产？"

桂兰感到身上很热，她顺着大道跑到屯子外面，对着草甸子深深地吸了几口气。她以往叫人家领导的时候，总没想到当领导是这样地难。她回想一下和小拴子说的话，心里反倒有点不好意思了。她感到自己没能耐，说不出道不明，感到自己是那么无用。

"小和儿，你快回来吧！"她在心里偷偷地想到这，立刻就打住了。难道小和儿回来就万事大吉了？不会的！可是她总是感到有小和儿在一起，作事胆子也大了，心里也有底了。不知道他现在干什么呢，是睡了，还是在看书呢？

"桂兰，"秀珍轻轻地走过来，慢慢地抱住她的肩头，"别生气，他真糊涂，啥也不懂。"

桂兰嗤嗤地笑起来，把秀珍羞得把脸紧贴在组长的肩头上，啥话也说不出来了。

"桂兰，你真生气了？其实我……"

小拴子也走出来。他离姑娘几步远，站下了。嘴里喃喃地说着话。

桂兰长长地喘了一口气，一肚子委屈都没有了。有这么多机灵的伙伴，有这么多能干的小伙子和姑娘，她还怕啥？什么困难能把刘桂兰绊住啊。

当他们回去的时候，桂兰听到后面秀珍说：

"你呀，就是糊涂！"

这天晚上，小伙子们挑得比姑娘还多，谁说只有姑娘的手巧。

一四

训练班结束那天，一大早，老董头子赶着大车就上镇了。车后面还拴着三匹马。回来的时候，老董头子赶着大车，拉着四台铲蹚机；小王和赶着三匹马，拉着一台崭新的十行播种机。

"小和儿，这玩艺好使啊？"

"不好使工人还做它干啥？"

"话倒是这么说啊。为了这个玩艺啊，管委会开了个会，讨论了半天。太贵了！"

"今年全区就来两台，咱们不先下手等什么？"

"好使就行啊。"

他们刚到家，李主任就跟小和儿说：

"我给你组织了一个小训练班，除了管委会的干部之外，一共有二十五个人，期限也是一个月，教会了算，行不？"

"怎么不行？再过一个月就该种地了。"

青年生产小组的人分了两伙，姑娘们先学"种子消毒"，小伙子们先学驾驶播种机。桂兰把他们选好的种籽拿给小和儿看，问他作得对不对。

"你们先下手了？就得这么精选。种籽选得好，出得齐，种得早，就不怕黄锈病。还得作一回发芽试验才行。"

小桂兰一时还不能全明白小王和说的话，可是她明白自己的劲没白费。她高兴地跟小组的人说：

"小和儿说了，咱们选得对！可是还得作一回发芽试验！"

"怎么试验？"

"小和儿知道。"

小王和和青年生产小组的人连夜做了一个大木头箱子，装了半下子土，放在俱乐部的炕上。他们把选过的洋麦种籽又用温水浸了一遍，把瘪子漂出去，然后种在箱子的一面。又把没选过的杂麦种籽种在另一面。姑娘们轮班往上浇水，小伙子们轮班烧炕。姑娘们一面干活，一面叽咕着：

"……加入百分之六可湿性六六六粉一两半，搅拌均匀后，效力甚好……"

"……滴滴涕效果较差，但价格较低。——哎，我说，我肚里有虫，也该消消毒！"

"那可好，管保能绝根，连你也绝根了。"

"哎，凤英，滴滴涕是那个滴字？"

"是第一的第字吧？管那些干啥？"

小伙子们有些苦恼了。他们不知道这个播种机有多少不同的零件，把这些零件的名称天天往脑子里装，可是每天都得丢掉几个。实在没法了，他们把零件起上外号，管"播种杯"叫"漏斗"，管"开沟器"叫"铁盘"，管"手柄"叫"木杠"……渐渐地就都记住了。

社里的人对新式犁杖和铲蹚机满欢迎，用过两年了，都得到了好处，越多越好啊。可是播种机倒是头一回见面。有的人摇头，有的人点点头，议论纷纷。

"李主任，有人不信服呢！"有一天小王和悄悄地跟主任说。

"别分心！庄稼人办事就是这样，不见兔子不撒鹰。你们好好学，别栽了跟头。只要你们学得好，不出毛病，我管保能说服他们。"

小伙子们学得更紧张了。

木箱子里边的麦子发芽了，屯子里的人都跑来看新鲜。青年生产小组的人把箱子的一头底下垫上石头，叫麦芽对着人群。

"同志们，叔叔大爷们，往这看，"小拴子站在箱子旁边，指手划脚地讲起来。"这里种的是选出来的一百粒种籽，整整发了一百个芽。那里种的是没有选过的一百粒种籽，才出了八十七个芽。不信就来数数。谁来数数？"

"不用数，信着你了，"有人在地下说。

小拴子的黑脸上透出一点紫色，微笑着瞟了大伙一眼，大声说：

"这就是选种和浸种的好处！"

"忘了那天下晚挨饿了？"背后秀珍轻声笑着。

"你别来影响工作。"

大地上的雪融化了，光剩下山坡背阴的地方还有几处没化完，像一个很大的野蜂窝，雪上布满了黑色的小洞。眼看就要种地了，有的人在地里扬粪；有的人把犁杖扛到太阳光下，用搬子紧着犁头上的螺丝。

青年生产组每天都有人往地里跑，把两只脚弄得满是泥，还是高兴地下地。

"该种麦子了。"有一天，小王和跟李主任说。

"你看是不是早点？"李主任有点犹豫了。按往年的规矩，总得再过五天才能开犁种麦子，可是他又不敢下断语。"你说呢？"

"冻结的地皮化开一寸五就该种。早种早熟，不会得黄锈病。在训练班是这么学的。"

"现下化开几寸了？"

"二寸多了。"

"啊！"李主任停了一会，脑子里转了个过。他得立刻拿定主意，是按老规矩走呢，还是按新规矩走。过去也有人在地皮一化开就种麦子，可是地太凉，苗不会长。训练班上却又是这么学的，应该信哪边呢？"小和儿，这个事你知道不，种早了苗会不会长？"

"会长！……过去种早了不出苗，是种籽有毛病。"

"对，"李主任一下子就拿定了主意，"你们种吧。"

小王和回头就往俱乐部跑，赶着跑赶着叫：

"桂兰，种吧，种吧！"

"答应了？"

"满口答应。"

屯子里的人就像揭了窝的蜂子，到处都讲究青年小组种麦子的事。

老董头子把李主任拉到一边，低声问：

"你答应青年小组明个种麦子？"

"谁说的？不光是青年小组啊，生产队也得开犁。"

"刚开化，地还没……"

"开化二寸就行，这是新法。"

"咱们可别跟着年轻人乱碰啊。"

"大哥，有些事咱们非得跟着年轻人碰碰不可啊。"

下地那天早晨，老王家起得顶早。小王和妈妈头天晚上就把黄面饼子烙出来了，早晨用笼屉蒸了一遍，还炒了两个鸡蛋，简直是过节了。王福海一早起来就没闲着，东抓一把，西抓一把，好像忙得不得了，可是又什么也没干成。妈妈这天早晨也跟着一块吃的饭，说要下地"照应"儿子一回。吃饭了，王福海坐在儿子对面，嘴里嚼着饼子，眼睛总没离开儿子的身上。

"小和儿，试验的时候别毛毛愣愣的，沉住气。你们小组那块地我知道，东头硬，西头软。你先从西头来。我给你赶套，稳住架！"

爷俩平常很少唠家常，一年到头也没在一块说过知心话。可是他们从对方的一举一动，一个眼色，就能知道心里在想什么，要说什么话。大概天下的爸爸和儿子都是这样吧。

王福海这几句话说得挺不自然，结结巴巴的，好像是硬挤出来的。可是在儿子听来，就像在冬天穿上一件又温暖又柔软的棉衣；又好像在三伏天喝了几口山泉里的凉甜水。他抬头看看爸爸的脸，什么话也没说。可是爸爸也明白了，儿子在感激他呢。

地头上早就有人等着。大家都散披着大棉袄，三个一群两个一伙地在一起说着话。

王福海赶着三匹大青马，走在播种机的旁边。后面跟着李主任，青年生产小组的人，还有不少妇女。播种机的大铁轮子咕噜噜地轻声响着，经过高低不平的路面，它就轻轻地跳动着，后面的"拖炼"就高声唱起来。

"福海赶套啊，真是老将出马啦。"

"好几十年没赶这玩艺了。"王福海回头想看看儿子，可是人是那么多，上哪找去？他满高兴地把鞭子举过头顶，使劲甩了一下子，发出清脆的响声：卡！……

小王和妈妈站在麦种口袋跟前，一面和桂兰说着话，一面用手抓起麦种，叫它顺着手指缝往下慢慢地淌。王福海看见了，跟老伴一努嘴：

"别用手碰它，里边有药！"

偏偏叫老董头子听见了，扯着个破锣嗓子就叫起来：

"大家伙都听真，老王头心疼老伴，怕老伴药死。这对像多好啊！"

老头子笑得眼泪都淌出来了。

"死老头子，你不用美，我叫大嫂收拾你，老董大嫂，大嫂！"

走过来一个高个子老太太，比老董头子还高一点。站在小王和妈妈的跟前就唠起来。

"他这张嘴啊，可缺德啦。……早晨饭也不吃，这就下地了。"回过头来对老董头子说："给你棉袄，着了凉叫谁侍候你？"

老董头子一声也不吭，像耗子见了猫，悄悄地接过棉袄，披在肩头上，嗫嚅地说："这样天还穿棉袄干啥？真是的。"

高个子老太太狠狠地瞧了他一眼，啥话没说，转过身去又和小王和妈妈唠起来。

"我看你们小和儿和桂兰真是一对儿，一天比一天大啦。"

"黄毛还没退呢，忙啥？……这年头当老人的没法说话啊。"

"可倒是啊。……快去看，要试验了。"

青年生产小组的小伙子把口袋里的麦籽倒进播种机后面的"播种箱"里。小王和把"木杠"卡在左边，用右手扶着。爸爸抱着鞭子，像一个守卫兵似的，严肃地守住岗位。有的人跟在赶套的身后，有的人站在地头上没动，反正不论是忙着的人还是闲着的人，都直盯着这架浅蓝色的播种机，等着它大显身手了。

王福海一会回头看看儿子，用眼色给儿子打气。他自己却紧张得脸都有点发白了。

李主任来到小王和的身旁，低声问：

"怎么样？"

"行了！"

“开吧！”

“驾！”王福海把小鞭子在头上甩了一个圆圈，三匹马就像商量好了似的，一伸腰，播种机抖索了一下，稳稳地就走起来。开沟器在松软的地面上轻轻地滑过去，立刻出现了十道小小的黑沟，就像木匠划的线那么直。麦籽顺着播种管淌下来，像十道小河，冲下来的麦籽跳动着，乖乖地躺在小沟里。后面的拖炼一拉，麦籽就藏到湿土里头去了。

“这玩艺可好。”

“不好人家工人做它干啥？”

王福海把这几十年赶牲口的经验都用出来了。他把小鞭子甩得呼呼直叫，就是不往牲口身上打。他简直就是个教操的司令啊，那三匹马就像明白他的心意似的，叫左就左，叫右就右，套绳绷得溜直。小王和没费多大劲，就把播种机扶得稳稳当当的。

青年生产组的人都跟在王福海的身后，为了不把地踩硬了，除了李主任和几个队长之外，别人一概不准进地里来。老董头子例外，他总是跟着几个干部在一起，他不是主任也不是队长，可是他总是成天不闲脚，到处跑。这天他更得跟在后面了，无论如何也得把这个玩艺看明白了。

“垄太窄了，能喘过气来？到老秋收麦稭可行？”在后面小心地叨咕着。

“别看垄窄，籽撒得稀啊。你看，撒得多匀。”一个小伙子赶着走赶着答话。

“反正你们是入迷啦。”

播种机走了一个来回，人没累，马没喘，二十行麦子种妥了。离远看，黑黑的一大片。人们心里的石头落地了。

“大哥，你看怎么样？灵吧？”李主任笑着问老董头子。

“灵是灵啊，”老头子笑得挺不自然，“不知道秋后怎么样？”

“行了，我的好大爷，”小拴子在一旁说。“别老在‘秋后’转了，往前走一步吧。”

“这话怎么说的，我也没说不行啊。这不是正在试验吗？急老婆作不出好豆腐！”

一五

青年生产小组的二十五垧地全种上麦子了。

"麦子是宝贝。只要麦子丰产，咱们屯就有好日子过。"李主任跟大伙说。

小组的麦子种得比谁都早，从头到尾用的播种机。种完了地，小组的人也不能闲着，桂兰就领着组员到生产队里去干活，一有闲工夫就上小组的地里看看。

别的地里小苗都露头了，可是小组的麦子还没有动静。

"不在几天上！"

他们安慰自己，可是心里都有点发急了。以前他们是隔几天来看看，现在每天都要来转转，小桂兰一天就要来几回。

别的地里的麦子长出半寸多高了，小组的麦子才露头，就像生了一场大病刚好，在地皮上摇摇摆摆的，一点精神也没有。可是紧挨着他们这二十五垧地就是单干户老曹头的两垧麦子，这两垧麦子就像浇了油似的，小苗长得油汪汪的，嫩叶上直放光。

"这回你更该信服你二舅了！"秀珍跟小拴子找别扭。

"少磨牙！"

小桂兰和小王和在地头上作了一个记号，他们把一个小树枝插在小苗旁边，露出地面那一部分和小苗一样高，拿它当"尺"用，每天都要到那去看几回，好知道小苗长了多少。可是每回去看，有时候好像树枝和小苗是一齐往高长了，有时候又好像小苗并没往上长。

"这是怎么回事？"桂兰发愁了。

"我也想不出，"小王和低声回答。他这几天心里就不痛快，他自己进了一回训练班，种的地还不抵人家单干户，真是对不起人。

他们一到晚上就围着麦地转，每回走到单干户那两垧地的时候，两个人不由得都把脸扭到一边去。

"我看老曹头这两垧麦子有点旱。"

"我看也是。"

他们并不嫉妒；他们只是想，合作社种的麦子无论如何也不会比单干户的坏，也不应该坏。如果老曹头的两垧麦子是合作社的，管保莳弄得比现在还要好，一点也旱不着它。

天黑了，看不见地里的小苗了，可是他们还是站在地头的茅道上，看着细细的月牙从山后爬上来，挂在树梢上，像一把净亮的镰刀头。

"小和儿……"

"嗯？"

"不想进城了？"

小王和没回答桂兰的话，他仰起头，轻声地嘟喃起来：

"真不假，这年头庄稼人不好当了。现在咱们干的活，老辈人连作梦都想不到。你扶着播种机，听着麦籽顺着播种管往下淌，刷！刷！……哎呀，心里边就像有一只小手摸着似的，什么愁事都没有了。桂兰，"他忽然回身对着她，"别看咱们的麦子眼下不见好，可是我也不知道是怎么回事，越是有为难事，越是兴头高。一天吃饭也想，走道也想，连作梦也想，反正咱们能想出个头来。大概工厂里的工人找窍门就是这样吧？"

"咱们才活了这么几年，可是经历了多少新鲜事啊！今个的事还没办完，新的工作又来了。你得使劲往前跑才赶得上，有的时候心里都骇怕。"

"你骇怕了？"

"有的时候骇怕，"她又想起选种那天晚上和小拴子争论的事，又想起了秀珍的羞答答的红脸蛋。"可是和同志们一唠扯，和李主任一谈，胆子就大了。有你在家我更不怕了。"她说完这句话，把脸扭过去，躲过小王和的直盯着她的眼色。

现在小王和的眼前什么也没有了，只有桂兰的白净的脸，和她那一对水汪汪的大眼睛。他把他们这短短的十几年的生活回想了一下，从记事那阵起，到一起下地，一起上学，到现在，除了他念高小这二年多分开了，以及他毕业后回家的短时期内有意避开她以外，他想不起有哪一天他们是不见面的。其实就是他念高小这二年多以及有意避开她的时期，他们也没分开。

他这时还说不出为什么是没分开过，可是他总觉得他和桂兰离得很近。他又想起桂兰妈妈死后，有一天傍晚，他在坟前把她找着了。那时她正在小声地哭着，爬在坟台上，肩头一抖一抖的。当她看见他过去的时候，就大声哭起来，说：

"妈一死，谁管我？"她说的不是日常吃饭穿衣上的照顾，她是说着只有女孩子才能明白的话。

"别发愁！"他就像对付一个刺猬一样，不知道怎么办才好。"别哭了！有我呢，你别怕！"

"你顶啥？"姑娘乐了。

"咱们老不分开，你看好不？"

"怎么不好？"

那时他们还都是地地道道的孩子，他们还不知道这句话里含着什么意思，他们也不知道这句话有多么重要。几年后，当他们长大了，又单独站在一起，回想起这句话的时候，他们心里都隐隐约约地想到了一些什么，可是他们都不愿意头一个说出口。他们现在已经知道羞涩了。

小王和看着桂兰的发光的大眼睛，想说几句什么，可是他一时又想不起说什么好，他哼哧了半天，忽然说出一句：

"我还不是团员呢，"刚说出口，他立刻就明白过来了，对了，他头一步得和她走平线，不然他什么话也说不出来。姑娘的眼睛更亮了，亮得像澄清的水。

"你真是……"她高声说，"你该正式向团申请啊！"

"现在不，秋后再申请。"

他们俩没再多说话，可是两个人心里都感到好像说定了什么事。

顺着茅道走上来一个人，烟袋锅里发出的火光在半空中摇来摇去的，像一个大萤火虫。

"谁呀？"

"我。"

"爹！"桂兰叫着，跑到爸爸跟前，拉住爸爸的小褂。"你来干啥？"

"你怎不回家吃饭？啊？"爸爸的声音挺生硬，像生了很大的气。

小王和在一旁沉不住气了。他这时心里乱七八糟的，不知道走上前去好，还是不去好。他以为老爷子一定是生他的气了，因为他没把小桂兰早点送回家去。

"爹，我和小和儿正在看麦子。小和儿！"

"大爷！"小王和只好走上前来，慢吞吞地说，"你老怎还没歇？"

"没心歇，看看麦子。"老人的声音又变得柔和了。

两个年轻人把刘昌发领到麦地旁边，跟着他蹲下来。老人抓把土，在手里揉搓一会，扬进地里。隔一会又抓一把土，再扬到地里去。

"大爷，"小和儿低声问，"你老看咱们这麦子怎么样？"

"白天我就看过了。要我说啊，错不了。"

多少天了，头一回听见有人说了这么一句叫人长精神的话，还是一个有名的老庄稼人说的。

"你老怎么看出来了？"

"爹，你说说。"

"要我看是这么回事，"老爷子瞟了两个年轻人一眼，像往常一样，慢吞吞地说，"小组的麦子种得早，土有点湿，晒干以后发紧，苗长得就慢。可有一样啊，种得早，扎根深，土又湿，不怕旱。你们看看老曹头那两坰地，别看他现在长得挺旺，没根基，麦子梢都发黄了，非旱坏了不可。麦子就怕旱哪。"

"太对了。"小王和把刚才那股害臊的劲头早就忘了，一下子跳起来，大声说"你老说得太好了，就是这么回事。"

"不用着急，不出十天，你再看看，再加上几个老曹头也不行，小组的麦子一定会赶过他的。"

刘昌发也叫小和儿弄得高兴了。他跟两个年轻人下了保证。

"回去吧，一块上家吃饭去，新炒的辣椒酱下饭。"

老人使劲一吹烟袋，噗！连灰带火星一齐喷了出来，顺着风散开了。

刘昌发没白说，青年生产小组的麦子没出十天，变成黑绿色了，像一群又胖又壮的娃娃，从这头到那头，像用剪子齐过的一样，刷齐。只要有一点小风，它们就一齐摆来摆去，好像大海里的波浪，油光闪闪。

青年小组的人这回不和单干户比了，他们现在一天总往别的生产队的麦地里跑，用树枝量来量去的，想弄明白小组的麦子比生产队的麦子高多少。他们在自己的地里走的时候，总感到小组的麦子高一点，长得也快一点，可是每回到生产队的地里去量的时候，就看出来了，小组的麦子并不比生产队的麦子高。

"小和儿，训练班里怎么说的？"

"没讲这个。"

青年小组又有的人搭拉着头了。

"播种机种地也是那么回事，还不赶队里的麦子高呢。"有人说。

"你这话说得就不对，"桂兰虽说这时候心里也没底，可是她是当组长的啊，不能跟着他们一块泄气。"播种机管种，它还能当粪用？"

他们只好把"丰产经验"的书翻出来，想在那上面找出个好办法。

"……合理追肥，亦是丰产的方法之一。……"

"怎么追肥？"

"就是上二遍粪呗！……"

"还有粪？头年秋天都翻到地里去了，上哪整去？"

"大伙听着，"小拴子忽然想起来一件事。"我爹活着那时候，常用鸡粪种菜，长的挺旺，大白菜像小缸似的。"

"哈哈哈！什么缸，嗽口缸？"

"你不信拉倒，有什么可乐的？别笑掉下巴。"

"哈哈哈！"秀珍笑得在炕上直打滚。"哎哟，像小缸！"

"这死丫头，别笑了，不知道愁！我回家问问我爹去。"

组长又回家请教爸爸去了。

第二天，青年生产组的人就忙开了。小伙子们把去年堆粪那几个地方的土挖进一尺多深，用大筐抬回来，倒在一个大土坑里。姑娘们挨着家打扫鸡窝，连粘在鸡架上的鸡粪也都挖下来了，小小心心地捧回来，也倒进大土坑里。他们把土粪打碎，和鸡粪拌在一起，整整往地里拉了两天。姑娘们用手巾蒙上头，用木掀往地里扬。

在庄稼院长大的人谁还不知道这点窍门，生产队的人也不让人啊。他们把屯子里的猪圈都给起了，把猪粪摊在地下，晒干了，就用滚子在上面压，压的像土面一样。他们把猪粪末装在粪筐子里，在地里一面走一面用小棍敲打粪筐，粪末就顺着筐缝漏下来，撒的又匀又省。

青年小组的麦子就像气吹的一样，一天一个样，不停地往高拔。生产队的麦子也不含胡，长得也不慢，可是到底没长过小组的麦子。

"这些小鬼真能整。"

"他们种得早吗，又是用播种机种的。"

麦子拔节了。青年生产小组的人就好像一群老太太似的，一天盯着这几十坰麦子，很怕它们有什么差错。怕出差，到底出差了。别处的麦子都挺直，唯独小组的麦子有点两样，就像头上顶了一个很重的东西，直不起腰来。

"没出穗怎么就弯腰了？"

"这我知道，"小拴子又发表议论。"这就像人一样，个子大了就都有点弯腰。你不信看看我，我就有水蛇腰。"

"明公二大爷！"

"你什么也不信。"

"桂兰他爹个子倒大呢，今年五十来岁了，怎么没弯腰？"

"……"

"我问问我爹去吧。"

组长又回家了。

"我没工夫侍候你们。"刘昌发这回可想不出办法来了。他年青时候也经过这样事，麦子长得太高，倒在地里长不成。他真替闺女担心，后悔不该让他们上土粪，不然，就是少打点也比长不成好啊。"你们哪，一天瞎闹哄。找董大爷问问去。他是老庄稼人，比我强。"

"他能行啊？"

"你小小人别这么眼空四海的！"老爷子这回可真生气了。"人家吃的盐堆起来都比你高。别的没学会，先学瞧不起人。"

桂兰没听完爸爸嘟喃，早就跑到院子里，对着上屋叫起来。

"董大爷！董大爷！"

在上屋门口，差一点和老董头子的老伴撞上。

"这丫头，往哪撞？"

"哎哟，大娘，撞痛了没有？"

"没撞着！有事啊？"

"有点要紧事，想问问我大爷。"

"谁呀？"老董头子往外一探头，"你满院子叫唤啥？又没掉魂。"

"青年小组的同志们叫我来的，"她现编出这句话。刚说完，她就想，小组的同志们不知道我上老董头子这来啊，我说这个干吗？又一想，反正是为了小组的事，怎么说还不行？"有点为难事，想跟你老打听打听。"

"我能知道啥？老落后。"老头子嘴里这么说，脸上可显出笑容了。"还没忘了老董头子，真难为你们。进来吧，在外边站着干啥？"

"大爷，小组的麦子搭拉头了，你老看有法治没有？"

"我说好事找不着我吗，我有啥法？"

"唉！"姑娘叹了一口气，"你老没法啊，别人更不行了。"

桂兰慢慢站起来，对房门看了几眼，好像马上就要走出去。可是她并没动。

老董头子喜欢人家来向他请教，他倒不是要人家奉承，是愿意给大伙出点力。自从建立了合作社，一天一样新鲜事，老头子想插手也插不上，心里又是急又是愁，以为自己是落后了，老喽。想不到年轻人又来向他请教了，那么说，老董头子还有点用吧。他看看小桂兰着急的样子，就说：

"得上粪哪！"

"就是上粪上坏了，还上呢！"姑娘噘起嘴，埋怨地说，好像是上了别人的当了。

"你们上的二遍粪是管往高长的，还得想法叫它往粗长。撒小灰有用。你们想法弄点小灰撒撒吧。"老董头子接着说。

"这不就是好办法吗？"

桂兰这回可真走出去了。老董头子赶到房门外边，对着姑娘的背影大声喊着；

"还有炕洞土，炕洞土也有用。"

"你看你这个懒劲。孩子们找你一回，你就去看看还能累死。"老伴在炕上发言了。

"好，我去看看。"

"给你，披上棉袄。"

一六

青年生产小组的麦子先扬花了，麦穗上像挂了一层白霜，仔细看起来，你就会看到许多浅黄色的绒球。山林子里的野蜂子也飞来了，在浅黄色的绒球上面飞来飞去，一天到晚嗡嗡乱叫，像唱歌似的。

太阳落山以后，老董头子也跟着李主任来到地头上，笑迷迷地看起来。

"这里也有我大爷一分啊！"桂兰瞟了老董头子一眼，跟李主任说。

"孩子，也不是你董大爷吹，干别的咱差劲，要说种庄稼啊，你就瞧着吧。"老爷子高兴得真想跳起来了。

"我大爷要有个儿子多好，有个闺女更好了。"凤英话还没说完，就听老董头子唉了一口气，头回看见老头子这么用脑子想心事。

"我和你大娘不干活也能吃几年饱饭，这两年日子是不坏啊。可就是闲不住，非干活不行。为了谁？还不是为了你们这些小年轻的。"

"人吗，活着就得往远看，给儿孙后代打下个根基。不然还叫人干吗，和牲口有什么两样？……话又说回来了，也得看什么社会！"李主任在一旁说。

"那不假，"老董头子又恢复刚才那股得意的劲了，两只眼睛瞪得挺大，好像一下子就要搬一座山似的。

小王和头一回仔细地看看这个秃顶的老爷子，他感到他和老爷子越来越亲近了。

李主任和老董头子在地头上看了一会，领着小组的人回家吃晚饭去了。只有小王和一个人，还蹲在地头上数麦穗上的麦粒。

月亮升起来了，把麦地照得刷白。麦穗上像盖了一层棉花绒。隔一会就随风飘过来一阵清香味。天上的银河就像用一枝大笔甩出来的一样，布满了大大小小的白点，发出一片银白色的光。

他看到在麦稭上面，有一个黑点在慢慢地蠕动。他从地下捡起一个树枝，悄悄地拨了一下那个黑点，嘴里还嘟嘟喃喃地念叨：

"马蜂子，马蜂子，还不回窝？"

"什么时候了，还有马蜂子？"

"谁？桂兰，你怎么还不回去吃饭？"

"你呢？我等你半天了。"

"你来，看看这个蜂子。"

"可别惹它。"她有点怕蜂子，可是到底走过来，蹲在小王和的旁边。

"马蜂子，马蜂……哎，怎么不飞啊？"

"不对！你看，这还有呢！"

"哎呀，不少呢！"

小王和急忙招下一个麦叶，拿到眼前仔细一看，哪有什么马蜂子，原来是一个青虫子。

"这可怎么办？"

"什么？"

"起虫子了！"

"咱们不是拌六六六了吗？"

"是啊！"

李主任把全社的男女社员都动员出来了，打着灯笼，连夜抓虫子。青虫子就像突然从地里钻出来的一样，越抓越多，等到天亮时候一看，青虫子把麦稭都遮严了。站在地里一听，唰唰直响，把麦叶子咬得稀烂。

天一亮，老人们也都来了。有的站在地头上叹气，有的也跟着抓虫子。老董头子的老伴在地头上跳着脚扯长声骂人：

"老兔羔子，都是你给出的道，上什么小灰！上吧，上出虫子了吧。你是坑害人哪！"

"滚家去！"老董头子两个眼珠子通红，一宿没睡觉，连腰都直不起来了。头一回看见他敢跟老伴发脾气，真火了。"你就回炕头上坐着吧，等着天上往下掉馅饼！"

"你疯啦！呸！"老太太这回可服软了。

送饭的来了。小王和妈妈在树底下摆好了碗，然后走到麦子地旁边，用手作个喇叭筒，高声说：

"吃饭了！"

没有人答腔。她又喊了几遍，还是没有一个人答应，没有一个人走出麦子地。她忽然看见了自己的儿子。

"小和儿，告诉他们吃饭了。"

"妈，你老没看见吗？虫子越抓越多。吃了这顿饭，会把几个月的饭都耽误的。"

"昨个头晌我还来地头上看了一会，哪有个虫子？怎么突然会出来这么多坑人的东西！"妈妈忘记了树底下的饭碗，忘记了找人吃饭，好像怕把虫子弄脏了似的，在围裙上擦擦手，跟在儿子后边抓起来。

小桂兰用手背擦擦额头上的汗，刚直起腰，突然感到眼前有许多小金星飞上飞下的，脚底下像离开了地面，飘啊飘的就往上升起来。她明白这是要迷胡，也许就要摔倒在麦地里。她并不感到这个时候有什么不好受的，她真想躺在地下，哪管闭一下眼睛也好啊。她好像忘记自己是在什么地方，怎么来的，可是她这时候非要想起来不可。她想：从头天下晚开头，和李主任谈话，和小和儿谈话，一块往屯子里奔跑，广播台上的钟声，人们的喊叫……她一下子想起来了，她是在抓虫子，正在和青虫子打仗。

"我无论如何不能在这个时候倒下！"

她心里想着，浑身用足了劲，想在地面上找个结实地方站稳身子。她看到麦子地渐渐地歪了，地里的人也歪了，就像大镜子里的人一样。她吓得闭紧了眼睛。

"不行，我现在不能倒。"

她使劲抓住一个东西，软软的，像一个人的手，又好像是一个人的胳膊肘。

"桂兰！"

有人叫她，声音不大，像离了好远。不，她现在不能和别人谈话，她得站稳了身子才行。

“桂兰，你怎么了？”

有人推她的肩头。她突然睁开了眼睛，看见面前站着满脸泥土和绿色虫子浆的小王和。她这回才看清，她的手正抓在小王和的胳膊肘上，小王和的右手扶住了她的肩头。

“你怎么了？”小王和不敢扶着她躺下，又不敢撒开手。

“没什么。”她苦笑了一下，口气还是和往常一样镇定，可是她始终没敢把手撒开。“叫麦秆绊了一下子，差点摔了。”

“你的脸怎么这么白？嘴唇都没有血色了！”

“别吵吵。”她把全身的力量都用在两条腿上，撒开手，摇摇晃晃地站在小王和面前。“你看这可怎么办？可怎么办？”

她的头上滚下来许多大汗珠子，和脸上的眼泪混到一块了。小王和的心像针扎的一样，他把头埋在胸前，呆呆地站在姑娘面前，嘴里喃喃地说：

“我是不会用脑子，是马虎！……”他突然抬起头，忍住了眼泪，高声说。“可是我这回记得挺清楚，种籽消了毒就不会生虫子。怎么又生了虫子？我得去问问。”

小王和回头就往屯子里跑，两只手叫虫子浆粘满了，在太阳光下像染上草绿的颜色似的。

“小和儿，”李主任在地头上高声叫，“你骑马去，骑那匹青马。”

“大伙别灰心，有人上推广站请人去了！”

“早就该去问问他们！”

“他们早就该下来！”

“救兵到喽！”

地里人都用手遮在眼睛上面，颠起脚尖往屯子大门那边看。只见从屯子里跑出好几辆大车，车老板把大鞭子甩得卡卡直响，胶皮轮子把大道上的尘土带起大老高。车上坐着戴草帽的，光头的，头上系手巾的……有的刚出屯子口就跳下车来，有的半蹲在车上，好像只要有人说一声就能跳下来。

小王和使劲用柳条子抽青马，跑在大车队的前头。

“杨家屯来人啦！救兵来喽！”

大车队在茅道上飞跑，把道两旁的树条子挂的哗哗山响，就像一股急流冲过石头底的河套。

头车上跳下一个戴宽沿大草帽的中年人，青虚虚的胡楂子，通红的嘴唇。

"老李，"中年人抓住李主任的粘满虫子浆的手，使劲摇了几下，"咱们来晚了。"

"王站长，不晚，不晚。"

"陈国栋！"王站长回头叫。

"有！"麦子地里有人答应。

从地里跑出来一个穿军装的矮胖小伙子，真像个当兵的，站在那像根笔杆似的，溜直。

"咱们先看看。"

"我看了。"

王站长急忙走到麦子地里，蹲下来，把麦子连根拔下几棵，仔细看了一会。又把青虫子放在手心里，像要弄明白它们的分量，颠过来颠过去的，啧啧嘴。

"国栋，你看呢？"

"我看它们是从外边'侵略'过来的。"

"结论下得早点吧？"

"有救吗？"

"有救。"他把虫子用两个手指头使劲一捻，然后把手指头往鞋底子上擦擦，站起身子。这时候他才发现人们把他围上了。"同志们，别发愁，有救。"

"抓不完哪。"有人低声说，叹了口气。

"用手抓不完，用绳子拉，把它给拉下来。"

杨家屯来的人和百草沟的人在一块，一共分了三个大组，每组又分两个小组。一个小组一条绳子，有人拉着绳子，横着在地里拉，后面的人就一面用手抓，一面用脚踩。

青虫子就像疯了似的，拉下来，它再爬上去，爬上去又给拉下来，简直就是打仗啊。

小王和妈妈看到大车从屯子口跑出来，就看见自己的大闺女桂贞坐在第一辆车上。闺女来了，她没忘了百草沟，没忘了爹妈住的地方，没忘了邻屯有难处，小王和妈妈是多么高兴啊。

"桂贞，跟妈一个组！"妈妈把闺女拉到自己身边。

"行！"闺女一下子就答应了。

"王站长来得这么快？"

"在咱们屯讲课呢。"

"你们怎么把大车也套出来了，不蹚地？"

"就误一天算啥？把地救下来要紧。"

天黑了，人们把家里的灯都端到地里来了。地里是灯，地头上也是灯，到处都是灯，把麦子地照得通亮，天上的银河都显得暗淡了。

到处有人在叫喊。一会有人叫：

"上这来呀，这有。"

一会又有人叫：

"快来呀，又往上爬了。"

小伙子们拿着绳子，一会东，一会西，谁顾得上是哪个小组的，谁顾得上是哪个屯的。汗把衣服湿得粘到身上了，急忙脱下来，往地头上一甩。麦叶子把腿肚子都拉破了，汗水一浸，又红又肿，可是谁也不感到痛。

"杨家屯的，"桂贞站在地当间大声叫，"跑得快点，别坐牛车！"

"放心吧，王支书。"

"百草沟的……"小桂兰用袖子擦擦脸上的汗，她感到自己的声音太小了，还有点嘶哑。她停了一会，喘了一口气，"百草沟的同志们，别叫客人笑话，别叫客人累着！"

她怕人家听不见她的话，不然为什么没人答言呢？突然从地头上传来一个很熟悉的声音：

"放心吧，组长！"

她听出来了，是小王和。他在地头上都能听见，别人当然也听见了。

刘文汉顺着声音跑到妹妹跟前，手里拉着绳子的一头，那头看不清是谁拉的。

"桂兰，你没回去？"

"没有。"

"一会还得人家抬你回去？回去！"

"我不回去！"

"你回家！"

"你回家！"

"我没病。"

"我也没病。"

"我告诉你，桂兰，我是用团支书的名义……"

地头上的一个女人忽然尖声叫起来：

"哎哟，虫子爬出来了，快来啊！"

刘文汉忘记了"团支书的名义"，使劲拉一下绳子，对他的伙伴说：

"小拴子，快走！跑啊！"

他们跑到地头上一看，原来是老董头子的老伴，右手拿着一个带罩的洋油灯，左手拿着老董头子的棉袄，刹着两只大脚，使劲踩脚底下的虫子。

刘文汉从老董头子的老伴手里接过洋油灯，哈腰往地下一照，只见地皮上一个黑点挨着一个黑点，不停地往前爬，爬过这个茅道，就是一块三十多垧的大包米田。

"踩啊！"

有多少只脚往地下踩啊，只听见一片扑扑腾腾的声音，好像要把地面踩出一个坑来。

王站长高声喊：

"同志们，别叫它跑了，别叫它挪窝！用滚子压啊，快套滚子去！"

"文汉，小和儿，"李主任摸着黑发令，"你们年轻人腿快，领人回去套滚子！把绳子交给别人！"

真得感谢保管农具的人们，他们辛辛苦苦的劳动，在这个时候就显出效果来了。小伙子们顺顺当当地把压地的木头滚子就套好了，连一根小绳子都不缺。有的人把秋后才能用上的打场的石头滚子也套出来了。

“闪开！闪开！”

轰隆隆隆隆……滚子在地面上跳着，排成一个单行，就像去年打场时候一样，刘文汉打头，别的人紧跟在他的身后，围着麦地跑开了。

虫子到底是虫子，只要有几个打头往外爬，别的虫子就跟出来。前面的叫滚子压烂了，后面的还是往外爬。

麦地里的虫子少了。开头的时候，顶上边的叶子上没有虫子了，到后来麦秆上也看不见虫子了，只是在挨着麦根的地方，还有一些虫子慢慢地往下爬。

天放亮了，山后吹过来的小风挺凉，人们感到像用凉水洗了个澡似的，身上轻松些了。

“你到底不行啊，什么玩艺也架不住人。”老董头子低头和虫子唠起来。

“你老这话对呀，”张会计忙着在一边接上去说，“人乃万物之灵也，书上早就说过。”

“同志们，别松劲啊！这儿还有一块麦子地啊！”陈国栋站在单干户老曹头的麦子地里大声喊叫。

“同志，回来歇歇吧，”老董头子对陈国栋招招手。“那不是咱们社的，是单干户老曹头的麦子。”

“管他呢！”有人在黑暗里不耐烦地说。

“单干户也得帮帮他啊。”陈国栋走到人群前面，光着上身，露出他那厚厚的胸膛和弯弯的胳膊。“要不，他那块地里的虫子还得往合作社的麦地里爬。”

“这话对呀，”李主任看看这群满身是泥的人，特地把声音压低了一点说。“咱们不能看着他哈哈笑，得拉他一把，叫他明白明白，是合作社神通大啊，还是你老曹头一个人神通大。再说，他那块地要是抓不净，咱们也好不了。”

“这就叫不看金面看佛面。”

人们还是跟着李主任到老曹头的地里去了。

“杨家屯的同志可别走啊，咱们留饭。”

"推广站的两位同志回去歇会吧，剩下这点虫子用不着你们了。"

小王和就站在王站长的身旁，嘴唇动了好几下，始终没好意思说出口。他知道他们太累了。他看到王站长的眼睛旁边有一个青色的圈。才一宿的工夫，王站长的胡子也探头了。陈国栋还在老曹头的地里忙活呢，就好像在江岔子里摸鱼似的，只露出通红的后背，不知道他把脑袋伸进麦子里干啥。

老董头子走过来了，一直走到王站长跟前，绷起脸来，问：

"王站长，我想打听打听，这虫子是从哪来的？是上小灰的毛病？"

老头子还没忘记老伴骂他那句话，心里总像有块病似的，非想办法解开不可。其实他倒不在乎老伴骂几句，这也是常有的事。他怕叫外人知道笑话：老董头子给小年轻的出主意，弄出虫子来了。

王站长没答言，一直走到老曹头的地里，也像陈国栋那样，把头扎进麦子里去了。

"国栋！"

"嗯？"

"你看这块地的麦子怎么样？"

"要叫我看哪，这块地是'帝国主义'！王站长你看，虫子早把麦根咬坏了。"

"好像是这么回事，可是还得拿回去仔细瞧瞧，别轻率地下断语。"

"这还用瞧？明摆着的事。这块地早就生虫子了。虫子越来越多，就爬到合作社的地里去了。"

老董头子恨得直打唉声：

"这个老东西！一条鱼腥一锅汤！"

"老曹头哪去了？"

"回家烧香去了。"

"这老东西，呸！"

秀珍尖着嗓子跟小拴子叫唤：

"这回可好，你更该信服你二舅了？"

"那怨我吗？我劝他好几天，叫他入社，他怎么也不干吗。老胡涂！"

一七

麦子发黄了，在太阳底下闪着金光。如果你站在山尖上往大地里看，就像一块大绿毯子上绣了许多黄金色的斗方图案，真想从山尖上跳下来，躺在这个大毯子上打几个滚。

麦粒变硬了。在夜晚，如果你站在屯子里仔细听听，就会听到麦地里唰唰山响，就像有无数的大姑娘在一起说着知心话，嘁嘁喳喳的，没完没了。这是麦穗互相碰撞发生的响声。麦穗把麦秆压的弯腰了，没有风它也摇头晃脑的，好像在说"我满不在乎。"

"还是早种几天有好处，起了一回虫子也没怎么的，到底先熟了。"李主任站在地头上，一会拉过来一个麦穗看看，一会又飞快地走到地里去，好像一个小孩子忽然得到一件心爱的玩具，不知道怎么玩好。

"其实要没有大伙来抓虫子，这块麦子早就完了。这是大伙的功劳。"桂兰说完话，回头问小王和："你说呢？"

"那还用说！"

青年小组本来想今天就动手割麦子了，可是区上有公事，说推广站要用马拉收割机到百草沟来进行示范的收割工作，叫大伙再等一天。

小王和在训练班学习的时候，不对，他那次上推广站借图表的时候，就看见区推广站有两台收割机。训练班的学员们都要求学，一来是因为期限到了，农业技术手得回屯开办"小训练班"，二来全区只有这么两台收割机，只能到屯子里作"示范"，眼下学了也用不上，所以就没学它。这回听说推广站要来用收割机割麦子，他又想起来那蓝瓦瓦的收割台，像翅膀似的搂耙，颤微微的铁座子……他的心又活了：要是能坐在它上面跑一天可不坏啊，不知道是什么滋味？

大家都知道小王和上过训练班，不少人都找上来问他收割机是什么样子，有多少分量，得多少马拉，等等。

"那玩艺一天能割多少麦子？"

"能割五垧。"小王和把他知道的事都说出来了。

"割的干净不？"

"像洋剪子推的一样。"他想起它那像洋剪子似的收割刀。

"能干净？用手捡还得拉下点呢。"

"机器吗，总得比手强啊。要不，工人还造机器干啥？"

"我说这话你们小年轻的又不爱听了。"老董头子又出难题了。"上山挖人参用机器试试，大概得干瞪眼吧？话别说绝了。"

"那有啥？"小王和回头看看桂兰，"将来咱们合作社开一个参园子，用拖拉机种，用机器挖，叫全国老百姓都吃上人参。那有啥？"

"到那个时候啊，"小桂兰接着说，"像你老这么大岁数的社员，每天发二两人参，保养身体，多活几年。那有啥？"

"那敢情好，就怕活不到那个时候啊。"老爷子低头想起心事来，不再出难题了。

第二天，没等天亮大伙就都起来了，披着棉衣，站在屯子口上，伸长了脖子望大道。

山后冒出一片淡淡的红光来，山下滚动着一团团的雾气，有的雾团撞在山腰上，拉长了，一会像个正在跑着的兔子，一会就像一条蛇，末了又和别的雾团混到一块去了。草甸子里的露水珠闪闪发光，就像有人站在天上特地往甸子里撒了许多珍珠。地面上，缓缓地冒着蒸气，就像开锅了一样。

"他们能来啊？"

"说来就能来。"

忽然从很远的地方传过来一阵轻微的嗡嗡声，好像飞机声，又好像磨房里碾子发出的响声。

"什么响？"

"飞机？"

人们往上面看，头顶上的蓝天就像广阔无边的海，看不见边，也看不见底，连一颗星星也没有。

"别扯了。"

"哎，快看，来了！"

山岗上露出一个黑点，黑点后面飞起一条子灰土，就像从黑点的屁股里放出来的一样。嗡嗡声越来越大了，等到黑点滚到草甸子当间那条大道上，大家才看明白，原来是一辆大载重汽车。

　　"后边还有呢。"

　　山岗上又冒出许多小小的黑点，就像有人在山顶上倒下一筐土豆子。

　　"怎么回事？"

　　"你问我，我问谁？"

　　汽车大声地吼叫着，开到屯子前停下了，可是身上还抖索着，像累了似的。从车上跳下王站长，陈国栋，还有好几个小伙子和姑娘。小王和就看到那个把他从收割机上撞下来的姑娘也来了。

　　陈国栋洋洋得意地一拍胸坎：

　　"王和，咱们坐汽车来的。"

　　"哪借的汽车？"

　　"什么话？"陈国栋差点生气了。"县里拨来的，前天才到。"

　　"后边一大群人是哪的？"

　　"杨家屯来参观的。"

　　"我看咱们这两个屯真该合并，离不开啊。"

　　"你忙啥？到了社会主义自然就合并了。哎，司机同志，开进屯子吧。"

　　汽车使劲哼了一声，在屯子口的小板桥上一跳，冲进屯子里去了。屯子里的人又想看汽车，又想看汽车上的收割机，把汽车给围得水泄不通。

　　"同志们，靠后一点。"在车门口露出一个年轻的脸，跟大家作了一个鬼脸，"等车站稳，咱们再握手吧。"

　　汽车又使劲哼了一声，才老老实实地站下了。从司机棚子里走出一老一少：老的一下车就把小烟袋掏出来了；年轻的靠在车门上，用帽子擦头上的汗。

　　"你看你们这是什么道？也不修修。"

　　"将就点吧，"老董头子说，"现在还顾不上呢，来年再说吧。"

　　"老大爷，你们屯子有个叫王和的？"

　　"有啊。"老董头子觉着这个小开车的挺特别，忙着问了一句，"你怎么知道？”

　　"同学啊。"

　　"啊，小和儿，你过来，同学来了。"

　　"干啥？"小王和正在和王站长说话，一听老董头子叫，忙着跑过来。

　　"你同学来了。那不是？"老董头子对着"小开车的"一努嘴。

　　"王和！"小开车的一窜高，一把抓住王和的胳膊，拉着他转圈子。"忘了我没有？啊？"

　　"刘永茂啊，你这阵子上哪去了？别拉我，你说说。"

　　"咱们到底没离开这儿。陈姐叫我到县农场汽车队，现在又拨回区上了。以后咱们又能常在一块了。"

　　"你会开汽车了？"

　　"现在还没开呢，是助手。"他忽然想起师傅来了，拉着小王和的手走到老司机跟前，"认识认识吧，这是我师傅，这是我的同学王和。"

　　老司机上下打量一下小王和，伸出大手，和小王和握手。

　　"你们是老同学啊？"

　　"高小时候同学的。"

　　"好啊，找着工作没有？"

　　小王和脸一红，他寻思刘永茂一定把什么事都跟他说了。他定了定神，回答说：

　　"我现在是社员。"

　　"在社里也不坏啊。"老司机回头看看助手，"你愿意学开车就上咱们站上来，正好还缺人。工作有的是啊。

　　老董头子在一边越听越不是滋味，咳嗽了一声走过来：

　　"你们累了吧？"

　　"不累，不累。"老司机爱说话，"咱们这回是一个区上的人了，有什么为难事只管说，汽车跑得快。"

　　"谢谢吧，你别往外拉咱们社的人就算开天恩啦。"

　　"拉你们的人？咱们还要开个训练班呢，叫小伙子们都学会开汽车，满屯子跑，你说好不？"

"同志，我也不是给你扣大帽子，你这叫犯政策。"

"哈哈哈……"老司机把眼泪都笑出来了，"你别着急，省里早就开训练班了，不用我开。我有一个助手就够了。"

"你开学堂我也不管哪。"

等老董头子消了气，两人四外一看，百草沟的人也没了，杨家屯的人也没了，助手也没了，小王和也没了。不知道什么时候，人们早把汽车上的收割机抬下去，拉走了。

"永茂！这孩子，一天就是玩不够，车也不看了。"司机着急地说。

"看车干啥？谁还能偷你的？"老董头子从心里往外不痛快。"你寻思这是什么地方，这是合作社。走吧，咱们也一块下地看看去。"

两台收割机已经在地里走起来。浅蓝色的搂耙就像老鹞鹰的翅膀，上来，下去，飞快地转动着。又好像几个小伙子在作体操，一齐扬起胳膊，又一齐放下去。把人们的眼睛都弄花了。收割台上一会堆满了割倒的麦子，搂耙的木齿一扒，就顺顺当当地落在地面上，后面的人就用麦稭把它们打成捆。收割机走过的地方真像用洋剪子推了一遍似的，留的槎又短又齐，草刺不剩。蚂蚱吓得跳来跳去，可是怎么的也找不到一个藏身的地方，只好巴拉巴拉地拍着翅膀，飞到包米地里去藏起来了。

开头的时候，只是百草沟青年生产组的人在收割机后面跟着捆麦子；不一会，全屯的小伙子就都上去了；不过几袋烟工夫，收割机的后面又扔下不少麦堆，把捆麦的人扔下老远。

"同志们，咱们别站着参观了，动手干吧！"桂贞一挽袖子，头一个走到地里去。

百草沟的小伙子们头上冒汗了。

"赶哪！快！"

"来吧！"

陈国栋坐在收割机的铁座子上，对着地里的人大叫：

"冲啊！"

收割机飞快地跑过去了，搂耙带着小风，吹在捆麦人的脸上。小王和抬起头，看看陈国栋洋洋得意的样子，忽然身上打了个寒战。他扔下手里的麦捆，跟着收割机就跑起来。

"陈国栋，让我赶一会！"

"不行！别闹出事来！"

"赶一会就行！"

"来吧！"他勒住马，让小王和跳了上来，把操纵杆按了几下，低声说，"前边地平，赶直了就行，别吵吵。"

"驾！"

收割机轻飘飘地走起来，收割刀咬着麦秆，卡察卡察山响，搂耙在耳边忽忽叫着。小王和什么也听不见了，只看见麦子、马、搂耙、收割台上的麦堆……

桂兰看见他了。她知道小王和上过训练班，人家信服他。可是她呢，长得这么小，人家能叫她驾驶一台收割机？

"可是小王和后面那台收割机上坐着的也是个姑娘啊。"她知道这个姑娘曾经把小王和从收割机上搡下来过。她盯着这个姑娘，心里想，"这个姑娘并不比我高多少啊，她能驾驶难道我就不行？"桂兰一狠心，扔下手里的麦捆，跟着那台收割机跑起来。

"同志，你让我赶一会好不？"

"不行！"姑娘狠狠地瞟了桂兰一眼，"别闹出事来！"

"不会。我会赶车，我会驾驶播种机……"

"你叫什么名字？"

"刘桂兰。"

"上来吧，"姑娘勒住马，跳下来，盯着看了桂兰一会，笑了。"我知道你，赶直了就行。"

桂兰在铁座子上坐好，一抖缰绳：

"驾！"

铁座子跳了一下，以后就稳当了。

小王和在前，桂兰在后。收割机简直就要飞起来了。搂耙不再像鹞鹰的翅膀了，成了一团白气，吹出来一堆一堆的新割倒的麦子。

"桂兰，赶上来啊！"

“来啦！”

小和儿跟桂兰都在想，快跑，快跑，不然，人家马上就要把你从收割机上撵下去了。

李主任站在地头上，看着这两个孩子。开头他还能看出小王和的笑迷迷的脸，小桂兰的有点过于严肃的脸，到后来眼前除了两团白气之外，什么也没有了。他感到这两个孩子像两只鸥掠鸟，飞得那么快，飞得那么高。

合作社有了这样的后代，怕什么？

“孩子们！”他一面往地里跑，一面高声喊叫，“张开翅膀飞呀！”

　　　　　　　一九五四年八月二十二日至一九五五年一月十七日写于沈阳